COLLECTION FOLIO

Henri Pierre Roché

Deux Anglaises et le Continent

Gallimard

© Éditions Gallimard, 1956.

Henri Pierre Roché est l'exemple d'un cas très rare en littérature : un auteur qui publie son premier roman à l'âge de soixante-quatorze ans ! Né en 1879, il a partagé entre les lettres, la peinture, les voyages, une vie de dilettante.

Pendant la guerre de 1914-1918, il est correspondant du *Temps*, puis attaché au Haut-Commissariat français à Washington. Il a vécu plusieurs années en Amérique, en Angleterre, en Allemagne et en Orient.

On lui doit la traduction d'œuvres de Peter Altenberg, de Schnitzler, de Keyserling et de poèmes chinois dans leur version anglaise qui ont été mis en musique par Albert Roussel et Fred Barlow. Il est l'auteur d'un *Don Juan* publié à La Sirène sous le pseudonyme de Jean Roc. Il a donné des contes au *Mercure de France*, à *Vers et Prose* et à *L'Ermitage*.

Peintre lui-même et élève de l'Atelier Julian, il a fréquenté les grands peintres cubistes et a ménagé la rencontre de Picasso et de Gertrude Stein.

À soixante-quatorze ans, donc, il écrit *Jules et Jim*, puis *Deux Anglaises et le continent* (1956). Il meurt en 1959, avant d'avoir vu le film de Truffaut illustrant *Jules et Jim* qui a fait connaître et aimer son roman à un très large public.

en hommage
à MURIEL et ANNE

CLAUDE
(1899-1955).

MURIEL à CLAUDE.

9 juin 1901.

« Je crois que pour chaque femme a été créé un homme qui est son époux. Il peut exister plusieurs hommes avec lesquels elle pourrait avoir une vie paisible, utile et même agréable. Mais il n'y en a qu'un qui soit l'époux parfait.

« Il peut mourir, il peut ne jamais la rencontrer, il peut être marié à une autre. Alors il vaut mieux pour cette femme qu'elle ne se marie pas.

« Il y a pour chaque homme une femme unique, créée pour lui, qui est sa femme.

« Nous pensons ainsi, Anne et moi, depuis notre enfance.

« Quant à moi, je ne me marierai probablement pas, parce que j'ai devant moi une tâche que je remplirai mieux seule, mais si Dieu me faisait rencontrer *mon* homme, je l'épouserais. »

MURIEL.

PREMIÈRE PARTIE

LE TRIO

Anne Brown rougit et perdit contenance. Elle dit le soir même à Claire qu'un tel geste, même envers une poupée, était, en Angleterre, impossible de la part d'un gentleman.

Anne a une vocation : la sculpture. Elle y consacre toutes ses forces. Elle est fraîche arrivée ici et ne sait rien de l'art continental.

— Connaissez-vous les peintres anglais ? dit-elle.

— Un peu. Burn Jones, Turner. *L'Espoir* de Watts, la jeune fille aux yeux bandés, assise sur le globe terrestre, écoutant vibrer la dernière corde de sa lyre...

— Mon Dieu ! dit-elle, c'est mon tableau préféré.

25 juin.
Après une longue résistance elle s'éprit, comme moi, du *Balzac* de Rodin. Après une autre (je les aimais), elle m'accompagna deux fois à l'Opéra-Comique, pour entendre la *Louise* de Charpentier.

Elle trouve dommage que Louise vive avec Julien sans qu'ils soient mariés. Je lui dis qu'ils doivent renoncer l'un à l'autre, ou passer outre. Anne répond : « Dans le doute, c'est soi qu'il faut sacrifier. Julien aurait dû attendre que Louise fût majeure. » — « Il est bon, dis-je, que certains êtres devancent la loi. » — « Peut-être, mais il faut alors être prêt à se sacrifier. »

Je lui lus des fragments des *Moralités Légendaires*, de Jules Laforgue, elle eut la nausée devant la livre d'yeux crevés dans laquelle Hamlet se lave les mains.

— Je suis venue, dit-elle, dans votre pays, pour le connaître, lui et son art. Si vous voulez comparer il faut que vous veniez dans le mien, je vous le montrerai à mon tour. Les gens y sont moins vifs, moins ouverts qu'ici, mais ils sont sensés et fantaisistes à leur façon.

— Donnez-moi des exemples.

Elle m'en donna de drôles, pris dans sa famille, dans son école, et j'eus envie d'aller dans sa patrie avec elle.

Claire voyait d'un bon œil notre amitié. Elle emmenait Anne au théâtre et à des soirées, écrivait chaque semaine de ses nouvelles à Mrs. Brown, sa mère.

Sans flirt, je lui laisse sentir que je l'apprécie.

— Je suis, dit-elle, une Anglaise moyenne, mais il vous faut connaître ma sœur Muriel. Elle a deux ans de plus que moi, elle est mon modèle. Petite fille, on l'appelait *Bouton d'Or*, à cause de ses cheveux, ou *Rayon de Soleil*, à cause de son sourire. Elle est plus gaie que moi, et plus sage aussi, elle a tous les prix, elle passe les examens qu'elle veut, elle met en scène Shakespeare, joue *Ophélie*. Elle fait tout marcher dans notre village. Nous ne nous ressemblons pas. Je n'ai que ma sculpture. Muriel me manque. C'est avec elle que je voudrais vous entendre parler.

Anne me montra un portrait de Muriel à treize ans, visage rond, air de jeune prophétesse, bouche sévère, sourcils nets, regard où se mêlent le devoir et l'humour.

Je fus frappé.
— Comment est-elle maintenant ? dis-je.
— Venez la voir ! dit Anne.

Peu à peu il fut convenu que Claire et moi nous irions passer les grandes vacances au Pays de Galles avec la famille Brown.

II

MURIEL, ANNE ET CLAUDE

JOURNAL DE CLAUDE.

Pays de Galles. Août 1899.
Petits monts herbus piquant droit dans la mer, plage sinueuse, estuaire, terrain de golf, maisons dispersées.

Anne nous accueille seule, Claire et moi.

Le matin même on a volé à Mr. Flint, propriétaire de notre villa, sa petite barque. Le policeman chargé de l'enquête lui demande de signer une plainte.

Mr. Flint déclare : « Le voleur a plus grand besoin de la barque que moi. Je ne signe pas de plainte. »

Je fus émerveillé. J'eus une conversation avec Mr. Flint, tolstoïen comme moi, mais pratiquant mieux.

Anne dit : « Une telle attitude est exceptionnelle chez nous. » Elle ajoute : « Vous allez voir Muriel demain soir. »

Le lendemain, au lunch, Claire et moi nous rencontrons Mrs. Brown et les deux frères cadets Alex et Charles. Nous sentons en eux une solide réserve britannique. Anne leur a parlé de nous. Soit ! Mais il faut juger par soi-même et ne pas s'emballer.

Les journées de Fachoda et la menace d'une guerre franco-anglaise sont d'hier. Cela se voit dans l'attitude des deux garçons.

Anne surgit atterrée, et annonce : « Muriel a mal aux yeux. Vous la verrez ce soir, mais ne la regardez pas encore. »

Muriel parut pour le dîner. Un peu plus petite qu'Anne, avec des cheveux d'or doux, comme ceux de Claire jeune, ceints d'une bande de taffetas vert et d'ouate couvrant ses yeux. Elle devait souffrir et ne contenait aucune avance. Parfois elle écartait d'un doigt le bandeau pour voir son assiette. Sa voix était gutturale, voilée. Elle se tenait très droite. Ses mains étaient larges, blanches, douces à regarder.

Ces premiers jours furent froids. Chacun fait correctement ce qu'il a à faire. Mrs. Brown dirige la maison.

Un soir, Anne me dit : « J'ai besoin de vous après dîner. Êtes-vous libre ? » — « Bien sûr ! »

Le moment venu elle quitte la maison d'un pas lent. Puis elle part en courant, file comme une flèche, me criant : « Rattrapez-moi ! »

Je réussis à le faire, oubliant mes genoux.

Nous arrivons au petit port, elle saute dans

une barque : « On me la prête. Nous traversons l'estuaire. »

Clair de lune. Marée haute, rivière large. Nous ramons chacun d'une rame, elle à l'avant. Enfin la quille touche du sable. Anne saute dans l'eau avec ses espadrilles, nous tirons la barque. Elle marche vers les lumières de la ville, s'arrête et dit : « Décidément je n'ai rien à faire là ce soir. Je veux causer avec vous, comme à Paris. J'ai quelque chose à vous dire, je ne sais pas comment.

— Cela va venir.

— Voilà, dit-elle en s'asseyant sur un roc bas. Ça ne va pas comme j'avais prévu. Nos mères s'estiment et font bon ménage. Les garçons sont tout le temps sur l'eau ou dans la vase, avec leur fusil et leurs lignes. Nous allons commencer à peindre, vous et moi. Bien.

« Le point noir c'est Muriel. Elle a abîmé ses yeux, on ne sait pas à quel point, en faisant, la nuit, à l'insu de Mère, pour son professeur, un travail préparatoire à un livre sur Darwin, qui est son dieu.

« Mère prétend que Muriel aurait dû la consulter et qu'elle ne doit rien lui cacher. Les questions de devoir ici priment tout. Muriel reconnaît qu'elle a forcé ses yeux, qu'elle est responsable, mais elle affirme qu'il faut prendre des risques pour connaître ses limites et qu'elle ne doit pas consulter Mère pour tout.

— Bravo Muriel ! dis-je.

— Mère répond que Muriel a dissimulé. Bref, la maison est sens dessus dessous. Et j'ai fait venir votre mère et vous ici pour une vie qui n'en vaut pas la peine, puisque le ressort de la famille, Muriel, est brisé pour l'instant. Elle est mécontente d'elle et cela me pèse. J'ai pu m'échapper ce soir pour vous expliquer. Répétez-le à votre mère, je vous prie.

— C'est convenu.

— Et puis... et puis... dit Anne sans achever. Il y eut un silence.

Je songeai à lui prendre la main. J'entendis dans ma tête, imaginaire, lointaine, la voix d'Anne me dire : « Et puis... embrassez-moi vite. »

Je me reprochai cette légèreté et je dis : « Il est naturel que nous souffrions tous de l'accident de Muriel. Je ne la connais pas encore, mais je vous fais crédit. Quand j'aurai vu ses yeux...

— ... Alors tout sera changé ! dit Anne. Et elle redescend en courant vers l'eau.

La mer a baissé. Nous poussons la barque. Le courant tire vers la mer. Nous luttons gaiement contre. Nous sommes déportés, et nous atterrissons sur un sol vaseux.

Le lendemain nous allons peindre en haut de la falaise.

— Eh bien, dis-je à Anne, j'attendrai patiemment que Muriel guérisse et, même si je ne la vois pas, je suis heureux ici. Voulez-vous, Anne, que nous visitions le château hanté cet après-midi ?

— Oui, dit-elle après une hésitation.

Le vieux château qui domine l'estuaire contient un labyrinthe formé de grandes glaces où l'on peut se perdre pour de bon. Nous y entrons, seuls dans d'immenses perspectives. Nous nous promenons, nous égarons, nous quittons de deux pas, disparaissons l'un pour l'autre, ne pouvons plus nous rejoindre bien qu'entendant nos voix, nous heurtons nez à nez et repartons de conserve. Je commence à souhaiter le plein air. Anne place ma main sur son épaule : « Ne me lâchez pas, je vais nous débrouiller. » Elle se met à tâter le bas des glaces du bout de sa sandale, comme une danseuse et comme un gentil guide. Même en Angleterre bien des baisers ont dû être donnés dans ce labyrinthe. En cinq minutes nous sommes dehors.

Alex et Charles m'initient au cricket. Il y a une dizaine de joueurs sur la prairie, dont Anne. Je suis lent à comprendre le jeu. Alex note à quelle distance chacun peut lancer la balle. Moi c'est 81 yards. « Ce n'est pas mal pour un... » Charles ne finit pas sa phrase. « ... Le record est de 130 yards », dit Alex. Nous jouons au tennis mais les deux garçons ont leur cœur à la chasse et à la pêche. Nous tondons ensemble le gazon qui jaillit vert cru de la machine.

Nous prenons des bains de mer. Muriel aussi, conduite par la main d'Anne, comme une aveugle. Les garçons et les filles se baignent nus, à deux cents mètres les uns des autres. Quiconque regarderait serait disqualifié. Bien que ma curiosité voltige autour d'elles, j'aime cette honnêteté forcée.

Peu à peu Muriel apparaît dans la maison, non pas la Muriel glorieuse dépeinte par Anne, mais une Muriel convalescente. Elle a changé son bandeau pour de grandes lunettes sombres. J'ai pu apercevoir ses yeux gonflés et sans vrai regard. Elle s'est exercée avec un club de golf, sans balle, sans voir, et son swing était souple et rapide.

Le soir une bande de jeunes se réunit dans le salon. Nous jouons aux chaises, aux devinettes, aux improvisations. Muriel a des étincelles quand, à la suite de gages, elle nous joue, yeux clos, une scène d'*Ophélie*.

Une légère conspiration règne autour d'Anne et de moi, on nous soupçonne, à cause des nombreuses heures passées ensemble, d'être des amoureux à favoriser ou à taquiner. Même Mr. Flint. Nous partons de bon matin avec nos chevalets pliants, et nous avons aussi nos leçons. Anne est parfois un peu grognon. Elle s'en aperçoit et en rit. Je n'ai jamais eu de sœur. Je commence à en avoir une et j'y prends goût.

15 août 1899.
Anne m'a dit : « J'invite Muriel à nous accompagner demain. Elle ne pourra pas peindre mais elle aura la promenade et la brise du sommet. »

Nous grimpons tous les trois le long sentier, en file indienne, Anne devant, Muriel au milieu. Elle porte une large visière verte, et sa voix est chaude et liée. Sa démarche est curieuse. Elle roule les hanches à chaque pas. Cela fait athlétique et volontaire. Cela pourrait faire provocant chez une autre. Elle est, pour la première fois, enjouée. Je vois sa nuque blanche sous le chignon d'or massif. Par la suite, pour moi seul, je l'ai appelée Nuk.

Arrivés au sommet nous nous asseyons. Elle me dit : « Anne m'a souvent parlé de vous. Elle m'a prêté, quand j'avais mes yeux, des livres que vous lui aviez envoyés. Je ne les comprends pas tous et je ne suis pas toujours d'accord mais, dans l'ensemble, vous nous avez secouées. De notre côté, comment vous remercier ?

— Je veux, répondis-je, percer ce qui est pour moi le mystère anglais. C'est difficile pour un Français. C'est Anne qui m'y a mené.

— Muriel vous aidera mieux que moi, dit Anne.

— Mieux ou pas mieux, dit Muriel, il faut y aller de bon cœur. Je voudrais apprendre de vous à parler le français que je lis déjà. Et je m'offre à polir, avec Anne, votre anglais. Voulez-vous ?

— Avec joie !

— Commençons tout de suite ? Désirez-vous connaître vos principales fautes de prononciation ? Oui ? Eh bien, les voici ! » Et, contrefaisant lentement et drôlement mon accent, elle me les aligne et me fait répéter des bouts de phrases jusqu'à un résultat.

— Quant à ma prononciation française je vais vous en donner un échantillon : *Le Loup et l'Agneau.* Je réciterai, puis Anne, puis vous. » Et elle commença.

C'était noble par la diction, mouvementé par la mimique tour à tour courroucée et innocente du loup et de l'agneau, drôle par une prononciation presque incompréhensible. Anne et moi nous éclatons de rire, et Muriel aussi. Anne reprend la fable comme une Anglaise déjà parisienne, puis moi, découpant les syllabes. Ce fut le début de notre travail à trois.

5 septembre 1899.

Muriel prend la place qu'avait prévue Anne : la première, grâce à ses inventions et à son énergie. Nous l'adoptons sans réserve. — « Je vous ai regardés avant de venir à vous, dit-elle, je n'osais pas. » — Nous devenons inséparables.

J'aime leur absence de vanité, leur côté sport. Elles ne disent jamais de mal de personne. « Il ne faut pas nous retirer dans notre fromage, dit Muriel, chaque fois que nous avons l'occasion de rendre un service. » Elle cite la Bible, Anne Verlaine, et moi Sancho Pança.

Un jour où Anne est occupée, Muriel me demande si je veux bien l'accompagner, elle aussi, au labyrinthe du château. — « Ne compte pas trop sur Claude pour en sortir ! » lui dit Anne. Nous y allons.

Cette fois je commence à soupçonner les trucs et les angles des glaces, mais je m'égare exprès. Perdus dans les mirages, nous avançons au hasard, à petits pas, nous cognant aux miroirs, comme à l'intérieur d'un kaléidoscope. Quand nous en eûmes assez : « Donnez-moi la main », dit Muriel, et elle me guida de sa main pleine et ferme, tâtant rapidement les glaces de l'autre main, dont les doigts se repliaient en arrière, avec des fossettes, et dans cette situation identique, à un mois d'intervalle, ému par les dissemblances et les ressemblances d'Anne et de Muriel, je m'émerveillais qu'elles me traitent comme un frère. Muriel me mena au jour encore plus vite qu'Anne.

Muriel et moi nous montons un matin sans nos capes au sommet du petit mont. Une grosse pluie se met à tomber. Nous nous réfugions dans une cavité basse, profonde de deux pas, sur un paillasson d'herbes jaunies. Il fallait bien se coller au roc pour rester secs. L'averse s'épaissit et dure, nous sommes mal assis sur des pierres. Nous jouons à la caverne préhistorique, qui nous pose maints problèmes. Je n'ose pas parler de nos enfants.

Le ciel redevient bleu et, à regret, nous redescendons, très en retard pour le déjeuner. Les mères étaient inquiètes, Anne pas.

Muriel a faim de connaître Paris et Anne d'y être avec Muriel. Elles ont décidé leur mère à louer leur maison de l'Ile et à aller passer huit mois sur la *Rive Gauche*. Les garçons resteront dans leur école sauf pendant les vacances.

III

RIVE GAUCHE

JOURNAL DE CLAUDE.

Paris. Octobre 1899.
Elles ont débarqué à Paris, trouvé un appartement de quatre pièces à deux minutes de chez nous, avec une vue superbe, et se sont mises à le peindre et à le meubler elles-mêmes.

Elles ont acheté de belles grandes caisses vides, des rouleaux de grosses toiles et ont commencé à scier, clouer, tailler, fabriquant des casiers, des sièges, des coussins, une bibliothèque. Anne, qui a les poignets moins robustes que Muriel et que sa mère, fait surtout la peinture et les courses.

En trois semaines tout fut prêt. Elles nous invitèrent Claire et moi à pendre la crémaillère : un joli repas simple. Elles ne sont pas venues pour faire de la cuisine.

Les pèlerinages dans Paris, que Muriel et Mrs. Brown n'ont jamais vu, ont commencé. J'ai accompagné Muriel à la Vénus de Milo, aux Impressionnistes qui sont considérés comme des pestiférés. Puis ce furent les églises et enfin Notre-Dame.

Nous y passons des heures. Muriel a une grande conversation muette avec le diable qui contemple la Ville d'une plate-forme des tours. Sur chaque face du toit de zinc du sommet elle s'assied longuement, moi derrière elle. Nous regardons les flancs de Notre-Dame, son épine dorsale, ses arcs-boutants, les personnages verts descendant du clocheton central, nous nous laissons ébranler par le son du bourdon. Aimerai-je un jour Muriel ?

Anne sculpte les après-midi et vient avec nous le soir au Concert Rouge. Tables rondes, cafés crème, fumeurs. *Touche* joue du violoncelle et conduit en même temps, des épaules et de la chevelure.

Muriel questionne Anne à propos des jeunes femmes qui accompagnent les peintres et qui lui semblent gentilles mais bizarres. « Sont-elles mariées ? » dit-elle. Anne répond : « Pas toutes. »

Muriel fleurit à Paris, à la joie d'Anne. Leur mère pousse ses essais de francophilie jusqu'à lire en anglais *les Misérables* de Victor Hugo. « Je n'ai jamais vu dans mes livres anglais, dit-elle à Claire, un caractère plus beau que celui de l'évêque. »

Ses filles lisent Rodenbach et Samain. Elles suivent un cours de Lettres à la Sorbonne. Molière les émerveille et Racine les agace. Claire les mène dans le monde, moi à des bals.

Elles préfèrent à tout le spectacle de la rue et des cafés, dans tous les quartiers. — « Nous ne sommes ici que pour peu de temps, disent-elles. Qui sait quand nous reviendrons ? Voyons ce qui nous attire. »

Un jour où nous avions trop lu et où il pleuvait, Muriel propose une course à trois : monter et redescendre leurs six étages. Nous partons à toute vitesse. Avec mes longues jambes je gagne à la montée, mais je suis lâché à la descente. Elles filent comme des souris et arrivent ensemble en bas.

Muriel propose de recommencer tout de suite, à elles deux, pour la première place. Je vais leur donner le signal quand la concierge, qui avait cru à des cambrioleurs, vient mettre le holà.

Elles ont une drôle de petite femme de ménage. Claudine, jeune mariée, vaillante, de la stature de Muriel. Celle-ci lui emprunte des vêtements, un fichu, un chapeau, se grime et vient sonner à la porte de service chez Claire, à une heure où je suis absent d'habitude. Par hasard je suis là, et je viens ouvrir.

— Tiens, dis-je, Claudine ! Entrez. Que désirez-vous ?

Muriel surprise de me rencontrer me tend un petit paquet. Je la fais entrer dans l'antichambre, mieux éclairée.

— Muriel ! m'écriai-je.

— Rendez-moi le paquet, dit-elle, en me l'arrachant. Et elle redescend à toute vitesse.

— Qu'était-ce donc ? lui demandai-je le soir même.

— Une farce à épisodes, pour amuser votre mère et pour vous taquiner. C'est manqué. N'en parlons plus.

— Qu'y avait-il dans le paquet ?

— Justement : c'est le secret.

Je n'en sus jamais plus.

Quand Claire parle d'Anne et de Muriel elle dit : mes filles anglaises.

Paris. Mars 1900.

Je fais de l'escrime, de l'équitation, je joue à la pelote. Je suis à l'école plus de cours que ma section n'en comporte. Je vais au théâtre et au bal. Je lis avec passion. Me voici atteint d'insomnie : les idées tourbillonnent dans ma tête sans que je puisse les arrêter. Je rejoue en pensée ma dernière partie d'échecs, je me récite des textes que j'aime, je note tout ce que j'ai à dire à Muriel et à Anne. Ma fatigue ne m'est plus agréable. J'ai maigri, mes yeux se creusent. Je crains maintenant l'arrivée de la nuit que j'aimais tant.

Mon professeur, Albert Sorel, m'a dit : « Vous avez bien travaillé deux ans et demi. Vous n'avez ni un nom, ni une fortune, ni une santé à toute épreuve. Vous êtes un idéaliste, un curieux. Renoncez aux concours. Voyagez, écrivez, traduisez. Apprenez à vivre partout. La France manque des informateurs qui sont une des forces de l'Angleterre. Commencez tout de suite. »

Mon vieux médecin m'a dit : « Vous abîmez l'outil que vous êtes. Vous avez craqué vos genoux, vous allez craquer votre cerveau. Il faut tout lâcher d'un coup et faire peau neuve. Je vous envoie en Alsace dans un monastère Kneipp qui guérit les gens comme vous. »

Claire et mes sœurs l'approuvent. J'accepte et je fais mes valises.

JOURNAL DE MURIEL À PARIS.

Hiver 1900.
(Privé. J'écris ces notes pour moi seule.)

Mardi.
Claude m'a ouverte à Rodin. Parfois il disait des bêtises, les sourcils froncés, en pensant avec son cœur.

Mercredi.
Promenade avec mon frère français. Nous avons parlé des différentes morales dans les divers climats. Il m'aide à penser. Je suis lente.

L'idéal anarchiste ? Chacun construit sa morale. Étrange.

Je ne trouve plus que les yeux de Claude sont beaux, mais son caractère s'y affirme.

Les catholiques sont moins libres que nous.

Il y a encore en France des jeunes gens qui se marient sur le choix de leurs parents.

Samedi.
J'ai fait visite au Diable de Notre-Dame. J'ai causé avec lui. — Est-ce que je mérite un ami comme Claude ? Puissé-je en devenir digne et le garder toujours.

10 janvier 1900.
Passé la soirée chez la grand'mère de Claude, c'est une femme silencieuse, de caractère, et bonne.

20 janvier.
Je me suis réveillée en disant à haute voix : « Claude, vous me plaisez ! »
C'est permis puisque c'est en rêve.
Claude m'aiderait à être douce envers Mère...
Peut-on apprécier plusieurs hommes ainsi ? Il me semble que non.

5 février.
Claude a parlé de la nécessité de tout connaître, même ce qui est terrible, et de la paresse qu'il y a à jouir les yeux fermés des avantages que le hasard vous a donnés...
C'était la nuit, aux bords de la Seine, devant les lumières qui dansent sur l'eau. J'étais épuisée et heureuse.

7 février.
Je lis trop. Mère se désole à cause de mes yeux et de mon humeur.

Anne, Claude et moi, nous sommes ensemble tant que nous pouvons.

8 février.

Claude m'a suggéré d'écrire des notes sur ce que je lis. Volontiers. Tout en moi veut se montrer à lui.

19 février.

Notre Trio a roulé à bicyclette au bois de Boulogne. Claude a trop parlé.

20 février.

Je ne comprenais pas un fait divers. Claude me l'a expliqué. C'était une jeune fille abandonnée qui s'est vendue pour élever son enfant et qui ensuite est devenue voleuse. — Claude a parlé de l'amour physique. — Qu'est-ce que c'est ? Il n'y en a qu'un : le vrai.

24 février.

La mère de Claude, qu'il appelle Claire, m'a parlé de ma santé, qui inquiète ma mère, et de la santé de Claude, qui l'inquiète, elle. Et de nos points communs, à Claude et à moi, de nos excès de travail, que l'on paye toujours, dit-elle.

24 février.

Peut-être a-t-elle raison ? Voici Claude envoyé à une cure en Alsace. — Et Mère menace de me renvoyer en Angleterre chez ma tante pour reposer mes yeux et ma cervelle.

Quitter Paris si brusquement, moi, une de

ses filles ! Quand j'y reviendrai, je n'y serai plus qu'une étrangère. Je fais un pèlerinage à nos petites crèmeries, de Montparnasse jusqu'à Notre-Dame.

Paris, ses ruelles et leurs gens, je les aime. C'est doux, riche, profond.

J'achète des livres.

Paris et Claude, vous avez tant fait en moi que je vous appartiens un peu.

Claude et moi nous serions exilés en même temps dans des directions opposées[1].

---

1. L'Île. 28 janvier 1902. Je vois dans ce journal une intense amitié, du romantisme, mais pas trace de ce que j'appelle amour. — Muriel.

IV

ICI ET LÀ

CLAUDE À MURIEL.

Sonnenberg, 1ᵉʳ mars 1900.
J'ai trouvé dans ce couvent Kneipp une discipline, un régime, et de l'eau froide à profusion.

On aurait bien pu vous envoyer ici aussi ! Il y a une aile pour les femmes.

L'abbé directeur m'a questionné, regardé avec des yeux d'aigle, a rempli une fiche détaillée qu'il a gardée et m'a dit : « Allez. »

Après une nuit de plus de galop cérébral je vois entrer, à l'aurore, deux gaillards vêtus de blanc et d'allure militaire. Ils me sortent de mon lit, plongent un drap rugueux dans un seau d'eau froide, le tordent, l'étendent sur le lit ouvert et me font signe de m'allonger dessus. Je palpe le drap, et je dis : « Non. »

Un des bourreaux me dit : « Ici on obéit, ou bien on part. »

J'étais prêt à me battre.

— Essayez une fois, dit le second. Cela surprend d'abord. Mais quel bien-être après !

Il me rend curieux. Je saute et m'allonge sur le drap mouillé. Les deux hommes m'emmaillotent dedans jusqu'au menton, me roulent dans la couverture, s'en vont.

J'ai perdu le souffle. Le frisson passé, un bien-être m'emplit, et je m'endors sans penser. J'espère qu'on me fera cela chaque matin.

Venez y goûter.

Envoyez cette lettre à Anne : je dois très peu écrire.

20 mars 1900.

La vie dans ce couvent me plaît. Nous partons au soleil levant, pieds nus dans la neige, à travers la forêt. C'est un luxe incroyable. Compagnons neurasthéniques. Il y en a d'attachants. Travail du cerveau interdit. Le dimanche soir, dans le grand salon, on me permet de dessiner.

J'ai fait de loin le portrait d'une jeune fille diaphane, aux boucles à l'anglaise, qui chante accompagnée par son fiancé romantique, au haut col empesé. Il est venu me proposer poliment de me battre en duel avec lui, ou de détruire ce portrait. Je le lui ai donné.

18 avril 1900.

Je ne vous raconte que des petits faits, et je vous demande de faire la même chose. C'est à cette condition que l'on me permet d'écrire.

Je me suis lié avec un étudiant auvergnat

atteint d'agoraphobie : il me suit facilement partout à bicyclette mais je dois lui donner la main pour traverser à pied la place du village.

Les applications d'eau froide sont variées, et plaisantes. Je crois que vous en inventeriez encore de nouvelles et que vous pourriez devenir la main droite du Père Abbé. Je vous vois donnant les consultations...

Je suis allé à la ville voisine jouer au grand jeu de quilles. Les belles boules de buis lisse et leur long trajet dans les glissières m'ont fait, je ne sais pourquoi, penser à vous deux.

27 mai 1900.

Vous ne lisez pas, vous avez retrouvé aussi votre parfait sommeil ! Vous m'écrivez que vous, Anne et nos mères allez m'attendre dans cette pension-chalet, dans la haute vallée du Rhône. Je ne puis y croire !

JOURNAL DE CLAUDE.

Sion, 6 juillet 1900.

J'ai rencontré Anne, à l'heure fixée, dans l'église au fond de la vallée. Elle fut très réservée et fit une prière. Dehors, elle eut son franc sourire.

Elle me mena tout droit... au stand de tir au fusil de guerre où il y a un concours, ouvert aussi aux femmes : elle nous a inscrits tous les deux. On paye une entrée, on tire cinq balles dans une cible à trois cents mètres et la meilleure balle de la journée gagne la cagnotte.

Anne se couche sur le sol, arrange sa jupe, vise lentement. Cinq fois je vois le recul tasser son épaule. Elle met plusieurs fois dans la mouche. Moi aussi. Pas assez au centre pour gagner. Assez pour qu'on nous rembourse nos entrées.

Nous laissons nos vélos chez un charron. Sac au dos, nous prenons un dur sentier à traîneaux. Il y a près de mille mètres à grimper et les lacets sont si embrouillés qu'Anne a dû venir à ma rencontre. Tant mieux !

Elle marche la première avec une allure anglo-montagnarde. Malgré la verdure et l'ombre des bois, nous sommes en nage. De temps en temps elle choisit un tas de bois frais coupé, l'arrange avec sa couverture, et nous nous étendons dessus cinq minutes. Nous traversons souvent le même torrent : « C'est notre ami, dit Anne, il a creusé là-haut dans le roc, près du chalet, de jolies salles de bains, avec de petites chutes d'eau qui vous massent rudement, chacun choisit la sienne. »

Sans Anne je me serais ennuyé dans cette longue montée. Son calme souriant me gagne.

— Enfin, nous y sommes, dit-elle. Voulez-vous goûter au torrent tout de suite ?

Nous prenons chacun une vasque, à distance, et nous en sortons dispos.

Anne pousse un *you* sauvage. Un autre *you* plus grave lui répond, sortant d'un gros arbre tortu : c'est Muriel.

— Posez vos sacs et grimpez, nous crie-t-elle. C'est ici mon salon. Je viens de le terminer : il y a maintenant trois sièges !

Nous nous hissons, Muriel me tend sa main que je retrouve. Ses yeux brillent en plein. Après des tâtonnements on est assis en équilibre sur les fourches des branches. J'écoute leurs voix, je les regarde bien. Nous faisons des plans détaillés...

— Nous continuerons ce soir, dit Muriel. Allons voir nos mères.

Les mères sont sur le balcon du petit hôtel tout neuf qui sent la résine. Elles nous font fête. Les chambres sont de minuscules boîtes à dormir et donnent sur une prairie couverte de marguerites et de boutons-d'or.

Nous avons devant nous des semaines. Nous ne savons par quoi commencer.

Alex arrive d'Oxford, puis Charles de son école. L'herbe de la prairie est trop haute pour jouer au cricket, ils y organisent un jeu de *balle au camp*.

Alex lance la balle parallèle au sol. On dirait qu'elle ne baisse pas. Je fais des chandelles avec la batte de bois brut. Les deux filles sont adroites. Muriel est passionnée et déchaîne les rires.

La partie finie nous jouons à *chat*. Alex, chat,

hésite, me choisit et fonce vers moi. Anne bat des mains et crie : « Cela va être beau ! » Je démarre comme jadis, oubliant mes genoux. Y eut-il un creux dans l'herbe ? Mon genou craque et je m'abats, avec la douleur connue. Alex me fait un dossier de sa jambe.

J'ai été huit jours étendu, et quinze avec des béquilles. Mes sœurs m'ont tenu compagnie. Claire, présente à l'accident, ne s'est pas levée : ce genre de danger ne l'inquiète pas.

Nos lectures à trois ont repris. Muriel sait le français et Anne presque. J'ai parfois envie de toucher leurs mains.

10 août.

Je pars avec Alex, sac au dos, vers les hauteurs, pour chasser le chamois. Alex est capitaine de l'expédition, armé d'un fusil de guerre suisse.

Nous campons à deux mille mètres. Alex m'apprend à faire un lit avec des petites branches de sapin empilées par couches. Je retrouve en lui des gestes d'Anne et un peu son sourire quand elle rend service. Pour la première fois je suis à l'aise avec lui.

J'imagine nos sœurs avec nous et ce qu'elles feraient.

Une coulée déserte. Au milieu un gros arbre à l'écorce blessée. Halte. Je m'adosse au tronc, face au sommet.

— Non, dit Alex, venez avec moi sous le tronc.

— C'est incommode, là !

— Suis-je le capitaine ? dit Alex en souriant. J'expliquerai plus tard.

J'obéis. Des pierrailles se détachent d'en haut, roulent avec bruit, une frappe le tronc.

— Merci, Capitaine, dis-je.

Nous campons près d'un col aride. Au lever du soleil Alex fouille de sa lorgnette le paysage, en consultant une carte et dit :

— Voilà le massif des chamois. J'irai seul. Bricolez, contemplez, amusez-vous et préparez le repas du soir.

J'allais protester. Il mit un doigt sur ses lèvres :

— Je suis responsable de vos genoux, et nous n'avons qu'un fusil.

Je passe la journée devant ce panorama où le soleil se promène. Je pense aux ermites des montagnes. Je fais bouillir l'avoine.

La nuit tombe. Le capitaine Alex ne revint pas...

Un accident ? Prévenir les guides de la ville ?

J'attends le lendemain Alex jusqu'à midi. Et je redescends, surchargé, couchant en route.

La famille Brown fut brave : « Alex est en pleine forme et très prudent. Il s'est laissé entraîner par la chasse. Il a toutes les chances de s'en tirer. »

Une expédition de recherches ne trouve rien. Le cinquième jour arrive un télégramme : Alex est en prison dans le canton voisin. Il a pénétré sans le savoir dans la réserve des chamois, et il va passer en jugement.

Nous le trouvons gai derrière les barreaux de sa prison. Le tribunal, paysans en blouses bleues et en toques rouges, admet sa bonne foi, ne le condamne qu'à une forte amende. Cette aventure nous a rapprochés.

5 septembre 1900.

L'été passe comme un rêve, tout est si naturel avec elles deux. Je pourrais écrire sur elles chaque jour. J'aime mieux les regarder.

Le chalet ferme en septembre. Alex et Charles sont partis. Anne rentre à Paris pour sa sculpture, avec Claire.

Muriel et moi, les deux ex-convalescents, passons encore une quinzaine avec Mrs. Brown au bord du lac de Lucerne. Je suis des journées entières avec Muriel dans une barque à fond plat, où l'on rame debout, face à l'avant, avec les deux rames croisées devant soi. Nous y prenons nos repas. Elle m'apprend à les préparer. Elle me manquera.

Nous avons quelques heurts, qui ne durent pas. Elle me trouve gâté, fils unique, Français. Et je la trouve brutale et sûre d'elle. J'ai fait un poème sur elle, le lac et la lune, que j'ai envoyé à mon ami Jo. Il m'écrit : « Tu vas l'aimer. »

Il n'en est pas question. Je *les* aime.

Un soir la tempête nous surprend, le vent arrache la tente, les rames sont inutiles, l'ouragan et la pluie nous entraînent. Nous échouons sur un petit cap, dans un jardin, à côté d'une villa éclairée. Les propriétaires nous voyant trempés et épuisés, et nous prenant pour un jeune couple, nous offrent une grande chambre avec un lit à deux. Qu'ils sont sympathiques ! Est-ce un coup du destin ?

Nous partons à pied, sous la pluie, pour rassurer Mrs. Brown.

Nous faisons à trois une excursion sur une montagne à funiculaire. Nous pensons rentrer pour dîner. Ce n'est plus le service d'été et nous nous trouvons à dix heures du soir dans un train cahin-caha qui s'arrête partout, et nous sommes seuls, sans manteaux, dans le wagon vide où le froid pénètre.

— Nous attrapons un rhume, dit Mrs. Brown. Il faut nous réchauffer. Muriel, si nous faisions comme l'an passé, avec Alex ? Tu sais, le *citron pressé* ?

— Quelle bonne idée, Mère ! dit Muriel. Assieds-toi au milieu de la banquette, Claude à gauche, moi à droite. Appuyons nos dos contre Mère, nos pieds contre les parois et poussons !

Cela me parut d'abord peu respectueux, puis pratique et amusant. Mrs. Brown était un ballon entre deux joueurs, glissant tantôt dans un sens, tantôt dans l'autre.

— À vous d'être au milieu ! me dit-elle.

J'obéis et elles poussent, plus fort que je n'aurais cru, la mère répondant bien aux efforts de sa fille. Parfois elles donnent des secousses simultanées en comptant tout haut.

Pour la première fois j'imagine que Mrs. Brown a pu être alerte et jolie.

Quant à Muriel je sens sa consistance comme une indiscrétion. J'ai vécu des mois à côté d'elle, évitant de lui effleurer les doigts, de trop regarder ses mains et voici qu'elle appuie contre moi la matière de son dos et pousse de toute sa force.

Ce fut à son tour d'être le citron. Je n'en reviens pas. Elle est élastique. Ses tempes perlent. Je n'ose aspirer son odeur.

— Je crois que cela suffit, dit Mrs. Brown.

La famille Brown partit pour l'Angleterre et moi pour le régiment.

V

CLAUDE SOLDAT

CLAUDE À MURIEL ET ANNE.

Mayenne, 19 décembre 1900.
On a voulu m'ajourner à cause de mes genoux. Je n'ai pas voulu.

Me voici entre la Normandie et la Bretagne parmi des paysans. Je suis un illettré manuel et les premières semaines sont dures. Cela passera. Je suis le plus grand du régiment. Mon tir précis (moins que celui d'Anne), ma place de premier aux 100 mètres, m'ont valu la permission de coucher en ville les fins de semaine. Me sachant un enfant gâté (vous êtes d'accord), j'ai choisi les corvées les plus sales. J'ai refusé la place enviée de secrétaire de bureau, je suis chaque matin sur le terrain de manœuvres, d'où je vois le lever du soleil. Le maniement d'armes m'amuse.

La terre s'est recouverte de neige que nous poussons dans la grande cour avec des bancs. Le dimanche, je fais à vélo des tours sur sa blancheur. C'est le moment où je cause avec vous. Mes pneus sont ici une nouveauté.

15 janvier 1901.
Le brouillard et la boue sont arrivés. J'ai erré deux jours dans les couloirs de la caserne, grelottant, avant que ma fièvre n'atteigne le degré réglementaire pour l'infirmerie. Enfin j'y suis.

La suite est une histoire pour vous.

Je suis surpris la première nuit de sentir mon lit s'en aller à la dérive. C'est le *Cercle Montmartrois* qui déménage les malades de la grande salle dans les deux petites pour donner sa représentation. Minuit sonne. L'adjudant couche en ville et ne fera plus de tournée-surprise. Trois Parisiens, qui se maintiennent à l'infirmerie par des trucs dangereux, élevant au moment voulu leur température, font descendre des ficelles entre les barreaux des fenêtres et remontent des litres de vin. Les grands fiévreux sont rangés à côté. Tout ce qui peut tenir debout, ou assis sur des lits, se groupe dans la grande salle. Là, dans la demi-lumière de bougies aux abat-jour de papier journal, se déroule une soirée de la Butte, avec une guitare faite d'une boîte à cigares, des chansons connues adaptées, du rosse, du sentimental, et une ironie discrète sur les choses de la caserne. Les chanteurs veulent bien risquer la prison mais pas Biribi.

Les trois héros invitent l'assistance à reprendre les refrains en sourdine. On fait la quête pour le vin. Ceux qui n'ont pas d'argent peuvent boire aussi. Les trois Parisiens n'y sont pas de leur poche, le public paysan se montre honnête. Le nombre de verres est surveillé pour qu'aucun soûlaud ne fasse de bruit et n'attire le poste de garde.

Bientôt je pus assister à ces soirées. Les trois artistes étaient des missionnaires dans leur genre.

Je restai dix jours. Vous trottiez dans ma tête. Je voyais Muriel infirmière là-dedans, et y mettant un ordre souriant, et Anne jouait du violon à côté du guitariste.

2 avril 1901.

J'ai passé un mois à l'hôpital puis en convalescence, auprès de Claire, six semaines. Ma chambre d'étudiant me semble un paradis, après la caserne, et je me remets vite. Poussé par Claire et par mon médecin, je décide de réaliser un vieux rêve et je pars huit jours en Espagne pour voir le Musée du Prado.

JOURNAL DE CLAUDE.

PILAR.

Mai 1901.

(Ceci fait, pour le moment, partie de mon Journal intime, mais vous sera conté un jour, mes sœurs, puisque nous n'avons pas de secrets. Je n'ai aucun regret. C'est arrivé tel quel. Et pourtant, par rapport à vous, ce sera une confession.)

Vers Madrid.
Train espagnol, avec bientôt huit heures de retard, ce qui est normal pour lui. Je suis en deuxième classe, vide, où je m'ennuie. Les troisièmes semblent si vivantes que j'y passe. Mes compagnons de voyage me parlent sans cesse, je comprends leurs questions familières. Ils m'offrent des gorgées de vin et des cigarettes, l'une après l'autre, si vite que je me demande s'ils ne se moquent pas de moi. Mais non.

BURGOS. Droit à la cathédrale. Soleil dehors. Obscurité dedans. Pas de chaises. Je bute dans un fidèle allongé sur le sol. Une chapelle rutilante de lumières, j'y vais. Les dômes de cierges étincellent, un prêtre officie, deux moines à la Zurbarán sont agenouillés. Dans la chapelle voisine, toute noire, éclate une brève musique militaire qui me frappe au cœur et bondit sous la voûte.

Au premier rang des fidèles, agenouillée comme eux, une toute jeune femme, pudique, ardente, qui se frappe la poitrine de *mea culpa* sonores. Elle doit se faire mal ! Elle porte des bijoux simples et sauvages.

Je ne la quitte pas des yeux. Pendant l'office qui suit elle me regarde une fois. La chapelle se vide. Elle reste là, prosternée, la dernière. Les cierges s'éteignent un à un.

Elle se lève et rentre d'un pas léger dans l'obscurité de la nef. Je la suis, je me heurte à une grille, je la perds, je me perds, je tâtonne vers la veilleuse de la sortie. J'aurais voulu la voir marcher dans la rue. Elle doit être déjà loin.

Elle surgit de la pénombre vers le bénitier, j'y trempe mes doigts et je lui tends l'eau bénite. Elle l'accepte et nous nous signons.

Je lui ouvre le battant de la porte à contre-poids et elle la franchit, puis moi. Deux pas plus loin je devine une deuxième porte. Nous sommes seuls pour un instant dans cette boîte de bois. Nos doigts qui s'étaient touchés pour l'eau bénite se joignent de nouveau.

— Vous parlez espagnol ? demande une voix sans hâte.

— À peu près, dis-je, récompensé d'un coup de l'avoir appris.

— Suivez-moi de loin jusqu'à ce que je me retourne. Voulez-vous ?

— Oui.

Elle sort vivement. Je la suis à vingt pas sans avoir l'air. Elle a une mantille, un haut peigne, un éventail. Plusieurs hommes la saluent avec déférence. Plusieurs femmes lui font des signes de la main. Elle marche rapide et net comme un petit coq. Je vais voir ses yeux en plein jour. Elle m'entraîne dans son sillage jusqu'au long jardin public dont l'entrée est animée mais dont le fond est désert. Son allure se ralentit. Elle se retourne d'un coup et s'assied légère et droite sur un banc de pierre.

Je m'arrête à deux pas. Elle me fait signe de m'asseoir.

Je la contemple...

— Baste ! fait-elle de la main... Comment vous appelez-vous ?

— Claude.

Elle répète trois fois mon nom en s'appliquant.

— Et moi je m'appelle Pilar.

— Pilar... Pilar... Pilar... dis-je en m'appliquant aussi.

— Eh bien ? dit-elle, en levant les cils.

Du bout des doigts je prends les doigts de l'eau bénite.

Elle me les laisse. Je les baise. Nos yeux se parlent. J'en ai mal aux miens. C'est clair : elle me veut du bien. La Méditerranée se gonfle en moi.

— Je demeure avec ma mère, dit-elle. Mais j'ai une amie qui me prêtera sa demeure. Suivez-moi encore.

Cette seconde promenade bienheureuse commence. Pilar prend une étroite fissure dans un bloc de maisons, descend des marches, en remonte, ouvre une porte en fer, traverse un jardinet, passe sous une maison, tourne à angle droit, grimpe un escalier, pénètre sur une terrasse et entre dans une pièce blanche au sol dallé, avec un Christ de bois, noir, des fleurs rouges, un lit avec deux grands oreillers côte à côte et de gros draps frais.

Pilar me donne un petit baiser sur les lèvres. L'impensable arrive : ses légers habits voltigent, les miens les suivent. Nous sommes dans le lit.

— C'est la première fois, dis-je.

— Est-ce possible ? dit-elle en riant de plaisir.

— Jusqu'à onze ans j'ai cru que, si les statues féminines des parcs ne portent pas un tout petit sexe masculin, c'est à cause de la discrétion des sculpteurs. Plus tard, à l'atelier, j'ai vu des modèles nus, et j'ai presque regretté mes femmes imaginaires.

— Et moi ? dit Pilar.

— Vous êtes ce qu'il faut.

— Parlez encore, dit Pilar qui m'enseigne...

Moi, dégoûtable, soupçonneux, je n'ai que respect pour cette prêtresse ambrée. Je me sens croître entre ses bras comme un jeune tronc et devenir un homme. J'éprouve une stupeur et une reconnaissance.

Soudain elle bat ma figure avec ses paumes douces, me repousse et me tient à distance, avec des yeux très noirs. Elle respire.

Les visages de Muriel et d'Anne m'apparaissent, curieux. Sont-elles de la même espèce ? Seraient-elles capables d'un tel abandon si elles aimaient un jour ? Elles font partie d'une autre planète, où je retournerai bientôt, d'où ce que je vis là est exclu.

— Claude, me dit Pilar, à la nuit tombante, en mangeant une crêpe froide roulée, combien de temps restez-vous à Burgos ?

Claude soldat

— Jusqu'à demain matin, dis-je, me rappelant.
— Aimeriez-vous rester davantage ?
— Oui.
— Alors, pourquoi partir ?
— Je suis soldat (je pense à Carmen). Je vais à Madrid, je rentre à Paris, et je n'ai d'argent que tout juste.
— Écoutez, dit-elle après un silence, quant à l'argent je n'en ai pas non plus, mais j'ai une idée. Vous n'êtes pas comme les garçons d'ici. Vous êtes une curiosité pour les filles. J'ai une jeune amie qui a une belle maison et qui s'intéresse aux garçons. Je puis vous la faire rencontrer ce soir et, si vous vous plaisez, elle nous invitera tous les deux à rester quelque temps chez elle.

J'ai envie de rester pour Pilar mais pour elle seule. Son amie est une complication. En même temps, cette proposition situe différemment Pilar. Je ne la chéris pas moins. Mais tout mon nordisme s'amasse et s'oppose. Je pressens quelque chose de grave envers Muriel et Anne.

Pilar suit tout cela dans mes yeux.
— Alors, dit-elle, si vous devez partir, mieux vaut tout de suite !

Et elle saute hors du lit.

Elle se rhabille, range vite ce jeu qui me plaît. Elle me regarde me vêtir moins vite qu'elle. Elle se signe devant le Christ de bois. J'ôte la médaille en breloque à ma montre et je la lui tends. Elle la prend en haussant une épaule.

Elle a retrouvé son maintien. Elle me mène, toujours à distance, au bout de la fissure. Elle regarde à droite et à gauche. Personne. Elle me fait signe. J'arrive à sa hauteur. Elle me passe la main sur les cheveux et me pousse au large.

Je suis très seul. Je trouve un hôtel. Je bondis soudain. Je n'ai ni le nom ni l'adresse de Pilar ! Je ne la reverrai plus. J'aurais voulu pouvoir lui écrire.

J'ai des doutes sur la fortuité de notre rencontre au bénitier. Mais rien ne peut me la gâter, telle quelle.

(Peut-être montrerai-je aussi à Muriel et à Anne les notes qui suivent sur mon séjour à Madrid :)

Madrid, fin mai 1901.
Je demeure dans un hôtel de la Puerta del Sol. À table j'ai lié conversation avec un négociant d'une quarantaine d'années aux lèvres sombres, au linge blanc, à la chaîne d'or. De dire en dire cet homme me recommande bientôt de me marier jeune, et il me récite des litanies de sa jeune femme qui enchante sa vie et dont il me montre un portrait gracieux. Elle

vaut mieux que lui, affirme-t-il. Il m'invite à venir les voir si je traverse leur province.

Le soir il pousse plus loin ses confidences : il fait chaque année un tour de quelques semaines dans les grandes villes d'Espagne pour ses affaires, et il n'emmène pas son épouse, ne pouvant pas assez se consacrer à elle. Pourtant les femmes sont si précieuses, et le temps que l'on passe sans elles est si voisin d'être perdu qu'il s'est arrangé ainsi ; il télégraphie aux grands hôtels un mot clef, signifiant qu'il désire trouver une femme de première classe dans son lit. Ainsi peut-il rendre hommage sans interruption aux femmes durant cette brève vie et faire des comparaisons qui lui rendent la sienne plus délectable encore à son retour.

— Et si, dis-je, votre femme apprenait par hasard un jour quelque chose ?

— Cela ferait deux drames, dit-il sans préciser. Mais c'est impossible.

— Et si, spontanément, votre femme appliquait à sa vie les mêmes principes que vous ?

Je crus que mon vis-à-vis allait me frapper de son couteau à dessert. Cela n'arrivant pas, je ne m'attendis plus qu'à une gifle. Cela non plus. Il éteignit avec peine son indignation et ne conserva qu'une tristesse, comme après une trahison.

— Vous êtes très jeune et vous êtes Français, c'est pourquoi vous avez pu dire une telle chose sans vouloir m'offenser. Vous ne vous rendez pas compte de ce qu'est un parfait ménage espagnol. J'adore ma femme, le reste ne compte pas, et ce que vous avez supposé est inconcevable.

— Bravo ! dis-je.

L'homme redevint cordial et sa bonne foi était manifeste.

Le lendemain il mentionne incidemment à ce « gentil Français », à qui décidément il veut faire goûter de l'Espagnole, le prix que pouvait coûter un *lit garni* pour la nuit, et la qualité des femmes que l'on peut trouver dedans si la spécialiste de l'hôtel affirme à ses clientes et amies qu'elle vous connaît et que vous êtes un homme galant et bien de votre personne, ce qui est, dit-il, notre cas à tous les deux. Bien sûr elle a aussi des femmes médiocres pour des hommes laids ou avares.

La somme n'était pas excessive, mais je ne pensais qu'à Pilar.

Après le dîner le négociant me mène, sans me prévenir, dans une maison close soignée, où il offre un porto général. Les femmes n'étaient pas jeunes mais elles avaient le mordant espagnol... « Les jeunes se débrouillent toutes seules », dit le mécène.

Une femme agile dansa nue. Deux étrangers mirent dans leur poche des cendriers de porcelaine.

« Dans un endroit comme celui-ci, ils se croient à tort tout permis », poursuivit le négociant, qui néanmoins commença avec eux un tel échange d'anecdotes que je pus m'esquiver sans être remarqué.

Je rentrai seul à pied vers mon hôtel. Les rues étaient désertes.

Deux hommes venaient vers moi à quelques pas d'intervalle. Le premier, jeune et souple, avait la veste sur l'épaule et titubait un peu. Arrivé à ma hauteur il se redresse, se fend, les doigts allongés, et me porte un coup rapide au bas-ventre. La douleur est telle que je ne puis crier. Je crois choir, je m'appuie au mur, j'esquisse un geste vers ma poche-revolver.

— Couillon, tu l'as manqué ! dit le deuxième. Et ils regardent si je vais tomber ou non, comme un taureau après l'estocade. Ils sont sans haine. Ils veulent seulement ma bourse. Il doit y avoir des règles là aussi, car, dans l'état où je suis, ils peuvent se jeter sur moi sans risque.

Ils s'éloignent sans hâte. Je reprends mon souffle, je réussis à sortir mon revolver, je n'ai pas la force de presser la gâchette, et cela ferait trop de bruit, et ils sont déjà loin. Je marche à petits pas vers l'hôtel.

Le portier m'affirme que la chose est fréquente, qu'il faut se tenir sur ses gardes, que la police n'y peut rien.

J'ai encore mal là où j'ai été frappé. Cet endroit joue un grand rôle dans la vie espagnole.

Je vous raconte par lettre le Musée du Prado.

CLAUDE À MURIEL ET ANNE.

Le Mans, juin 1901.
J'ai retrouvé la vie de caserne et la belle saison. Je suis élève officier de réserve et je me suis inscrit... comme sonneur à la cathédrale. Le dimanche, je monte avec trois camarades sur des poutres fichées dans la pièce de chêne portant le gros bourdon, nous nous tenons à des poignées, nous pesons, nous nous allégeons et mettons en branle la bête de bronze qui mugit bientôt. J'ouvre la bouche pour avaler le son et je pense à Notre-Dame, avec Muriel.

6 août 1901.
Je suis nommé chef du peloton cycliste, une nouveauté ici, qui comprend onze vélos à caoutchoucs pleins. Il faut, pour y être admis, faire soixante kilomètres en six heures. Mes sœurs, sur vos pneus, vous seriez nos voltigeurs — et vous coucheriez aussi à la belle étoile.

Notre peloton s'est embusqué dans les caves d'une ferme où il a déjeuné, et il a fusillé à vingt mètres, par les soupiraux, avec ses cartouches à blanc, le colonel ennemi et son état-major qui défilaient sur la grande route.

Nous fûmes faits prisonniers et menacés de sanctions par ledit colonel qui, selon nous, était mort.

19 septembre 1901.

Il y a en ville six « bordels ». Deux ont parmi les soldats une grande réputation : le plus pauvre et le plus riche. Longtemps je me suis dit que je devais les voir, pour vous les raconter, puisque vous me l'avez demandé.

Je sonne et je pousse la porte du premier, sous la lanterne rouge. Une forte odeur de vin, des soldats accoudés sur des tables sales, des filles usagées, mal peignées, des sommiers défoncés, des murs blanchis à la chaux, bien décorés par un ivrogne qui a brisé dessus des litres de vin. Je n'ai pas su me mêler à la conversation, je suis parti.

Le deuxième est fréquenté par des sous-officiers, des fonctionnaires, des citadins. L'escalier est condamné quand un client entre ou sort, pour son incognito.

Tout est astiqué, les pensionnaires sont parées d'une façon discrète. Un loisir règne. On ne pousse pas à boire. J'ai annoncé : « Je viens seulement bavarder. »

Une Juliette, se nommant, vint à moi, prévenante, me disant : « C'est parfait. Je préviens *Madame.* »

Madame arrive, une bourgeoise boulotte, brune, aux yeux vifs. Elle s'assure que je payerai en tout cas le tarif et accepte de prendre une anisette avec Juliette et moi.

On sonne. C'est un client, resté invisible, qui réclame Juliette. *Madame* veut appeler une autre fille. Je lui dis : « J'aime mieux causer avec vous. » Elle sourit et se rassied.

— Comme c'est soigné ici !

— J'y mets tout mon soin. Je suis contente de vous l'entendre dire.

Madame arrange trois roses sur la table. Elle ne demande qu'à parler. Je la questionne et la voilà en train. Elle se considère comme un rouage municipal, au même titre que le maire et le colonel, qu'elle est allée voir tous les deux.

« Ma maison contribue à la santé publique et à la paix des ménages, que les célibataires troubleraient. Il n'y a chez moi ni maladies ni scandales. »

Et elle me fait une comparaison modeste de sa maison avec une grande maison parisienne.

C'est une femme consciencieuse.

MURIEL À CLAUDE.

L'Île, 12 août 1901.
J'ai lu votre lettre dans mon hamac. J'ai eu peur. Quand je vous dis : *j'ai peur*, vous me demandez toujours : de quoi ? — Alors, c'est que je comprends mal le mot *peur* en francais.

Vous m'inquiétez quand vous me dites comment vous lisez mes lettres. *Il ne faut pas.* Je souris peut-être mais je suis gênée.

Je suis contente que vous ayez plongé du

haut du pont. Mais ne me dites pas que je vous ai aidé ! Il ne faut pas s'en apercevoir !

Ces séances spirites en ville, que vous fréquentez sans trop y croire, ne sont-elles pas quand même épuisantes ? Si oui, ménagez-vous. Votre mère est inquiète.

Je voudrais entendre vos causeries du jeudi avec vos camarades et voir les jeux qui suivent.

Croyez-vous à la réincarnation ? — Quand vous viendrez, je vous montrerai ici le *Pierre Bezoukhoff* de « Guerre et Paix ». Quand je le rencontre je le regarde. Il ne sait pas que je sais que c'est lui.

Londres, 14 août 1901.

Je crois que pour chaque femme a été créé un homme qui est son époux. Bien qu'il puisse exister plusieurs hommes avec lesquels elle pourrait avoir une vie paisible, utile et même agréable, il n'y en a qu'un qui soit l'époux parfait.

Il peut mourir, il peut ne jamais la rencontrer, il peut être marié à une autre. Alors il vaut mieux pour cette femme qu'elle ne se marie pas.

Il y a pour chaque homme une femme unique, créée pour lui, qui est sa femme. Nous pensons ainsi, Anne et moi, depuis notre enfance.

Quant à moi, je ne me marierai probablement pas, parce que j'ai devant moi une tâche que je remplirai mieux seule, mais si Dieu me faisait rencontrer *mon* homme, je l'épouserais.

21 août.

Je vous ai envoyé des livres. Je n'avais pas compris que votre mère s'y opposât. Elle les a arrêtés. Elle m'écrit que vous vous surmenez toujours autant, et que vous ne pouvez rien écrire ni recevoir pendant les grandes manœuvres.

VI

CLAUDE À LONDRES

CLAUDE À ANNE.

5 octobre 1901.
Mon service militaire est fini. J'ai hâte de vous voir toutes deux. Dans dix jours je suis à Londres.

ANNE À CLAUDE *(à Londres).*

L'Île, 15 octobre 1901.
Bravo d'être venu tout droit ! Mais nous ne nous reverrons pas tout de suite. Nous sommes en train de refaire notre maison de l'Île. Il y en a pour un mois. Notre ami, Mr. Dale, banquier, dont le fils a travaillé la sculpture avec moi à Paris, vous invite dans sa maison. — Muriel ne vous écrit pas. Elle fait le maçon. — Racontez-nous.

CLAUDE À ANNE.

5 novembre 1901.

Mr. Dale est petit, rond, énergique. Il joue du pianola. Sa maison est belle. Il considère que l'Empire britannique égale au moins l'Empire Romain, qu'il faut remplir ses devoirs avant de parler de ses droits.

Il me prête son ballon de boxe et sa machine à ramer, dans sa salle de bain personnelle, et son pianola. Il m'explique les rouages de son élégant bureau en ville, il m'emmène à la Chambre des Communes. Là, enthousiasmé par cette atmosphère d'efficacité, je me promène à grands pas, les mains derrière le dos, dans la salle des Pas-Perdus. Un policeman à chevrons me dit : « Ne soyez pas si excité. »
— Je lui réponds : « Merci. »

Les clubs d'hommes m'éblouissent, ils favorisent la réflexion. J'admire les orateurs spontanés de Hyde Park, qui montent sur une caisse et proclament leurs vérités.

Mr. Dale explique : « Je ne peux plus accroître mes services. Mon imagination ne va pas au-delà. Je suis un homme fini.

— Dites : un homme qui a atteint son plein rendement et qui peut en jouir tranquillement.

— Un meilleur rendement est toujours possible, et jouir tranquillement ce n'est pas anglais.

À la table familiale la conversation est tombée sur vous deux. J'ai dit que vous m'aviez donné la curiosité de l'Angleterre, et ce que je pensais de vous.

— Mais elles ne sont pas exceptionnelles ici, dit Mr. Dale. Je connais à Londres des jeunes filles qui les valent. (Vous dites la même chose, mes sœurs.) Que voyez-vous de spécial en elles ?

— Sincérité, modestie, désir de servir, énergie, humour, personnalité, culture.

— Soit. Tout cela est anglais !

— Et les jeunes filles françaises ? dit Madame Dale.

— Ah, dis-je, j'en connais de remarquables, mais, pour le moment, je regarde ailleurs.

— Un de mes jeunes collègues, dit Mr. Dale, vient d'épouser une Française, un des *beaux* de ma fille Caroline est Espagnol. A priori, cela ne m'enchante pas, mais c'est son affaire à elle.

Caroline, l'aînée, sourit et rougit.

— Épouseriez-vous une Anglaise ? me demande-t-elle.

— Sûrement, bien que je ne sois pas assez mûr pour y songer.

— Vous croyez aux croisements des peuples ?

— Oui, s'ils en ont l'instinct.

— Il est bon, dit Mr. Dale, que quelques hommes, parmi les penseurs et les artistes, prêtent l'oreille à l'instinct, mais ce n'est pas une base suffisante.

— Votre mère, dit Madame Dale, est une amie pour moi. Elle a des idées presque anglaises. Comment la classez-vous ?

— Je ne la classe pas, je fais partie d'elle. Quand j'étais enfant, je voulais l'épouser.

— Pour un Français il n'est pas mal, dit la petite sœur de Caroline, au milieu d'un rire général.

ANNE À CLAUDE.

L'Île, 20 novembre.

Muriel pense comme vous que cette bonne hospitalité des Dale ne doit pas trop durer. Notre ami, Mr. Mitchell, qui demeure près du lac, vous a trouvé une chambre dans sa maison. Téléphonez-lui.

Nos travaux avancent et vous en verrez bientôt le résultat.

CLAUDE À ANNE.

British Museum, 22 novembre.

Mr. Mitchell avait mis un petit bouquet de violettes de Parme sur ma table. Je me sens moins gâté ici que chez les Dale mais plus dans le bain londonien et j'apprends à y nager seul.

J'ai fait une promenade dans la verdure avec Mr. Mitchell. Il aime les bateaux de sa Compagnie comme des enfants. Il a réussi à créer un sentiment cordial entre les usagers et les équipages au lieu de l'indifférence ou de l'hostilité de jadis. Il a une grande patience, il sème la concorde. Il a un feu doux et gai dans le regard et dans la voix. Il est ambitieux pour ses idées, pas pour lui. Il vous respecte beaucoup, vous et Muriel.

30 novembre.

Voici mon Londres :

Je vais travailler chaque jour à la bibliothèque du British Museum. Je vénère cette coupole majestueuse, l'ampleur des fauteuils cannés et les tables épaisses, la générosité des catalogues et les formalités simplifiées. Je n'oublie pourtant pas ma chère bibliothèque Mazarine ! Je fais du footing devant les dieux du Parthénon et les chasses au lion égyptiennes.

À la Fabien Society j'ai vu Bernard Shaw, et son sourire sarcastique. Je suis débordé par la rapidité d'élocution des orateurs, par leurs ironies réciproques.

Je ne peux parler qu'avec un Anglais à la fois. À partir de deux, ils s'adossent et je ne suis pas pris au sérieux. Je les trouve, en moyenne, discuteurs, dédaigneux, peu sensibles, sans imagination. Mais je relis le *Voyage sentimental* de Sterne !

J'aime les omnibus, couverts de réclames au

point que je ne découvre pas leur destination. « Ce n'est pas pratique ! » dis-je, mais Mr. Mitchell m'explique que c'est super-pratique puisque les usagers savent la trouver, puisque cela aide le public à acheter et rapporte à la Compagnie.

Sur l'impériale, bouclé dans le tablier de cuir fixé au siège qui protège de la pluie jusqu'à la taille, et sous mon parapluie pour le reste, je vais jusqu'aux lointains terminus des lignes, parmi les longues rangées de cottages identiques dont chacun est un home sans gaîté extérieure, mais indépendant.

Plus le brouillard est épais, plus je suis content. Je porte une plaque antibrouillard sur ma bouche.

4 décembre.
À l'intérieur du bus pour une fois.

Il se remplit. On est très serré. Je suis assis. Devant moi, tout près, une jeune femme debout, le bras levé, bien gantée, se tient à un montant de fer. Je lui offre ma place. Elle refuse, sec, de la tête.

Elle donne une impression d'insecte parfait, de haute finition. Elle est brune, mince, fascinante. Je grave son profil de médaille anglaise. Je la regarde de trop près. Elle fronce les sourcils et se détourne. Elle pose une question au contrôleur. Sa voix de colibri perce la cervelle. Comment traite-t-elle son mari ?

Je prends le « tube à quatre sous » (le métro), qui me plaît, de grand matin.

Mon long wagon est envahi par une vingtaine de soldats en kaki, chargés de fusils, de sacs à dos, de paquets d'ustensiles et de couvertures : un petit déménagement.

Monte, en dernier, le chef, un grand sergent sanglé dans un uniforme chic, bel homme, donnant des ordres nets, les mains vides.

Derrière lui, par la porte qui va se fermer, saute, pieds nus et roses, souriante, une splendide fille du peuple, blonde, vingt ans. Sa femme, sans doute, puisqu'elle porte son fusil et sa lourde serviette de cuir.

Elle a une robe grise, simple, qu'elle ennoblit. Elle incarne la race anglaise.

Je la baptise *Albion*. Pas celle des caricatures mais une Albion fraîche éclose.

Les soldats lui parlent en camarades respectueux. Vit-elle à la caserne avec son mari ? À quoi passe-t-elle son temps ? Avec un teint pareil, elle ne doit boire que du lait.

Elle est comme un jeune chien de race qui fête son maître, le sergent, à chaque occasion, qui en invente s'il n'y en a pas. Ses prunelles font penser au nez du chien.

Elle porte sur son épaule, un devant, l'autre derrière, reliés par leurs lacets, ses souliers marron neufs. Sont-ils trop petits ? N'a-t-elle pas eu le temps de les mettre ?

Ses pieds sont devant la banquette comme deux fraises sur de la paille.

Personne ne semble les remarquer.

À côté d'eux une femme pose un panier de carottes.

Est-il permis avant sept heures du matin de transporter dans le métro des légumes frais et des pieds nus ?

Je ne peux pas assez les regarder, partagé que je suis avec ses mains longues, puissantes, qui tiennent le fusil : voilà une affiche toute faite pour la conscription.

La petite troupe descend du wagon. Sur un signe de son maître Albion se baisse, empoigne en plus un paquet de couvertures qu'elle balance avec satisfaction sur son épaule, avec le geste d'un athlète qui prend bien son temps.

Elle a trouvé l'homme qu'il lui faut, bien qu'il parle un terrible cockney.

J'ai visité à White Chapel une fondation universitaire, dans le quartier pauvre. J'irai y vivre, si l'on m'y accepte.

ANNE À CLAUDE.

L'Île, 5 décembre 1901.
Les travaux sont terminés, la famille est épuisée. Nous nous reposons une semaine. Votre chambre sera prête dimanche.

VII

L'ÎLE

JOURNAL DE CLAUDE.

Londres, 10 décembre 1901.
J'ai franchi à vélo le petit pont et je suis arrivé dans *l'Île*, en poussant un *ah !* de surprise Je sonne sous le porche, Anne vient m'ouvrir et me sourit. Enfin je la retrouve. J'accroche mon paletot et elle me conduit au salon. Mrs. Brown me souhaite la bienvenue. Muriel n'est pas là.

Nous bavardons allégrement. Je ne raconte pas encore mon Londres, attendant Muriel. Est-elle en voyage ?

Mrs. Brown me rassure : « Muriel achève sans doute quelque chose d'urgent dans le jardin. Nous la verrons tout à l'heure. » Et elle me questionne sur mon service militaire. Elle est en face de la grande fenêtre à laquelle je tourne le dos, elle y regarde quelque chose qui doit bouger et elle sourit, j'ignore pourquoi.

Une demi-heure plus tard Muriel survient en tenue de jardinière, le teint éclatant, avec une réserve sur le visage. Pourquoi ?

Anne me montre ses sculptures, qui évoluent. Elle me dit que Muriel fait des cours pour les enfants et pour les jeunes filles du village, qu'elle les prend à cœur, et se surmène, comme d'habitude.

On se couche tôt. Dans la soirée une brume basse s'étale sur la petite rivière. Je dors mal, pensant à Muriel. Vers minuit je regarde l'Île par ma fenêtre. On dirait les douves de la Maison Usher de Poe, où l'on n'entretenait rien du passé pour l'avenir. Pourtant ici c'est le contraire, et aucune aile ne va s'écrouler. La grosse lune éclaire par-dessus. J'enfile mon manteau, je sors, je vais à la pointe de l'Île. Là, à côté d'un cadran solaire, accoudée sur la table de pierre ronde, enveloppée dans une robe de chambre claire, les poings sous le menton, je trouve... Muriel.

Elle sourit, comme se réveillant.

— Je causais avec vous, dit-elle.

Et soudain elle est comme autrefois. Quel nuage a passé ?

Nous découvrons que Claire, avec ses craintes pour nos santés, a exagéré. Elle a arrêté nos lettres et nos livres. Oui, Muriel a eu les yeux fatigués, oui, j'ai passé un mois à l'hôpital, oui, mais Claire n'a pas joué franc. Et chacun de nous a cru possible un relâchement de l'autre.

— Désormais, dis-je, seules nos paroles compteront.

— Et nous dirons tout, tout de suite, le mauvais et le bon.

Nous parlons fort avant dans la nuit, et nous le racontons le lendemain à Anne dont le visage s'éclaire.

Notre Trio reprend sa carrière.

Elles me montrent le moulin à eau, les petits bois, le bétail, le vieux fermier, sa famille.

Des samedis après-midi aux lundis matin, l'Île devient la récompense de ma semaine.

Nous visitons la porcherie. Douze petits cochons roses, après leur douche, se promènent dans une courette, séparée par un mur bas d'une autre courette vide.

— Avez-vous votre montre à secondes ? dit Muriel.

— La voici.

— Voulez-vous faire un concours à nous trois ? — Oui ? — Bon ! Il s'agit de transporter de nos mains ces douze cochonnets de cette cour dans l'autre, sans les faire crier. S'ils ne grognent qu'un peu, ça ne fait rien. C'est le plus vite qui gagne.

Anne et moi sommes d'accord.

— Commence, Muriel, dit Anne en prenant ma montre, et fais-nous voir. Attention ! Un — deux — trois ! Pars !

Muriel se baisse, empoigne à plein corps un

petit cochon, le serre contre elle, court et le pose délicatement de l'autre côté du mur. Ce n'est pas si commode. Ils sont potelés, râblés, glissants, gigotent. Certains protestent, en louchant. Le dernier se met à courir. Aucun ne hurle.

Anne passe la montre à Muriel qui lui donne le départ. Anne bloque la petite bête entre ses avant-bras, se hâte jusqu'au mur, se penche et la lâche d'un peu plus haut que Muriel. Elle laisse glisser un cochon qui crie quand elle le reprend. Elle évite de les serrer contre elle, elle se fatigue plus que Muriel. Comme leurs gestes sont différents !

C'est mon tour. Les cochonnets excités par ce sport, ou bien effrayés par mes longs membres, détalent. Je les poursuis. Ils hurlent un peu et moi avec.

Muriel gagne de trente secondes sur Anne et de deux minutes sur moi.

— Ce n'est pas partie égale, dit Muriel. D'abord nous nous connaissons personnellement, eux et moi. Ensuite ils se sont énervés à chaque passage. Enfin nous aurions dû établir un handicap en faveur des gens de la ville... » Elle me regarde et nous rions.

Le concours suivant fut la mise en marche de vieux engrenages du moulin à eau, en tirant sec et vite sur une chaîne, au moment voulu. J'obtins le prix de consolation.

Ces deux jours-là sont de pures vacances. Nos jeux puérils étonnent Mrs. Brown.

Un lundi matin je descends de bonne heure au salon chercher un bloc-notes. J'y trouve Anne, les sourcils froncés, en train d'essuyer les bibelots chinois, de jade, de bronze, de bambou, qui garnissent les meubles et la cheminée. Il y en a beaucoup. Ils semblent tous propres. Je m'assieds et j'écris. Au bout d'un quart d'heure elle a fini.

— Anne, dis-je, il y en a trop ! Si vous mettiez les moins bons dans un tiroir et les meilleurs dans une vitrine ? Aimez-vous faire ce nettoyage ?

— Vous touchez là un point sensible. Ces statuettes ont été rapportées de Chine par mon père. Une dizaine sont belles. Mère les aime toutes. Elle ne veut pas que la servante les manie. Elle pense aussi que les soins du ménage forment une jeune fille, et je nettoie ces choses deux fois par semaine. Muriel s'est chargée des carrés de fleurs qui entourent la maison. Au moins c'est en plein air. Mais c'est dur parce qu'il y en a trop. Nous avons proposé à Mère de réduire tout cela. Elle a réfléchi et des larmes ont coulé sur ses joues. Je l'ai embrassée et j'ai retiré ma demande. Mais je reste en colère contre moi de faire cela au lieu de ma sculpture.

— Et Muriel ?

— Elle a mieux résisté. Elle a dit qu'il fallait choisir entre le passé et le présent. Comme Mère croyait à une révolution, elle a proposé de réfléchir et d'attendre Noël pour en reparler.

— Mais c'est un petit drame ?
— Oui, et je suis contente que vous le connaissiez.

Le lundi suivant Anne, qui a l'air gêné, me dit que sa mère désire me parler. Mrs. Brown est seule dans le salon.

— Monsieur Claude, dit-elle, je souhaite vous dire deux choses. Asseyez-vous. — Voici la première : j'ai de l'amitié, de l'admiration pour votre mère, pour son caractère et parce que, ayant perdu son mari encore plus jeune que moi, elle ne s'est pas remariée malgré des occasions multiples.

« Voici la seconde : j'ai entendu parler dans notre petite ville d'une promenade romantique dans la brume, au bout de l'Île, en pleine nuit. Heureusement on pense que vous étiez trois.

« Anne, que j'ai interrogée, m'a dit qu'elle n'en était pas. La servante a dû entendre l'escalier qui craque et vous apercevoir dans le brouillard. Elle vous a cru trois parce que vous êtes souvent tous les trois. Cette promenade nocturne m'est égale parce que j'ai confiance en ma fille et parce que vous êtes un gentleman. Mais, pour notre ville, cela ne m'est pas égal. Mes deux filles ont toujours eu des idées avancées que ni mes deux fils ni moi ne partageons, et qui ont grandi depuis qu'elles vous connaissent. Elles me les ont exposées et malgré mes efforts je ne les approuve pas. Elles conduisent à une façon libre de se comporter avec vous qui est maintenant commentée par nos cousins et amis.

« Ici nous entrons dans le domaine pratique : une jeune fille ne doit pas faire parler d'elle, sa réputation en souffre. J'ai dû demander à Anne où elle en était avec vous, s'il y avait jamais eu des paroles indiquant une inclination ou des intentions. Elle m'a dit que non, et je la crois. Je lui ai demandé la même chose pour Muriel et elle a répondu de même, mais elle a hésité. Je l'ai poussée, et elle a fini par dire : « Je crois que Muriel et Monsieur Claude auront, ont peut-être déjà un sentiment l'un pour l'autre — mais qu'ils ne le savent pas encore. »

« J'ai dit à Anne que de mon temps on savait ces choses-là, et qu'il fallait calmer l'opinion une fois alertée. Donc, pour l'avenir, je demande moins d'intimité visible entre vous trois, et un espacement de vos visites hebdomadaires, tout agréables qu'elles soient pour nous. »

J'étais bouleversé.

— Je tiens aussi à vous dire, reprit Mrs. Brown, que si la prévision d'Anne se réalisait, et si un sentiment plus fort grandissait un jour entre Muriel et vous, et si vous daigniez vous en apercevoir tous les deux, je n'aurais rien contre votre personne, bien que j'aie des doutes sur les chances de bonheur d'un mariage international.

Elle me fit un signe de la tête. Je m'inclinai et sortis.

Dans le tumulte que ce discours cause en moi, une pensée domine tout : il n'est pas impossible que Muriel m'aime un jour.

Amour, amour. Les chiens sont lâchés et galopent dans mon cœur. Je suis plus occupé du rêve que Muriel pourra m'aimer que malheureux du fait de ne pas la voir dimanche. Un but naît en moi : Muriel. Je fonds comme de la neige au soleil. Anne, du premier jour, m'a voué à Muriel. Il doit y avoir une raison. Ce n'est plus hors de question, comme je le pensais.

Le haut front de Muriel, son sourcil sévère, sa détente quand elle sourit, tout cela me pénètre. Chaque journée nouvelle est une étape. J'imagine Muriel épouse, avec un enfant, dans un foyer à nous. Cette image m'absorbe. — Mes livres ? Ils reculent d'eux-mêmes, parce qu'ils ne nous rapporteraient rien d'immédiat.

Mr. Dale m'a parlé d'une entreprise anglaise qui cherche un Français capable de bien tenir sa correspondance française, avec des idées pour la publicité en France. Je me proposerai.

J'adopte Londres, la patrie de Muriel. Je puis y gagner à l'instant notre vie. Je suis comme si j'avais déjà Muriel et nos enfants.

Je l'ai aimée dès le Pays de Galles, et depuis lors je piétine. Je n'ai jamais songé qu'elle puisse m'aimer. De là mon inaction. Mrs. Brown sans le vouloir m'ouvre une brèche : je m'y précipite. Je me lance tout entier vers Muriel. Je risque tout.

Je ne fais que lui écrire depuis cinq jours. J'ai fait quatre lettres que je n'envoie pas. À chacune j'avance plus avant. Je lui explique. Je lui demande sa main.

Je n'ai envoyé ma lettre que le huitième jour. Je l'ai laissée pendre un moment dans la fente de la boîte avant de la lâcher. En cas d'insuccès c'est irréparable. Je la lâche.
Mr. Mitchell était avec moi.

DEUXIÈME PARTIE

LE NON DE MURIEL

VIII

PANSEMENTS RUGUEUX

MURIEL À CLAUDE.

L'Île, 24 janvier 1902.

Votre lettre est terrible.
Vous ne me connaissez pas.
Je vous aime en sœur, et pas toujours.
Dissipez votre vision romantique.
J'aime peu et peu de gens. Je suis rude.
Anne et mes frères me suffisent.

MURIEL À ANNE.

25 janvier.

Anne, Anne, c'est affreux. Aide-nous si tu peux, mais personne ne peut. Que j'aime Claude un jour, cela m'a toujours paru possible, et j'ai joué avec cette idée. Mais qu'il m'aime, lui, c'était hors de question

MURIEL À CLAUDE.

28 janvier.

Votre lettre d'hier.

Je vous aime, mais pas d'amour.

Je me suis laissée aller à ma fantaisie, à Paris, et ici, parce que j'étais sûre que vous ne m'aimiez pas. J'ai joué à imaginer que je vous aimerai peut-être.

Devant Mère et devant Dieu : je n'ai pas d'amour pour vous.

Mère m'a parlé. Elle a eu peur que je vous aime et que vous ne m'aimiez pas. Je lui ai dit : « Je n'aime pas Claude, et si je l'aimais tu n'y pourrais rien. »

Elle a dit : « Puisqu'il est temps encore, arrêtez-vous. Cessez de vous voir. »

J'ai pensé un instant qu'elle n'avait pas tort, que ça peut arriver à n'importe qui. Puis je me suis dit : « Ce serait triste de ne plus le voir. J'aime mieux risquer, puisque je risque seule. »

Votre grande lettre bouleverse tout !

Il faut vous guérir.

Vous pouvez être utile, et je vous gênerais.

Je vous écrirai ou jamais, ou tous les jours, à votre choix.

Je ne penserai pas à vous pour que vous ne pensiez pas à moi.

J'avais envie de vous voir... avant de recevoir la lettre. Maintenant je vous redoute.

J'étais à l'aise avec vous.

Je vous aime plus absent que présent.

Je relis votre lettre. Je vous montre moi, mais je me connais mal.

Moi, aimer un homme d'amour ? Je ne le conçois pas. Vivre avec un homme me serait insupportable. Je ne tolère pas même Mère.

Je puis imaginer que j'aimerai un autre que vous.

C'est brutal ? Cela vous guérira.

Répétez-vous : « Elle ne m'aime pas. Je ne l'aime pas. Nous sommes frère et sœur. »

Appuyez-vous sur moi, mais je ne vous aime pas.

Je vous ai traité comme aucun autre homme, mais comme si j'étais un homme.

Ne gardez aucun espoir.

Je vous ai fait du mal en permettant votre méprise. Je vous montrerai tout ce qui en moi vous concerne : je vous envoie quelques pages du Journal que j'ai écrit à Paris l'an dernier[1].

1ᵉʳ février 1902.
Enfin vous commencez à me connaître. Sais-je bien blesser ? Suis-je une petite fille bien douce ?

---

1. Voir page 34.

Je vous obéis : je vous ai écrit selon ma nature.

Merci de me dire que je le fais brutalement : cela me soulage.

Que vous quittiez l'Angleterre ? La distance n'est rien, ni pour moi, ni pour vous.

Un travail absorbant ? Oui, à la bonne heure !

Je n'ai pas de cœur : voilà pourquoi je ne vous aime pas et n'aimerai jamais personne.

Votre amour pour moi, je n'arrive pas à *l'imaginer* même après avoir relu quatre fois votre lettre.

Je commence à comprendre : on vous a obligé à parler avant l'heure. De là votre immense lettre. Mère, émue par la petite ville, avec une cruauté de bonne foi, a provoqué votre déclaration.

Cela devrait me pousser vers vous ? Ne craignez pas que je vous fasse cette injure.

Retrouvons notre équilibre. Voyons-nous. Tout cela n'est qu'un mauvais rêve. Ne souffrez pas. C'est parce que je suis incapable du grand amour que je vous ai traité comme un frère

Si l'on arrache du sein de sa mère un enfant avant l'heure, Dieu les laisse mourir tous les deux. C'est ce que l'on nous a fait.

Dois-je dire à Mère le mal qu'elle nous a cause ? Inutile, n'est-ce pas ?

Avec ou sans moi, votre vie s'arrangera, le monde a besoin de gens de votre espèce.

MURIEL À ANNE.

1ᵉʳ février 1902.

Mère m'a dit : « Une femme gâche sa vie en aimant sans se marier aussitôt. Que tu le saches ou non, tes nervosités et tes dépressions viennent de Claude. »

J'ai répondu : « Je ne l'aime pas. Il ne m'a jamais fait que du bien. Laissez-nous tranquilles. »

Mère ne me croit pas et devine quand je lui écris.

Et si elle avait raison ?

Pour la première fois je me pose la question.

Mais non ! Je l'écrase !

Bien sûr, je ne peux pas jurer que je ne l'aimerai jamais. Mais j'en aimerai peut-être un autre. Je viens de le lui dire. C'est cruel et je m'en hais.

Il m'est arrivé de m'amuser à crier seule dans les bois : « Claude, je t'adore ! » — Et le même soir, à genoux pour ma prière, de dire : « Mon Dieu, je ne l'aime pas. »

Je ne souffrirai pas beaucoup. Lui, si. Que faire ? — Tout ce que j'ai est à lui, sauf la chose qu'il me demande. — Sers-toi de moi pour lui. Écris-lui avant de m'écrire.

ANNE À CLAUDE.

1ᵉʳ février 1902.

Pauvre Claude. Je viens vous voir à Londres Si vous voulez. N'importe quoi, combien petit, je le ferai. Mon idée fixe est la cause de ce malheur. Comment ai-je osé mettre là mon petit doigt ?

Muriel a raison : personne ne peut vous aider. Mais je ne crois pas tout ce qu'elle affirme. Ne prenez pas un faux espoir, mais elle juge mal ses sentiments. Des faits me le montrent.

À votre place je ne tâcherais pas d'arracher mon amour, par crainte que Muriel ne change et que vous ne soyez plus entier pour lui répondre. Je crois que Muriel vous aimera.

Ci-joint sa lettre. Elle permet.

Plus vous la verrez, le mieux.

JOURNAL DE CLAUDE.

2 février 1902.

Je rentre en moi comme un escargot qui a cogné ses cornes. Le château que j'ai, depuis quinze jours, bâti en Espagne, est par terre.

Je démolis, pierre par pierre, sinon mon

amour, du moins sa forme. J'admire les lettres de Muriel, je lui sais gré d'être incorruptible. Je me révolte contre la Petite Ville. Muriel bâtira sa réputation elle-même. Je reprends mon indépendance. Il me reste deux sœurs.

Muriel a raison de ne pas m'aimer. Elle me force à m'améliorer. J'oublie les enfants que j'ai rêvés. Je repense aux livres que j'écrirai, si je n'ai rien de brisé.

3 février 1902.

Muriel m'écrit, me donne rendez-vous à une des deux gares qui l'amènent à Londres. Je consulte l'horaire des trains de la semaine, je vois qu'elle s'est trompée. Je vais l'attendre à l'autre gare.

Elle n'arrive pas ! J'achète l'horaire du jour. Le train a été changé ce matin. Je désespère.

Muriel est venue pour me voir, toute la journée peut-être, et elle ne m'a pas trouvé ! Où est-elle, dans ce Londres immense ? Que fait-elle ? J'ai douté de son exactitude, toujours plus grande que la mienne.

Je vais machinalement à la National Gallery, où nous avons jadis projeté de voir la reine peinte en pied par Holbein. Je me fais des reproches. Je m'assieds au bord de l'escalier de pierre, où les pigeons picorent.

Qui donc monte l'escalier, les yeux baissés, les coins des lèvres bas ? — Une vision ? Un cadeau du ciel ? — C'est Muriel elle-même ! — Je saute vers elle. Elle lève les yeux, me considère. J'ai une telle figure qu'elle éclate de rire.

Elle ne veut pas parler de nous. Nous nous promenons à travers la belle Gallery, nous voyons les Turner, le dernier portrait pomme-de-terre de Rembrandt. Notre grand loisir ressuscite.

Elle propose une promenade dans le parc et m'interroge sur ma vie à l'Université Populaire où j'habite et travaille.

Je lui raconte les deux maisons, l'une confortable où demeurent d'ex-étudiants d'Oxford et de Cambridge, l'autre modeste, où vivent des instituteurs et des employés, milieu que je ne connais pas et que j'ai choisi. Mes leçons de français à tous ceux qui en veulent, membres ou non de Toynbee Hall, par petits groupes, ou individuelles pour ceux qui sont pressés. Cela s'est vite organisé.

— Et combien demandez-vous pour les leçons particulières ? dit Muriel.

— Rien du tout, c'est mon apport.

Muriel rougit de plaisir. « Racontez encore », dit-elle.

Je lui dépeins les *smoking debates* de la grande salle, le soir, où entre qui veut, avec sa pipe, prend la parole et pose des questions extraordinaires. Mon anglais y est accueilli avec indulgence, mais je ne comprends guère le cockney. On observe dans les discussions les mêmes règles qu'à la Chambre des Communes ! Les orateurs ivrognes, parfois précieux, sont sensibles à la persuasion, pas à l'autorité. Il n'y a pas de femmes.

Muriel s'amuse, me demande d'écrire mon journal pour elle.

— Par contre, dis-je, Toynbee Hall donne un banquet à cent pauvres, hommes et femmes, dimanche prochain. Je suis serveur. On a besoin d'aides-femmes à la cuisine, pour faire les sandwiches.

Muriel s'inscrit tout de suite par une carte postale.

Nous mangeons dans un A. B. C. Je n'ai jamais goûté d'aussi bons œufs au jambon. Je regarde les jaunes des œufs proches de l'or des cheveux de Muriel, les couleurs jouent drôlement ensemble et restent dans ma mémoire comme le fanion de cette journée-là.

Sa présence m'est naturelle.

CLAUDE À MURIEL.

3 février. Nuit.

Le même soir il y eut dans ma maison une séance de boxe.

Un dîner varié était servi sur la grande table, dans des assiettes toutes prêtes, et chacun prenait ce qu'il voulait, l'inscrivait sur une fiche et la mettait, signée, dans une boîte. Nous pouvons faire des repas économiques, et aussi de vrais dîners.

Les tables sont reculées, un ring est dessiné à la craie.

C'est un Saxon musclé, roux et blanc, qui m'a décidé à essayer la boxe, monopole anglo-saxon. Il peut m'abattre d'un coup, mais il a promis de me ménager.

Nous ôtons nos chemises, mettons les gants, entrons dans le ring. Un groupe se forme, curieux de voir comment boxe un Français. Les rounds sont de deux minutes à cause du débutant.

J'avance vers le centre, j'ai peur, je me demande si c'est quelque chose pour moi. Je maudis ma curiosité.

— Surtout, pas de coups de pied ! me crie-t-on. Cela me rappelle la boxe française que l'on m'a enseignée au régiment. Pourvu qu'elle ne me revienne pas dans les jambes !

J'ai une garde trop basse. Pour me la faire relever, mon adversaire-moniteur me porte une légère tape au visage. Mais j'avançais et j'encaisse avec mon nez, que je sens s'écraser, je saigne et je hume mon sang au passage, pour ne pas salir le ring.

Pourtant ce coup a réveillé mes jarrets. Je sautille et je me dérobe si largement quand un coup arrive que les rires fusent. Je me rends compte que je suis plus frêle mais plus rapide, et que je ne serai probablement pas touché en plein, ni avec la violence qu'il déploie quand *il* martèle son sac de sable.

Il attaque, glisse sur un noyau d'olive et tombe. Je me précipite bêtement pour l'aider à se relever. L'arbitre me ceinture et me dit : « On ne frappe pas un homme à terre. »

Le round suivant je suis touché plusieurs fois, mais sur des reculs. Je réfléchis. Il faut trouver quelque chose, mais quoi ? Mon bras prend conscience de sa longueur. Si au moment où il frappe, au lieu de sauter en arrière, je frappe aussi, un peu en crochet pour ne pas rencontrer son poing, mon bras plus long ne doit-il pas toucher le premier ? J'essaye à l'instant où *il* part vers moi.

Je ressens un tel choc dans le poing droit que je le crois cassé, comme si j'avais frappé un mur. En même temps je tombe presque à la renverse. *Lui* est arrêté sur place. Je pense à deux boules de billard qui se rencontrent en plein. L'élan des deux corps lancés, portant sur ce seul point, a fait un coup dur de ces deux coups légers. J'ai touché à la pommette. — Un murmure approbateur dans le public et le Saxon me dit : « Bien ! Cela vient ! »

Je réfléchis pendant le repos sur la façon de remettre cela du poing gauche, le droit étant trop douloureux. Sonnette-gong. Je veux me lever. À ma surprise mes genoux plient de fatigue et je dois m'arrêter.

L'arbitre me dit : « Vous gaspillez vos forces en sautillant. Votre *contre* naturel peut devenir utile. C'est assez pour aujourd'hui. Regardez les autres et voyez les matches entre matelots que l'on donne à côté le samedi. »

Tout ce que l'on apprend sur un homme en boxant avec lui ! C'est comme les échecs.

Voilà, Muriel, l'histoire de la soirée qui a suivi notre grande promenade.

JOURNAL DE CLAUDE.

5 février.

Le déjeuner des vieux pauvres fut un succès. Rien que des couples. Je fus heureux de les servir à table et d'apercevoir Muriel, avec un tablier blanc, apportant de larges plateaux de sandwiches.

Nous sortîmes ensemble et allâmes à une vente publique de vêtements usagés. L'argot des vendeurs est tel que Muriel ne le comprend pas !

Nous visitons un asile de retraite, pour très vieux couples, dont la directrice est une amie de Muriel. C'est l'heure de la récréation. Nous nous asseyons sur le même banc que deux vieux qui se tiennent la main. Lui, quatre-vingt-sept ans, elle, quatre-vingt-deux. Ils traitent de *petite sotte incorrigible* leur fille de soixante-cinq ans, debout devant eux, venue pour leur raconter ses malheurs. Ils doivent défaire leurs mains à la fin de la récréation, car les hommes et les femmes ont des quartiers distincts et les ménages ne se voient qu'à ces heures.

La directrice leur explique qu'ils seront bientôt dans un autre asile où ils seront bien plus ensemble. Mais les deux vieux ont peine à se quitter.

CLAUDE À MURIEL.

5 février.
Je fais, avec des camarades, des patrouilles de nuit dans les quartiers mal famés. J'ai vu la maison où a travaillé Jack l'Éventreur. Nous sommes sans armes, parfois accompagnés de policemen. Les femmes âgées, sans sexe, à casquettes sales, aux portes des bars, ressemblent à des Parques. Il n'y a plus de rixes graves ni d'assassinats, et nos rapports visent l'ivresse, la tenue et les odeurs des rues.

ANNE À CLAUDE.

5 février 1902.
Je reçois ce mot de Muriel : « Je suis contente d'être venue voir Claude. Je ne change en rien. Je crois que nous allons de nouveau être *nous trois.* »

Claude, le partage des souffrances augmente l'amitié.

Rappelez-vous ces lignes de la Bible : « ... *Et Jacob travailla et attendit sept ans Rachel, à cause de l'amour qu'il lui portait.* »

MURIEL À CLAUDE.

5 février. Matin.
Gardez le tout petit livre dans votre poche et ne craignez pas de l'abîmer.

La pluie qui coulait dans mon dos ne m'a pas enrhumée.

Mère m'a demandé si je vous aime.

J'ai dit : « *Non*. Me crois-tu ? »

Elle a fait *non* de la tête. J'ai pleuré.

Quand pourrai-je lui dire que, *pour vous aussi*, nous sommes frère et sœur ?

5 février. Midi.
Vous ne pouvez pas vous reprendre d'un coup. Vous avez été *un homme* avec moi. Je n'ai rien à vous pardonner.

Rayez-moi comme idéal. Usez de moi comme sœur.

J'ai dit : « Je ne vous aimerai jamais. » — J'ai eu tort : on ne sait pas l'avenir. Je pense à Natacha et à Pierre Bezoukhoff, dans *Guerre et Paix*.

Actuellement, je ne vous aime pas.

Fortifiez votre corps. Je vous le demande. Cela aide dans tous les domaines.

J'ai fini *Anna Karénine*. Je commence, lentement, *Germinal*.

5 février. Le soir.
Votre lettre me parvient. Je ne désire pas comprendre *comment c'est arrivé*. Je désire que vous guérissiez, que vous teniez sur vos jambes, que vous n'usiez pas vos forces pour un mirage.

Je ne dis plus : « Il se trompe, il ne m'aime pas. »

J'ai senti que vous m'aimez.

Je suis prête à tout pour vous arrêter, car :

Je ne vous aime pas.

Bonne nuit.

7 février. Matin.
Je regarde ma photo à treize ans : heureuse sans vous.

Il y a une différence d'essence entre vos sentiments et les miens.

Mes lettres, que vous citez, ne contenaient pas d'amour, ni mon *Journal de Paris*[1], que je vous ai envoyé.

Vous croyez encore Mère !... C'est de la mauvaise herbe qui repousse... vous êtes libre... vous reconstruisez sur du sable.

7 février. Soir.
J'essaye d'oublier ce que vous m'écrivez, sauf ceci : me voir à Londres vous a fait du bien.

Je me préparais à une autre journée avec vous. Votre lettre me décourage.

---

1. Voir page 34.

Apportez ma lettre qui vous avait poussé à être *presque sûr*.

Si vous me connaissiez, votre amour en mourrait.

L'ensemble de votre lettre tend à m'expliquer que non seulement j'ai cru vous aimer à Paris, mais que je vous aime parfois encore...

C'est stérile.

Vous dites : « Restez spontanée. » Pourquoi ? Pour créer encore des malentendus ?

Non. Établissons les bases de notre *ère nouvelle*.

8 février.

Merci d'être raisonnable et de dormir.

Je me contredis dans mes lettres ? — Vous aussi.

Ne comparez pas.

Je retrouve mon frère dans votre lettre de ce matin.

Schopenhauer tue l'amour ? — Alors relisez-le !

Je serai dimanche chez Dick et Martha. Nous aurons deux jours.

IX

LE PEUT-ÊTRE

CLAUDE À ANNE.

9 février 1902.
J'ai reçu l'invitation de Dick et de Martha pour samedi soir. Muriel les considère comme le couple parfait. Je trouve une grande maison rustique, ingénieuse, avec des meubles faits par eux, des tableaux de Dick et des rayons de livres partout. Martha me mène à une chambre sobre et plaisante. Dick est maintenant un peintre connu, Martha un auteur qui a son public. Ils ont eu des années dures. Tour à tour chacun d'eux a fait des besognes ingrates pour que l'autre puisse travailler à son gré. Ils ne respectent pas l'argent. Ils sont au courant de tout ce qui s'est passé entre votre mère, Muriel et moi.

Je me sens heureux d'être chez eux. Dîner frugal et bon. Je raconte ma découverte progressive de Londres. Ils me donnent de brèves introductions. Ils sont curieux de ma valeur morale, à cause de Muriel. Dick fume une pipe avec moi, dit qu'il faut rester soi, savoir attendre, parfois reculer, et se méfier des idéals tout faits. Cela s'applique à nous.

À la tête de mon lit je trouve un petit livre d'Edgar Poe, *Eureka*, que je lis. Admirable.

Muriel arrive pour déjeuner le dimanche, sans pli aux sourcils et pleine de malice. Je suis allé à vélo, avec Martha, au-devant d'elle. Je suis persuadé par ses lettres, et je ne veux pas être amoureux. Muriel est heureuse de me montrer Martha et Dick, et que nous ayons déjà pris contact hier.

La journée fut pleine de conversations à deux, à trois, à quatre, comme elles venaient. Dick, prié, montra rapidement ses tableaux et parla de vous, Anne.

Dick et Martha allèrent se coucher tard, nous laissant devant le feu de bûches croulantes de l'antique cheminée. Nous eûmes un long silence.

— Claude, dit Muriel, je vais tâcher d'être exacte. Les malentendus sont faciles, et je pèse mes mots. Quand vous m'avez fait cette demande, insensée pour moi, j'ai répondu : "Non. Jamais."

« Peut-être ce *jamais* est-il gravé en vous...? Eh bien, je dois vous tenir au courant, n'est-ce pas...? Cette certitude de *jamais* a disparu en moi, *sans plus*. »

Lui tendre la main ? J'eus cette envie. Mais non, il faut savoir attendre, même reculer, comme le conseille Dick. Nous continuons à respirer lentement en regardant les braises.

C'est cela que je voulais vous dire tout de suite, Anne. Le lendemain nous avons fait seuls une longue promenade dans la neige, sans parler de nous.
Vous m'écrivez que votre mère a mis la plupart des bibelots dans un placard, que Muriel n'a plus ses maux de tête, qu'elle trouve que je travaille bien à Londres.
Merci, Anne.

JOURNAL DE CLAUDE.

10 février 1902.
Nous étions assis tous les trois à une petite table du bar-restaurant du British Museum.
— Nous voudrions vous questionner, dit Muriel, sur les... Quelque chose s'arrête dans sa gorge.
— Sur les filles publiques, articula nettement Anne, en rapprochant sa chaise de la mienne.
— C'est une profession réglementée en France ? dit Muriel, en rapprochant aussi sa chaise.
Je parlai des filles en carte, des visites médicales... Muriel eut horreur... des deux maisons que j'ai visitées, de ma conversation avec la patronne.

— Ainsi, dit Muriel, cette femme est convaincue qu'elle joue un rôle utile ?

— Certainement, dis-je.

— C'est presque incroyable, dit Muriel... Alors elle n'est pas à condamner.

— Pourriez-vous, dit Anne, nous mener un jour en France dans une de ces maisons ? Nous voudrions voir de nos yeux.

— Quand vous voudrez, dis-je.

— Et en Angleterre, dit Muriel, où en sommes-nous ?

— Je le sais mal. C'est un sujet difficile à aborder ici. D'après le peu que j'ai vu, dans les patrouilles de nuit, la prostitution est bien plus cachée, plus persécutée et plus hargneuse que sur le continent, où l'on rencontre tous les degrés entre la femme honnête et la professionnelle. Tenez, voici un article d'un journal socialiste anglais que j'ai coupé pour vous.

Je fouille dans mon portefeuille et je tends l'article à Muriel. Elle le lit à voix basse : « Chaque fois que se produit une hausse sensible sur le prix du charbon, du pétrole, du thé, ce sont d'humbles budgets de familles ouvrières qui sont bouleversés, ce sont des jeunes filles sages qui sont envoyées par leurs parents sur les trottoirs de Londres. »

Elle me rend l'article. Je poursuis : « Je n'ai jamais vu à Londres des racolages évidents comme on en voit à Paris. Pourtant, il y a un mois, à cent pas d'ici, j'ai rencontré une jeune fille qui m'a fait découper cet article, et que je vais vous raconter.

« Il était minuit. Par terre une couche de neige. Je passais devant la grande entrée du British Museum. Sous le large candélabre, une mince silhouette immobile m'intrigue. Je m'approche. Elle ne bouge pas. Je la regarde. Dix-huit ans ?... Une apparition. La *Lénore* d'Edgar Poe. La *Hope* de Watts, une Vierge pour le Minotaure. Simple, vêtue de noir, avec soin, gants neufs d'étoffe ordinaire. De grands yeux sombres, une voilette, et, je le découvre soudain, la petite sœur de la femme de l'omnibus. Nous sommes seuls. Elle se fait violence et avance d'un petit pas vers moi, s'arrête, semble chanceler. J'en fais quatre. Je lui offre mon bras. Elle le prend, pudique. Et cahin-caha, glissant sur la neige, nous marchons le long du mur du British Museum.

« — Vous avez l'air très fatigué, lui dis-je. Que puis-je pour vous ?

« Un silence, puis, d'une voix rauque qui m'écorche :

« — *Rien. Merci.*

« — Où voulez-vous aller ?

« Un long silence, puis :

« — *Où vous voulez.*

« — Où demeurez-vous ? Où sont vos parents ?

« Pas de réponse.

« Les becs de gaz défilent, je n'ai jamais vu une fille aussi anglaise. Elle parle. Sa voix devient plus claire mais son cockney est tel que je ne comprends pas. J'en souffre. Nous entamons la deuxième face du mur du Musée.

« L'emmener chez moi pour causer ? — Elle serait jetée à la porte par ma propriétaire. Dans un café... ? Il n'y en a pas ici à cette heure. Je ne connais qu'un *pub* à deux kilomètres, et pas de cab. Et ce serait une insulte pour elle... Ce policeman là-bas au coin de la rue va-t-il nous interpeller... ? Non. Il ne le fait pas. La jeune fille a un léger sursaut en passant à sa hauteur. Sa mère lui a dit de se méfier d'eux ?... Lui demander de traduire ce cockney ? Lui confier cette girl... ? Mais à quel titre ? Que sais-je d'elle ? Ne serait-ce pas une trahison ? »

Muriel et Anne se rapprochent encore plus de moi.

« Elle marche à mon bras comme si elle allait tomber. Je me sens en faute envers elle. J'ai peur d'elle. J'ai envie de crier au secours pour elle. Je voudrais tant comprendre le peu qu'elle dit. Il faudrait un toit, du temps, qu'elle boive quelque chose de chaud. — Le hall de cet hôtel respectable ? — Nous sommes sans bagages, sans papiers. Le portier nous renverrait. Notre couple innocent a les apparences du vice. — La mener chez Mr. Dale ? — Au milieu de la nuit ? Sans rien savoir d'elle ? — Dire : Voilà une fille à sauver ? — La mener chez mes sœurs dans l'Île ? — Oui, si elles y étaient chez elles, et après une préparation. Et quel scandale ! Non en elles, mais autour d'elles.

« Cette fille et sa famille font partie des cinq pour cent qui restent la tête sous l'eau pour que les autres quatre-vingt-quinze pour cent travaillent... Je suis désarmé, sans imagination. Elle le sent. Mon bras va quitter son bras. Le Christ eût su quoi faire, même à Londres.

« Nous avons fait le tour complet du bloc. Voici le lampadaire où nous nous sommes rencontrés il y a vingt minutes. C'est la crainte *d'avoir l'air* qui m'empêche d'aider cette enfant. Il ne faut pas toucher à ce qui est douteux. Moi je lui donne le bras. L'expression de son visage me suffit. C'est une fille sage qui se noie. — Je me trompe ? Il y a dans cette grande ville des refuges, si elle voulait ? — Il neige de nouveau. Nos pas de tout à l'heure sont effacés. — Elle avait raison : je lui ai demandé : " Que puis-je faire pour vous ? " Elle a répondu : " Rien. "

« Nos bras se défont. Elle tremble. Ma tête se penche en avant. La sienne aussi. Je donne, à travers la voilette, un léger baiser à son haut front. Je lui dis : " Dieu vous aide ! " Je prends une pièce dans mon gousset, je la mets dans sa petite poche. Ce n'est pas assez pour qu'elle rentre chez elle. Que fera le prochain homme qui l'abordera ? Elle a peur et froid. Hélas, je m'éloigne. »

Anne était pâle, Muriel rouge.

— Cette histoire-là, dit Anne, c'est pire que les maisons que vous nous avez décrites. Au moins, dans la maison, la femme est sûre de ne pas être battue et d'être payée. Elle n'est pas méprisée, pas dans le désert.

— Elle avait peut-être un grand chagrin ? dit Muriel. Elle s'était enfuie de chez elle ? Elle était prête à se jeter dans n'importe qui, dans n'importe quoi, dans la Tamise ? — Comment l'appellerons-nous ?

— Appelons-la *Hope*, proposa Anne, comme la jeune fille de Watts. J'aurais voulu la sculpter. Elle était abandonnée mais armée de sa beauté, comme la mendiante du roi Kophetua.

— Qu'auriez-vous fait d'elle à Paris ? demanda Muriel.

— J'aurais compris ce qu'elle disait ! Je lui aurais cherché un travail, ou même un ami. Je l'aurais peut-être montrée à ma mère.

— Sur cette première impression ? dit Muriel.

— C'est grâce à une première impression que je vous connais toutes les deux. J'aurais pu passer sans m'arrêter devant Anne, avec mes béquilles et un simple salut de la tête, le jour où je l'ai vue pour la première fois chez Claire.

— Avez-vous une histoire française du même genre ? dit Anne.

— Pas tout à fait française et pas tout à fait du même genre. Ce sera pour la prochaine fois.

11 février.

Ce fut dans un des grands parcs de Londres, au bord d'une pièce d'eau. Je les entendais citer par son numéro le Sixième Commandement : « Œuvre de chair... » et elles me traitaient en associé à leur chasteté. J'avais essayé de leur faire deviner que j'avais connu une initiatrice. Des Françaises eussent compris. Elles ne réagissaient pas. — A cause du sujet qui était tabou ? Et pourtant elles sont curieuses et réalistes.

Alors ce jour-là je leur dis la Cathédrale de Burgos, la chapelle lumineuse, l'éclatement des cymbales et des tambours, la cérémonie, Pilar, l'eau bénite, la double porte, le parc, les deux promenades, la chambre blanche, le crucifix, le lit blanc. C'est difficile car je ne suis pas le même homme en me rappelant Pilar et en la leur peignant. Je me souviens d'avoir pensé, auprès de Pilar, à elles deux comme vivant sur une autre planète et je le leur dis. Je fais la navette entre les deux planètes, sans arriver à leur exprimer la chose toute crue, je donne des reflets, je mets des silences au lieu de lignes de points... et cela jusqu'à la caresse sur mes cheveux. Une question directe va-t-elle surgir ?

— Et là encore l'anonymat ! dit simplement Muriel. Comme pour Hope. C'est une fatalité et cela coupe tout.

— Pilar est en danger, des points de vue de son curé et de notre pasteur... dit Anne. Claude ne pouvait qu'être charmé. J'admire Pilar. Elle est d'un bloc et rend les autres d'un bloc.

— A-t-elle compris ? pensais-je, surpris de son aisance.

Muriel réfléchissait.

— Eh bien, dit Anne, une histoire française la prochaine fois ?

Je fis oui de la tête.

12 février.

Ce fut sur le quai, au bord de la Tamise.

« J'étais, vers minuit, avec un ami, dans une rue déserte en forte pente, sur la Butte Montmartre, près du Moulin de la Galette. Nous entendons une course légère sur le trottoir, derrière nous. Nous nous retournons et nous apercevons une fillette, seize ans, avec un gros coquelicot rouge battant sur son chapeau, dévalant la pente à toutes jambes. "Sauvez-moi ! nous dit-elle. C'est Merlin et sa bande qui me poursuivent. Ils sont plus costauds que vous. Courons tous les trois ! "

« Elle passe un bras sous celui de mon ami, un sous le mien, et nous tire en avant. Amusés, nous courons, en lui faisant, tant elle était gracile, parfois quitter le sol.

« Arrivés en bas de la Butte, en sécurité, elle nous dit d'une voix argentine et bien mâchée : "J'ai abandonné ma malle, mes nippes, je n'ai plus de logis. Êtes-vous capables de me donner à coucher pour cette nuit et de me trouver un travail ? Je m'appelle Thérèse. "

« Nous prenons un fiacre jusqu'à Montparnasse. Elle a un visage intelligent, paysan, cabochard, un air de gosse honnête. Nous l'installons dans une chambrette au mois et nous lui donnons des lettres pour des peintres, la présentant comme modèle, et quelque argent de poche.

« — Je vous rendrai ça, affirme-t-elle.

« Nous la revîmes à déjeuner le surlendemain.

« Elle nous raconta joyeusement et à loisir.

« Elle est née dans un tout petit village du Centre. Dès son enfance elle est tripotée par un oncle qui ne lui donne du miel qu'à certaines conditions. Elle est bergère jusqu'à quinze ans, puis placée comme laveuse de vaisselle et serveuse, à Paris, chez une tante qui tient une guinguette. Elle s'ennuie. Elle fait la connaissance de Merlin, coup de foudre, qui joue le grand jeu et qui l'enlève. Elle l'adore. Merlin était souteneur. Il lui apprend vite à faire des clients. Cela est égal à Thérèse. Elle est fière de le nourrir. Mais il s'absente souvent, chez sa grand-mère, dit-il. Elle a le soupçon, puis la certitude, qu'il a une deuxième femme, une gosse comme elle. Elle le suit de loin, et les trouve au lit. Elle veut assommer Merlin avec un litre, elle le menace de dénoncer ses vols à la police. À ces mots il la jette dans un placard, le ferme à clef, et il file chez un copain pour décider avec lui comment clore cette bouche. C'est sa rivale qui ouvre le placard après une conversation à travers la porte, durant laquelle elles découvrent que la grand-mère de Merlin est une troisième femme plus âgée qu'elles. Thérèse s'enfuit en courant, entend du bruit derrière elle, nous rencontre mon ami et moi. Et voilà !

« Maintenant elle est modèle. Elle est retenue huit jours d'avance. On lui fait la cour...

« Elle nous rendit notre argent peu après, en disant : "Vous le prêterez à une autre." »

« Un mois plus tard nous la menâmes au Cirque Medrano. Il y avait au programme *l'Homme à la mâchoire d'airain* qui portait sur sa poitrine, avec ses dents, une fillette et son piano. Thérèse nous confia : "Mes amis, j'ai un béguin pour cet homme. Je vous dis au revoir." » — Elle l'attendit à la sortie, lui dit son émerveillement, lui offrit du champagne, se déclara. Elle devint la fillette qui jouait du piano. Quinze jours de bonheur. Mais elle le trompa pour pouvoir lui acheter une grosse pipe en écume sculptée, la tête de Vercingétorix, dont il rêvait. Il le sut. Il était jaloux. Il n'avait plus confiance. Il la mit sous clef huit longs jours. D'abord flattée, elle devient enragée, s'échappe par la fenêtre avec l'échelle d'un peintre en bâtiment qu'elle séduit, revient nous trouver et reprend sa vie honnête de modèle. Mais elle a la bougeotte. Elle croit un type qui lui promet la fortune et elle file au Caire où elle entre dans une super-maison clandestine, où elle fait la vierge. Elle est choyée et met une dot de côté. La maison est envahie par la police et Thérèse est confiée, vu son âge, à une œuvre de redressement tenue par des sœurs. Elle y est la meilleure couturière, la plus gaie, avec d'excellentes notes à tous les cours et, à la fin, chargée de faire, accompagnée, des essayages en ville. Elle se fait enlever par un Anglais qui veut la *sauver*. Elle habite avec lui et ses filles une villa au bord de la mer Rouge, avec un tennis et des chevaux, nous envoie une dépêche à mon ami et à moi pour nous y inviter, apprend de son village que son cousin va épouser une autre cousine, a un coup de foudre rétroactif pour le cousin qui était un de ses souvenirs de bergère, lui télégraphie sa passion, lâche tout et arrive au village à temps pour faire rompre le mariage, épouse le cousin qui est un bon potier. Après trois mois elle trouve cette vie rangée intenable, s'enfuit, et la voilà de nouveau à Paris, modèle apprécié, avec une célébrité naissante, à cause de ses voyages et de sa façon de les conter. Elle rencontre un homme placide, soigné, entrepreneur de pompes funèbres, et en tombe amoureuse. Elle lui fait la cour. Il ne veut rien savoir. Elle déclare : " Je suis une femme finie. J'ai dix-huit ans. Et je rencontre un homme que je ne *peux pas* tromper. " Son mari abandonné divorce. Son entrepreneur, enfin convaincu, l'épouse. Ils font un parfait ménage, mais sans enfants. Elle publie ses Mémoires dans une revue.

— Par exemple ! dit Anne. Chez vous, une femme peut suivre à ce point ses fantaisies sans perdre la face ! Elle est acceptée par les artistes. Elle a su plaire à un Anglais cultivé... Elle a eu de la chance, mais elle doit avoir du cran !

— Claude, dit Muriel, notre éducation nous a caché des choses essentielles. Vous nous sortez de notre quiétude. Nous aurions pu naître parmi ces filles... Voulez-vous continuer ?

— Oui, dit Anne.

13 février 1902.
Nous nous donnions notre leçon à trois. Muriel et Anne avaient lu de vieilles chansons françaises et citaient ce qui leur avait plu.

— C'est, dit Anne, deux petits huit pieds :

Éveille-toi, bouche rieuse
Éveille-toi, et parle-moi.

Je vois là-dedans toute une scène de France, la légèreté, la tendresse.
— C'est très joli, dis-je. Et Muriel ?
— Ce sont deux douze pieds, dit Muriel :

Quand il m'a dit adieu en me baisant la joue
J'ai vu le grand ciel bleu tourner comme une roue.

Cela vire, cela tourne doucement, cela m'émeut... Et vous, Claude, en anglais ?
— Ma foi, dis-je, j'ai été frappé une fois de plus par le :

O my prophetic soul[1] *!*

de Hamlet. Croyons notre âme, et prenons des risques.
— Il faut d'abord être sûr que c'est l'âme qui prophétise et pas le cerveau, dit Anne. On

---

1. « Ô mon âme prophétique ! »

se dit : « Ô mon âme prophétique ! » seulement quand c'est arrivé. C'est un encouragement que l'on se donne.

Le lendemain Muriel déclare : « Un peuple qui n'a que *son sa ses* comme possessifs, que le possesseur soit un homme ou une femme, n'est pas un peuple pratique. Il se laisse prendre le Canada. *« Il mit sa main sur son épaule »* peut avoir quatre sens différents.

— C'est quand je fronce mes sourcils que je me trompe, dit Anne.

Ainsi bavardons-nous...

JOURNAL DE CLAUDE.

14 février.
Je roule à bicyclette avec Muriel vers une abbaye célèbre. Je suis derrière elle, je vois sa nuque. Je sais que le *non* n'est plus absolu. C'est un nouveau monde mais, ce matin, cela ne me suffit plus.

L'abbaye est belle et Muriel est un guide-archange. Entre les piliers, frappée par le soleil à travers un vitrail, sa beauté devient insupportable. Tout à l'heure je la contemplais à distance, maintenant elle me fouaille avec des branches chargées de roses et d'épines. Je ne peux plus me passer d'elle. Je lui demande, pour la première fois avec mes lèvres : « Muriel, voudrez-vous *nous* un jour ? »

Elle répond avec les siennes : « Parfois, pour un instant, je finis par le croire. »

Nous sommes aussi surpris l'un que l'autre.

— C'est effrayant ce que vous dites là, Muriel. C'est la première fissure dans une grande digue.

— La seconde, rectifie Muriel. La première, ce fut chez Dick et Martha.

— Que ferais-je de vous qui ne vous ennuie pas ?

— Claude, je me demande la même chose... !

Et elle a son franc rire. Mais, se rappelant l'abbaye, elle met un doigt sur sa bouche. Elle a les yeux de sa photographie à treize ans.

— Muriel, dis-je, je vous vois si peu. Je regrette le temps où je venais à l'Île chaque dimanche. Votre mère, si elle savait, et si nous lui promettions de respecter son étiquette, permettrait-elle que je revienne ?

— J'essaierai. Sinon, nous retournerons chez Dick et Martha... J'ai une rivière en moi qui se gonfle et qui baisse sans tenir compte de mes ordres. C'est elle qui vous a répondu tout à l'heure.

— Puis-je parler à Claire de mon début d'espoir ?

— Oui, si vous en sentez le besoin.

ANNE À CLAUDE.

14 février.
Je suis heureuse. Je pense à vous deux.

CLAUDE À CLAIRE.

14 février 1902.
J'aime Muriel. J'attendais, pour te le dire, d'avoir de l'espoir. Je n'en ai encore qu'un peu. Nous allons nous voir davantage. Je pense que cette nouvelle te donnera de la joie...

Muriel te ressemble.

Mrs. Brown est en principe hostile à un mariage international, mais elle laisserait sa fille libre. Elle dit qu'il faut te consulter.

C'est arrivé en coup de foudre.

CLAIRE À CLAUDE. *(Télégramme.)*

16 février.
VOS SANTÉS INSUFFISANTES POUR FONDER FOYER ÊTES DEUX IDÉALISTES. VIENS. CLAIRE.

CLAUDE À CLAIRE. *(Télégramme.)*

16 février.
MERCI POUR FRANCHE OPINION. VIENDRAI PROCHAINEMENT TE VOIR. CLAUDE.

MURIEL À CLAUDE.

L'Île, 16 février. Matin.
Martha est venue voir Mère et l'a ébranlée. Je les entends toutes les deux parler dans le salon. Mère dit que vous avez le cœur noble. Elle est toujours sûre que je vous aimerai et ne craint plus que vous ne m'aimiez pas. Martha dit qu'il faut avant tout nous laisser tranquilles.

Je lis *Germinal*. Le dégoût, considérable, passera et l'utile restera.

Minuit.
J'ai une idée fixe ce soir : je ne serai jamais capable de vous aimer comme vous m'aimez. Je ne l'aurai peut-être plus demain, mais je vous la dis pendant que je l'ai.

MRS. BROWN À CLAUDE.

16 février.
Cher monsieur Claude. J'ai eu un entretien avec ma fille. Vous serez content de savoir que nous sommes plus heureuses. J'espère que vous allez venir nous voir. Affectueusement.

JOURNAL DE CLAUDE

16 février.
Je reçois une lettre d'Anne dans laquelle elle me parle de Hope, de Thérèse, de Pilar, tout à fait sur le même plan. J'ai soudain conscience qu'elle et Muriel n'ont pas compris ce qui s'est passé entre Pilar et moi. Elles ont été choquées par des baisers possibles, mais davantage reste pour elles hors de question. Elles ne savent pas. Elles doivent savoir. Tout allait trop bien.

CLAUDE À MURIEL ET À ANNE.

17 février.

J'ai la crainte que, dans votre pureté qui gênait mon récit, vous n'ayez pas compris que Pilar et moi nous sommes allés jusqu'au bout.

C'est mardi. Votre mère m'invite pour samedi. Écrivez-moi.

MURIEL À CLAUDE.

19 février. Matin.

Vous me dites de vous écrire tout de suite : je le fais, mais je n'ai pas eu le temps de réfléchir. Je ne sens que le mal aigu que votre confession me donne. Si l'on m'avait dit cela de vous, j'aurais pu jurer sur la Bible que NON.

Vous pensiez me l'avoir fait comprendre, et en effet je me rappelle des traces.

C'est dommage que je sois Anglaise. Si ma mère et Alex savaient cela, ils aimeraient mieux me voir morte que votre femme. C'est pour nous un article de foi. N'attendez rien de moi.

20 février. Soir.

Vous m'avez demandé un jour si je pensais qu'un homme non vierge pouvait épouser une jeune fille vierge. Je ne comprends bien le mot vierge que depuis quelques jours, depuis que j'ai lu *Germinal.* Jusqu'alors il avait pour moi un sens fort, mais vague et seulement moral. Je ne sais plus ce que j'ai répondu. Mais si j'avais compris j'aurais répondu : *non.*

Vous n'avez pas cru ni voulu *faire mal,* c'est peut-être ce qui vous sauvera. Pour moi, vous avez commis un crime contre une femme. Nous disons ici : « Les manières françaises sont plus raffinées, mais la morale anglaise est plus chevaleresque. »

Un amour doit être basé sur l'estime. Alors il me faut du temps. Je vous ai dit un jour : « On n'aime que l'être actuel. Le passé est passé. »

Cela s'appliquait à des détails et non à un tel acte.

Vous voir samedi ? — Je voudrais vous écrire : « Ne venez pas. » — Mais il faudra bien nous revoir un jour. — Venez puisque *vous* le voulez.

N'expliquez rien. Je ne peux pas écouter.

21 février. Soir.

Si j'avais compris plus tôt, il n'y aurait rien eu entre nous.

C'est bien d'avoir eu besoin de vous répéter clairement.

Si je pense à votre éducation, à votre mère, à votre cœur... je suis révoltée.

Parlez-moi de Claire et de votre père.

Comment se sont-ils aimés, eux ?

C'est Dieu qui m'a empêchée de vous aimer plus tôt. Si je vous aime un jour, ce sera *malgré tout*.

J'ai reçu vos trois lettres à la fois ce matin.

Je n'ai qu'un but : vous connaître. Ce que vous avez fait, vous l'avez fait dans la joie et pour *savoir*. Soit. Je puis l'imaginer.

Cela peut-il se reproduire ? *Oui* ou *non* ? Il faut que je le sache. — Vous lui avez fait du mal, *à elle* sinon à vous.

Venez samedi. Je trouverai des forces.

11 heures. Soir.

On ne comprend que ce que l'on connaît. J'ai lu *la chose*, sans la comprendre, dans *la Dame aux Camélias* et dans *les Misérables*. Puis dans *Germinal*, commentée par vous.

Un enfant n'a vu que des papillons et des taupes. Qu'apprendra-t-il en lisant le mot : *éléphant* ?

La chose, hors de l'amour, me fait horreur et m'attriste. Et vous me déclarez que vous l'avez commise !

Si vous envisagiez, même faiblement, la possibilité de recommencer, il me faudrait une grande force, une grande foi, et surtout une immense pureté, pour pouvoir néanmoins vous aimer. Je ne sais pas si je les ai.

Est-ce bien *vous* qui avez fait cela ? Un péché commis une fois ne tuerait peut-être pas mon amour. Une base morale différente rendrait tout impossible.

Minuit.

Pourrez-vous encore m'aider ?

Alors, c'est pour *vous* comprendre que j'ai lu *Germinal* ?

Ma raison prendra des risques, mais pas mon cœur.

Je resterai au lit tout aujourd'hui.

Venez samedi. Je vous rendrai peut-être malheureux.

J'aurais mieux aimé que ce soit moi qui aie fait cela. Dois-je le faire aussi ? — Non. Je préfère que ce soit vous. Si nous nous épousons un jour, je serai seule à recevoir un reste.

1 heure. Matin.

Je ne vous connaissais donc pas. Ma grande affection, mon hésitation reposaient sur un mirage.

Vous êtes mort en moi. Je n'estime que ce qui est plus haut.

2 heures. Matin.

Je suis votre élève depuis trente mois. Je suis fendue en deux. Je dois comprendre — ou vous condamner sans appel. Je ne suis devenue votre sœur qu'en vous croyant pur à ma manière. Jamais je ne trouverai *cette chose* bonne. C'est un précipice.

Votre amour pour moi vous a-t-il changé ? Ce que vous aviez conquis en moi doit être pied à pied reconquis.

Je suis moitié contre vous, et moitié avec vous. Je ne m'y retrouve plus.

Ai-je bien compris ? Il existerait une petite chance que vous soyez déjà *père* ? (Claude revit le visage de Pilar lui disant : « Ne crains rien pour moi. ») Si oui, vous seriez responsable de l'enfant. Les bêtes elles-mêmes le savent. Vous pourriez le rencontrer un jour, sans le connaître, et dans le besoin, bien qu'il soit votre enfant. — Comment puis-je accepter cela ?

L'Angleterre n'a plus de loups et elle a peu d'actes de cette sorte.

Cette femme que vous avez *connue*, vous pouviez bouleverser sa vie. Vous ne vouliez pas l'aimer durablement, mais elle ?

Venez samedi et voyez mon état. Et expliquez, expliquez ! Comment concilier ces deux *vous* opposés ?

Vous avez accepté la charge de vos sœurs, vous les avez laissées s'appuyer sur vous.

Vous avez agi avec décision, non par faiblesse. Alors il reste de l'espoir.

Mon genre de vie ne me donne pas d'occasions de cette sorte, et je n'accomplis le mal qu'en pensées confuses, mais assez pour croire que, dans d'autres circonstances, j'aurais pu tourner autrement.

Depuis deux mois je me montre à vous telle quelle, pour vous guérir.

3 heures.

Par moments vous me dégoûtez. Et j'ai tort, car rien ne doit dégoûter.

5 heures. Matin.

Je me réveille. Quelle est cette sensation nouvelle ? Ce trou ? Qu'est-il arrivé ? Une mort... ? Je suis seule. Mon ami n'est plus avec moi. Depuis des mois il était là — comme un meuble — sans même que je le sache. Comment vivrai-je sans lui ?

Chercher un autre ami ? Pour quoi faire ?

Cette ombre qui espère là-bas, tête basse, est-ce lui ? Pourrai-je un jour ?...

Ah ! peut-être bien...

Mais je pleure le mort... je ne peux pas encore recevoir le vivant.

21 février. 8 heures. Matin.

Regardez-moi. Je souris faiblement, et voici ma main. Tout à l'heure je ne pouvais pas vous dire mon bonjour quotidien. Je ne souffre plus car il ne faut pas souffrir d'une façon aiguë tous les deux à la fois : quand vous cesserez, je m'y mettrai.

Votre confession, je n'y pense plus ce matin. Il y a tant de choses sur terre que nous ne comprenons pas, et tant de choses incroyables qui sont vraies.

Ce n'est pas un vain mot quand je dis : je dois *recommencer*. Mais j'ai commencé à recommencer. Rien n'est rompu. Je suis de nouveau votre sœur, venez que je vous aide.

22 février. Midi.
Votre merveilleuse lettre. Elle travaille en moi, et je ne l'ai lue qu'une fois.

Hier j'ai cessé de penser. Ce matin je me suis dit : « Il va venir. Rassemblons vite nos duretés d'avant-hier. » Or elles ne viennent pas. Je n'envisage plus *la chose* du même point de vue. Elle me semble plus naturelle. Dans vingt-quatre heures vous serez là, *vous*, et pas une pauvre lettre.

Ce soir demain, tout le temps que vous resterez, nous allons parler. Il y avait urgence.

Je ne connais que la fécondation végétale. Je suppose que l'animale a des analogies. Le naturel ne peut pas être horrible. Le sentiment est tout.

Si je voulais avoir un enfant je ne saurais quoi faire. Telle est mon ignorance.

Ne craignez pas de me heurter. Je m'y habitue !

ANNE À CLAUDE.

23 février 1902.
Votre confidence me rend malheureuse. D'autant plus que Pilar m'avait plu. Je ne devrais pas, puisque j'ai foi en vous.

J'apprends soudain que vous avez commis ce que l'on m'a enseigné être une des pires choses sur terre.

Vous m'aiderez à comprendre ? Il semble que Muriel trouve des atténuations. Peut-être en trouverai-je aussi ?

Je vous écris de votre chambre de Paris. Votre mère est parfaite pour moi, mais elle m'a parlé de Muriel d'une façon horrible. Préparez-vous pour rester maître de vous. Elle veut aller à l'Île, voir Mère et Muriel, qu'elle déteste maintenant. Elle considère, entre autres choses, les yeux de Muriel comme un obstacle absolu.

MURIEL À CLAUDE.

24 février.
Nous venons d'avoir deux jours pleins ensemble. Que ma froideur invincible à votre arrivée et ma chaude affection à votre départ ne s'opposent pas dans votre esprit. J'ai eu un tel éloignement, et puis un tel rapprochement.

Allez maintenant à Paris voir votre mère. Qu'elle ne vous fasse pas souffrir à cause de moi. Rien ni personne ne peut plus se mettre entre nous : nous y mettons bien assez de choses nous-mêmes.

25 février.
à Claude à Paris.

Je voudrais être avec vous à Paris. Et même Mère aussi. Cette guerre que nous a déclarée votre Mère nous a doucement rapprochées. Mère dit qu'elle sait que je vous aime. Quelle audace !

Ce serait d'ailleurs pratique... Elle parle comme si nous allions nous marier ce printemps. Je lui souris de nouveau. Cela me fait du bien.

Mère voudrait que nous causions *religion* et *enfants*. J'ai des craintes.

Je vous ai écrit : « Je suis si loin ! » Vous avez compris : « si loin de vous ». — Je voulais dire : « si loin en retard sur vous ».

Ainsi Anne demeure chez vous, comme jadis. Je vous envie, je pense à vous deux. Vous êtes presque à sa hauteur dans mon cœur. Serez-vous un jour plus haut ?

Reparlez-moi de votre bien et de votre mal. Quand ma main est près de la vôtre, je comprends. Cela s'efface si vous vous éloignez. Soyons d'une précision excessive.

Votre amour est une partie de ma vie. C'est un fil qui tire sur moi. Votre nom est dans ma tête : c'est incessant et variable, cela va du trouble à la joie. Si ça insiste trop, je voudrais ne pas vous connaître.

26 février.
Mère vous aime bien. Elle serait pourtant heureuse si nous rompions. Elle croit notre bonheur difficile. Elle ne songe pas à nos santés : pour elle notre mariage nous rendrait florissants. Elle pense à votre mère et dit qu'il ne faut pas vous séparer d'elle. Je ne crois guère à une séparation pour toujours, mais la menace est là.

Devrais-je, pour votre mère, vous dire adieu ? En seriez-vous meilleur ou pire ? Pourriez-vous vivre seul et heureux avec elle ? — Vous êtes fort, et moi aussi. Pour *votre* bonheur je puis renoncer à vous. Imaginez la haine de votre mère sur nous deux ?

Vous m'aimez. Je vous aime un peu. Détruisons cet amour avant que je vous aime trop. S'il m'empoigne un jour, il sera trop tard pour reculer, car je n'aimerai qu'une fois, comme votre mère. Racontez-moi mieux son bref bonheur avec votre père. Et comment elle vous a élevé quand vous étiez petit.

Si nous rompons, et si je découvre ensuite que je vous aime, c'est *mon* risque.

Essayez honnêtement de vous passer de moi.

J'ai une trop haute idée de ce que doit être une épouse pour savoir d'avance si je puis devenir la vôtre.

28 février.
Je suis dans un toboggan sans fin : « Tu l'aimes — Tu ne l'aimes pas. — Tu finiras bien

par l'aimer. — Vais-je l'aimer à cause des autres ? — Pourrai-je quitter les miens, vivre continuellement avec lui ? — Suis-je sûre qu'il est *mon* homme ? »

Une force m'a fait monter dans ma chambre comme pour un rendez-vous avec Dieu. Elle m'a jetée à genoux et m'a fait prononcer : « Mon Dieu, fais de moi une bonne épouse pour Claude, pour cette vie et pour l'éternité. »

Ensuite cela recommence : « Je ne veux que travailler avec lui. Que ne me laisse-t-il en paix ?... Je termine à peine de dures études. Je rentre à la maison où tout a besoin de moi. — Boum ! Il m'aime. — Soit. — Boum ! on veut que je l'aime aussi. Mais je ne l'aime pas ! — Il me dit son passé : j'y trouve une chose terrible ! — Quand il n'est pas là je mène ma vie à moi, déjà pleine à craquer. Il vient s'y ajouter et fait tout déborder ! Alors je me fâche. »

Laissez-moi souffler...

Il m'arrive de vous crier : « Allez-vous-en ! »

Mais j'ajoute parfois : « Et emportez-moi ! »

Déjà, à l'école, j'accumulais trop sur mes épaules : jeux, clubs, théâtre, charités... C'était simple : je n'avais pas d'amoureux. Maintenant j'en ai un... c'est doux... c'est douloureux... et puis encore doux... cela me porte... ou me met à plat.

Je veux vous voir des semaines de suite, pour savoir.

5 heures. Matin.

Je n'arrive pas à me voir en face. Je ne pourrais vous chanter aujourd'hui que « Ma paix s'est envolée ».

Votre Tolstoï, avant Zola, m'a poussée à unir l'idée de malheur à celle d'amour charnel. Vous me reparlerez de Pilar, jusqu'à ce que je l'accepte, ou la refuse, et vous avec. De vive voix, pas par lettre.

Le chemin qui mène à vous est abrupt. On est toujours récompensé d'avoir grimpé une montagne... même quand on ne voit rien du sommet.

6 mars 1902.
à Claude à Londres.

Je viens de lire votre poème et votre nouvelle.

Je considère ces années de votre vie comme des années de semailles et d'incubation, pas de création.

Regardez les dernières, et les prochaines, comme les années de voyages autour du monde de Darwin. Il amassait les faits qui établirent sa doctrine.

Si vous mélangez l'amassement et la création, vous allez vous épuiser, et la création ne sera pas bonne.

Chacun tient le gouvernail de sa vie.

7 mars.

Anne souffre chez votre mère.

Ne venez pas dimanche, même si j'en ai

envie. Je donne ce jour-là mon premier cours à douze nouveaux garçons de six à dix ans.

Je connais mal vos buts. Vous aiderais-je ou vous encombrerais-je ? — Une femme doit être une force et non un fardeau.

Je ne me demande plus rien : j'existe tout bonnement.

N'ayez pas peur de me faire vous aimer même si, à la fin, vous deviez dire *non*.

8 mars.

Il y a tant de choses que je ne fais que par habitude. Passez-les au crible. Mieux vaut supprimer trop que pas assez. Déblayons.

En simplifiant tout à l'extrême (quelle joie !) et avec du matériel moderne, nous pourrions nous débrouiller sans servante.

Ne dites plus : « La vie avec moi est-elle enviable ? » ou donnez-moi tout de suite des exemples. Je ne souhaite pas une vie en sucre.

Notre doute mutuel d'être dignes a sûrement une cause. Trouvons-la.

Nos raisons peuvent décider contre nos cœurs. La mienne a dit ce qu'elle a à dire. Mon cœur préférerait s'abandonner tout cru.

9 mars.

Ce soir je vous donne mon affection calme, grave, sans limites. Il me semble que vous en avez besoin.

Si vous devez partir des années, comme un explorateur, un pasteur, un marin, la présence spirituelle de votre femme vous accompagnera.

Des enfants vous détourneraient de votre service humain ?

Votre femme, bien prévenue d'avance, pourrait décider elle-même de les reculer ? — C'est inimaginable pour moi en ce moment.

Elle doit avoir souplesse et force, équilibre et audace. C'est à vous de l'éprouver et de la choisir.

Vous regrettez la légèreté du célibat ? — Ne vous mariez pas !

Votre carte arrive. Quel parfait mauvais anglais ! Nous en rirons ensemble.

X

CLAIRE

MURIEL À CLAUDE.

10 mars.
Où est le terrible dans la lettre que votre mère m'a écrite ? — Dans sa certitude. Elle s'est inventé un roman-feuilleton où je suis la sirène et la méchante fée. Elle s'y jette tout entière, m'accuse de flirt, de complot, de trappe. Je ne répondrai pas. La visite que vous lui avez faite à Paris n'a rien changé. Elle va venir à Londres pour nous rencontrer Mère et moi.

Oui, nous sommes sortis énormément ensemble, sans nous cacher, vous et moi. Si j'étais sûre de vous aimer, ma réponse serait : « Marions-nous tout de suite. »

Dans toute sa lettre il n'y a pas un mot sur votre amour. Et pourtant, comme elle vous a bellement raconté le sien quand vous étiez petit, dans ce recit émouvant que je vous retourne.

Comme les noms de Claire et de Pierre sonnent bien ensemble ! Comment, ayant eu cet amour, Claire n'a-t-elle pas aidé au nôtre ?

Racontez-moi votre petite enfance avec elle ? Là doit être la clef.

Elle pense que vous avez une grande carrière devant vous. Moi aussi, mais j'ajoute : pas forcément spectaculaire.

*

SOUVENIRS DE CLAIRE

(Tels qu'elle me les a contés maintes fois. C'est elle qui parle.)

C'était en janvier 1878. Je revins de mon cours à la Sorbonne à cinq heures. Je m'assis dans un des petits fauteuils de la librairie que tenait ma mère, à côté du théâtre de l'Odéon, et je lui racontai mon après-midi.

Pierre entra pour la première fois. Il m'aperçut et pensa : « Je l'épouserai. » — Je le vis et je pensai la même chose.

Pierre revint le lendemain à la même heure et me trouva sur le même fauteuil. Nous échangeâmes un regard qui disait : « C'est convenu. »

Pierre revint tous les jours et acheta chaque fois un livre, lentement choisi. Je ne m'occupais pas de la vente, nous ne nous parlions pas. Nous nous regardions un peu. Cela dura un mois.

Je fus un jour absente. Ma mère avait senti les choses et elle trouvait Pierre à son gré. Ils parlèrent pour la première fois d'une façon personnelle. Pierre lui dit qu'il terminait ses études à la Faculté, qu'il demeurait dans une maison voisine avec sa mère, vouée à une fin prochaine, et qu'il ne prendrait de décision dans sa vie que lorsqu'elle ne serait plus là.

Je la vis une fois passer, en deuil, grave, chancelante au bras de son fils.

Bientôt elle s'éteignit. Pierre voulut la conduire seul au cimetière.

Il vint le lendemain voir ma mère et il lui demanda ma main d'une manière qui lui plut. « Alors, lui dit-elle, parlez à Claire. » — Il le fit pour la première fois, le soir même, et me dit son espoir.

— N'était-ce pas convenu entre nous ? lui dis-je.

— Si, répondit-il.

Il me fit sa cour, pas avec des fleurs, toujours avec de beaux livres. Nous nous mariâmes au plus tôt. Je n'avais jamais vraiment remarqué un autre homme, ni lui une autre femme. Il avait trente et un ans et moi vingt-trois.

Notre appartement, rue de Médicis, donnait sur le Luxembourg. La passion de Pierre était de peindre. Le beau jardin devant chez nous fut notre paradis.

Toi, Claude, tu fus vite entrain. Le dimanche, quand, fatiguée par ma grossesse, je demandais à aller nous asseoir dans le jardin,

Pierre disait : « Claire, si tu peux, allons au Louvre encore une fois, pour que notre fils aime la peinture. »

Nous prenions un fiacre et nous y allions.

Nous vivions dans les livres et dans les tableaux, à notre manière, découvrant nous-mêmes. Tu naquis.

Un an plus tard Pierre eut une fièvre cérébrale. Il prit mon cou entre ses doigts, me dit : « Veux-tu partir avec moi ? Je vais serrer. » — « Oh oui, Pierre », dis-je, et je le laissai faire. — Ma mère qui aimait Pierre autant qu'elle m'aimait, le pria doucement de ne plus serrer, et il obéit.

— « Allons encore une fois nous promener au Luxembourg ! » dit-il en me tendant la main. Il enjamba vivement le balcon de la fenêtre ouverte et marcha dans le vide, appelant : « Claire, Claire ! » — Il tomba sur la tête et se tua.

Je faillis mourir. Mais nous étions trois et non point deux.

Tu commenças à grandir. Les jours de Noël je te donnais un quart de champagne et une bouchée de foie gras, et je te parlais du Christ et de Pierre, et tu les mélangeais dans ton esprit enfantin. Quand je t'ai appris, tout petit, le *Notre Père qui êtes aux cieux*, tu as compris la première fois : « *Notre Père qui quêtes (qui quêtez) aux cieux* » et tu as vu en esprit ton père, en costume de bedeau, faire la quête avec une bourse à long manche, à la grand-messe du Paradis !

À quatre ans, tu me demandas solennellement de m'épouser quand je serais petite et quand tu serais grand. Je t'ai dit qu'il était douteux que je redevienne petite, alors tu m'as demandé la permission de m'appeler *Claire* ce soir-là, comme faisait ton père, au lieu de *Mé*. Nous y avons pris goût tous les deux et nous en avons conservé l'habitude.

Ton bonheur était d'être assis près de moi sur un tabouret bas, en tenant ma jupe et en chantant : « Mé l'est la ! Mé l'est là ! »

Je ne pouvais pas être toujours là, je sortais parfois. Tu détestais cela. Un soir, pour m'en empêcher, tu appuyas exprès ta joue sur la tôle un peu rouge du poêle, et cela grésilla. Je compris. Je mis un pansement sur la brûlure et je sortis quand même. Dans ton lit tu eus mal et tu allas trouver ta grand-mère pour lui tenir la main...

(J'entends encore la voix de Claire me dire ces choses, et je me laisse entraîner, Muriel, à la laisser parler encore :)

Il y avait des accrocs entre nous. C'était les rares fois où je commandais sans avoir pris le temps de t'expliquer.

Ta grand-mère et moi nous t'emmenâmes à l'Hippodrome. Tu n'avais jamais vu cela : des courses de poneys, de chiens, des clowns, des éléphants, Néron et l'incendie de Rome. À la fin du spectacle, ivre de splendeur, tu déclaras que tu ne sortirais pas et que tu attendrais, assis là, que ça recommence. Ta grand-mère voulait *t'expliquer*, mais, agacée, je te pris la main et t'emportai comme un paquet.

Tu fis dans le fiacre une scène mémorable. J'eus une manche de corsage déchirée et cela continua à la maison. Tu reçus ta première fessée, et tu te roulas de colère sur le tapis, en hoquetant. Tu t'aperçus que ce hoquet et les convulsions de tes yeux m'inquiétaient, et tu remis cela chaque fois que l'on te contrariait.

Je fis venir notre médecin, je lui racontai les crises, il m'assura qu'elles n'avaient pas de rapport avec la méningite de ton père, et j'obtins l'autorisation d'user d'une arme inhabituelle.

Au prochain roulement sur le tapis, tu fus stupéfait de recevoir une claque froide qui coupa un instant ton souffle et de me voir armée d'un verre vide que Jeanne, ta propre bonne, remplissait d'eau avec une carafe. C'était pénible pour toi, mais peut-être pas décisif. — Tu repris ta colère, avec une conviction décroissante, et tu capitulas au troisième verre. La carafe maintint la discipline, mais tu ne me l'as jamais tout à fait pardonnée.

FIN DES SOUVENIRS DE CLAIRE.

Muriel, puisque vous le désirez, je vous raconte moi-même la suite :

J'avais cinq ans. Claire, un peu pressée ce

jour-là, me donnait, dans le salon, ma leçon de lecture. Je n'aimais pas quand Claire était pressée. Elle ouvrit le livre à la lettre D, commencée, et me le présenta. — D... I... A, dit-elle. Comme j'hésitais, elle tapa avec son crayon sur le bois laqué de la table deux petits coups secs qui me surprirent et me paralysèrent. — « Voyons, dit-elle, D... I... A, ça fait ? » — « Je sais pas, Mé », fis-je. — « Et D...I...O ? » — « Dio ! » — « D...I...U ? » —« Diu ! » — Très bien, et D... I... A ? »

Je réentendis les deux coups du crayon au fond de mes oreilles, j'eus peur de ne pas savoir et je ne sus pas : D... I... A... était un trou noir.

« Alors, dit Claire, tu sais Die, Dio, Diu et tu ne sais pas D... I... A ? Je ne te crois pas, tu le fais exprès ! »

Je fus horrifié par cette accusation. Comment aurais-je pu le faire exprès ? Claire ne me comprenait pas. Une scène monta. Claire fit des menaces. En vain. J'étais bloqué, je m'enfonçais dans le désespoir. Le monstre D... I... A devenait fabuleux. Claire partit en retard, en claquant la porte.

J'allai conter la chose à ma grand-mère, qui me donna mon goûter. « Ainsi, dit-elle de sa voix tranquille, tu ne sais pas D... I... A ? » — « Non, grand-mère, fis-je, guéri par ce calme. D... I... A, ça pourrait peut-être bien faire Dia si... (je ne sus pas expliquer : s'il n'y avait pas eu les coups du crayon). Cela fait même Dia ! »

Le soir, lorsque Claire rentra, je lui criai :

« J'ai trouvé ! D.. I... A : Dia ! » Claire, apaisée, m'embrassa mais crut toujours que je l'avais fait exprès[1].

Elle me disait : « Il y a deux sortes de gens sur terre : les dupeurs et les dupés. Il faut choisir d'être dupé. C'est plus propre, et on gagne du temps. »

Et je répondais : « Bien, Mé. Je serai dupé. »

MURIEL À CLAUDE.

10 mars. Soir.
Je comprends mieux maintenant. Vous êtes pour Claire le prolongement de Pierre, et elle ne peut pas partager cela.

Je la plains.

D... I... A laissait prévoir quelques conflits.

Vous avez été un fils unique, avec une enfance fragile, comme un petit prince sans obligations, livré à son imagination. Vous avez été ensuite neuf ans dans une école, bonne, mais où vous étiez de sept heures du matin à huit heures et demie du soir, sans vrai sport, sans travail manuel, ce qui, à nos yeux anglais, est un crime contre l'enfance. Vous avez peu le sens des réalités, et vous avez un vif égoïsme

---

[1]. Et quarante-cinq ans plus tard, la veille de sa mort, elle me le redit, et je lui redis doucement que non.

naturel, mais vous luttez contre lui, à votre manière, et vous allez alors plus loin qu'Anne et que moi.

Vous nous posez vos problèmes et vous les mélangez aux nôtres, sans permission. Vous compliquez notre vie en voulant simplifier. Vous nous faites perdre notre temps, et puis soudain vous nous convertissez.

Vous m'avez donné envie de vous dire quelques mots sur mon père. Les voici :

Charles Philipp Brown était roux, petit, large, souple, l'aîné de cinq enfants, très fort et très calme. Ses parents étaient fermiers. Il était indépendant, tenace, probe, inventif. Son sourire était conquérant. Il se rendit compte *de facto* comme jeune marin que la terre est ronde, en en faisant le tour, et petite en le refaisant, et que si l'on achète, après avoir réfléchi, des choses ici, pour les revendre là, on peut gagner la vie d'une famille. Il s'était instruit lui-même et avait des connaissances étendues.

À trente ans, en 1876, il rencontra et il épousa notre mère, qui en avait vingt et un et qui était fille d'un médecin de campagne. Ses camarades d'école l'avaient surnommée *la Chevrette*. Elle était pieuse, exclusive, dévouée, têtue, généreuse à sa façon.

Ses affaires marchant bien il acheta, à deux heures de Londres, une demeure avec un parc, des fermes, un bout de rivière et une île étroite où marchait encore par intervalles un vieux moulin à eau.

Ils furent un ménage heureux.

Ils eurent vite quatre enfants. Moi, rousse comme mon père, qui me promenait dans la campagne, à cheval sur sa nuque ; Anne, brune, comme une de ses tantes paternelles ; Alex et Charles, deux garçons blonds, du côté de Mère. Les deux sœurs ne se quittaient pas, ni les deux garçons.

Mon père mourut de la fièvre jaune, en Malaisie.

Ma mère dut louer la grande demeure, le parc, et ne garda qu'une ferme, l'Île et le moulin, que vous connaissez. Elle aménagea en maison rustique la vieille construction à la pointe de l'île, et elle la compléta l'an passé.

Elle mit ses enfants dans de bonnes écoles et, l'heure venue, son aîné partit pour Oxford.

Et nous voilà !

MURIEL À CLAUDE.

11 mars.

Je ne suis ni belle, ni jolie, ni charmante (si ! si ! si ! pensait Claude, vous êtes tout cela). Je viens de la terre, et ceci semble vous plaire. J'ignore pourquoi vous m'aimez. Le médecin de votre mère m'a examinée l'an passé à Paris, devant elle. Il m'a trouvée surmenée mais saine. Mes yeux, je les abîme moi-même par mes invincibles excès de lecture. Mon médecin anglais affirme que la robustesse de mon adolescence reviendra dès que je serai mariée. Dans l'ensemble, je fais face à tout mon travail et à des suppléments.

Voici qu'arrive une nouvelle lettre de votre mère, courte mais pire. Anne, qui vit avec elle, doit en ressentir les contrecoups. Aidons-la à partir.

Le sang de Mère bout.

12 mars.
Si vous venez pour plusieurs jours, apportez de quoi vous changer. Nous aimons, vous et moi, les promenades sous la pluie. La veste de chasse d'Alex est-elle assez grande pour vous?

J'ai relu mes notes sur Pilar : histoire ancienne, pensais-je.

Eh bien non ! Histoire *actuelle*, qui m'étouffait !

Voilà. Vous êtes déçu. C'est naturel. Je n'aurais pas cru à ce réveil. Venez m'éclairer. Votre élève glisse en arrière. Elle désire vous suivre. Elle ne pourrait pas vous sourire aujourd'hui. Elle s'assiérait par terre, sans vous regarder, en se laissant souffrir. Puis vous me donneriez votre main. Et *demain matin* tout serait bien. Elle est lente.

Faites une bonne patrouille ce soir, dans le quartier noir.

13 mars.

C'est hideux, *Germinal*, j'essaye de le finir avant votre arrivée. Ne me donnez rien de pareil à lire tout de suite. Je n'aime pas les morceaux saignants. Je suis reconnaissante à Zola de me rouler dans la misère énorme et permanente.

Sachez, quand vous doutez, que je doute avec vous.

Nous connaître, c'est notre tâche immédiate. Vous allez être là quatre jours.

Vos lettres me rendront difficile pour vos livres. Il y en a une que je vous prêterai, pour la citer : d'un à celle qu'il aime.

CLAUDE À CLAIRE.

15 mars.

Une opposition trop active peut pousser en avant. La coupure de notre correspondance, au régiment, a été une digue, a causé un lac, puis une inondation.

Nos santés : oui. Nous examinerons cela de près. C'est promis.

N'oublie pas que je t'aime. Je réfléchis, et j'agis sans précipitation.

MURIEL *(à l'Île)* À CLAUDE *(à Londres).*

23 mars.

Les quatre jours ont passé.
Claude n'est plus ici, ni dans sa chambre, ni au salon, ni à la pompe, ni nulle part. J'étais habituée à lui. Quand avons-nous fait bouillir ensemble les poissons ? Quand avons-nous soigné les deux cochons enrhumés en leur donnant leur pâtée chaude et une botte de paille pour faire leur lit ? — Cela me semble hier. Il a apporté quatre jours une vie nouvelle, il l'a remportée.

Je lui ai dit que je commençais à l'aimer un peu, ce n'était pas la peine de le dire, ça se voyait, mais il en doutait tant. C'est vague, cela me coupe un instant mon souffle, cela s'éteint, reprend, et me fâche. Son âme est pliée autrement que la mienne, cela m'écorche parfois.

Il y a d'autres hommes bons, forts, admirables, qui seraient *naturellement* en accord avec moi... par exemple un Anglais, meilleur chrétien...

J'ai de l'ennui, non d'être aimée, mais de tout le déménagement que cela comporte avec un Claude... Ma paresse se révolte.

Quand il m'enseigne, mon esprit se tend si fort que mon cœur se ferme. Si nous nous marions, nous parlerons de tout sans fatigue.

Maintenant c'est un effort. Nous taillons notre sentier.

Je veux vous parler des Cornouailles. Je les aime d'un amour que vous comprendrez en les voyant, si intense qu'il fait rire Mère. J'y ai passé des heures noires, puis blanches, juste avant de vous connaître. Anne nous écrivait de Paris des lettres agaçantes où elle ne nous parlait que de ses nouveaux amis, votre mère et vous.

Il y a trois ans de cela. J'étais épuisée après mes examens. Pire que vous avant votre cure Kneipp. Mère, me connaissant bien, était allée choisir ce coin sauvage. J'allais pleurer devant les vagues. Alex était mon asile inconscient. La maisonnette de granit, trapue, dominait l'horizon. Nous y arrivâmes tirés par un gros cheval noir, poilu, la nuit, dans une tempête de neige. Puis j'eus trois semaines de splendeur.

Nous irons là, l'été. Roc, lande, genêts, tout sera gris et or. Les vagues attaqueront les hautes falaises, avec des fusées, tonneront dans les grottes, et reflueront. Nous serons couchés sur la crête, sous les cris des mouettes, l'eau en poudre nous giflera et balaiera la lande. Un autre jour l'Océan sera calme, jamais joli, vert cru étincelant. Nous descendrons dans les grandes cavernes. Je vous dirai pour quoi faire.

24 mars.

Quand, sur la plage, je vous ai avoué ce que je commençais à sentir, j'ai cru que c'était définitif.

Hélas, pas du tout, c'est parti. Notre tension d'esprit l'a dispersé. Je vous aime, mais plus ou moins, et pas tout le temps. Si c'était *établi*, je pourrais rester des années sans vous voir.

Ce n'est pas l'amour qui dérange la vie mais l'incertitude d'amour.

Ce n'est pas vous, c'est moi qui ai déréglé ma vie depuis trois mois.

Pendant son cours aux infirmières volontaires, le docteur nous a dit : « Celles qui ne sont pas capables de mettre dans leur poche leur sensibilité, leur pudeur, leur dégoût, qu'elles rentrent chez elles tout de suite ! Si elles n'arrivent pas à faire avec joie des choses repoussantes, ce ne sont pas des infirmières. »

25 mars.

Je ne vous aimerai qu'en dépit de tout, en pleine lumière, rongé par un vent de sable, qui arrache le doux et qui ne laisse que les ligaments.

Je me suis échappée vers les bois où nous nous sommes égarés, je touche le grand chêne, j'écarte une menue forêt vierge, et voici un tapis de primevères !

Que c'est bon d'être heureuse à propos de rien : c'est la seule manière !

Même si le grand *oui* n'arrivait jamais, nous resterons amis. Je ne veux pas la vie sans vous.

27 mars. Matin.

Votre mère s'épuise à me haïr. Je voudrais arrêter ses lettres de combat. Dois-je aller la voir ?... Mère est contre. — Ne craignez rien pour moi.

Un de ses griefs est que je ne l'aime pas. Je l'ai aimée. J'aime son amour pour votre père. Je voudrais que nous causions seules et qu'elle me fasse tous ses reproches. Certains tomberaient d'eux-mêmes. Les autres seraient localisés.

27 mars. Soir.

Mère et moi sommes allées voir notre vieux docteur qui m'a suivie depuis ma naissance et souvent portée sur son dos. Mère était inquiète des affirmations de votre mère. Elle veut un inventaire du moi d'aujourd'hui. Elle a raconté *nous* au docteur et elle a conclu : « J'aurais préféré que ma fille épouse un Anglais. »

— Peu importe, a-t-il dit. S'aiment-ils ? Tout est là.

Le docteur m'a examinée : j'ai le pouls lent, le visage congestionnable (j'ai rougi plusieurs fois), je suis très surmenée (par vous, depuis janvier). Dans l'ensemble, il me trouve *saine comme une cloche* et il en témoigne.

Anne a trouvé sur sa table un mot de votre mère, disant : « Soit, quittez-moi et ne nous voyons plus. Tout *cela* n'a rien à faire entre vous et moi. Pourtant nous ne pouvons pas en faire abstraction. Nous nous dirons bonjour si nous nous rencontrons. »

Elles se sont tant aimées !

27 mars. Nuit.
Je n'aime pas votre mère *en ce moment*. Elle fait tout pour nous séparer. Voici l'histoire de nos relations.

Au pays de Galles elle m'a parlé longuement de votre santé à propos de la mienne, décrivant vos excès de travail, vos migraines, vos rhumes, insistant jusqu'à me donner mal à la tête, et y mêlant, je ne sais plus comment, les *Pensées* de Pascal. Elle m'impressionnait par sa sincérité. Elle se bat *pour vous*.

J'admire son désintéressement, son énergie, sa curiosité universelle et l'accueil qu'elle fait aux jeunes.

À première vue nous ne sommes pas spécialement faites pour nous entendre. Mais nous avons vécu ensemble, à Paris et en Suisse. J'ai été malade et elle a tant fait pour moi qu'elle est devenue ma *mère française*, comme pour Anne. Elle m'a menée chez son médecin, chez son tailleur, chez ses amies. Elle m'appelait : « Mon enfant. » Et quand elle a été malade à son tour, je l'ai soignée.

J'assistais à ses « Mercredis pour la Jeunesse ». Quand j'étais déprimée elle me remontait. Notre amitié est basée sur nos cœurs. Pas sur nos cerveaux. J'ai passé un mois chez elle, aimant, je l'ai compris depuis, dormir dans votre chambre, parmi vos objets, passant des soirées avec elle au pied du lit de votre grand-mère. Elle corrigeait patiemment mon français, me grondait pour mes hésitations. Ma dernière semaine à Paris, quand j'étais triste de le quitter, elle fut seule à me consoler !

J'aime votre mère. Pas quand elle est sûre d'elle et se mêle des affaires des autres. Son amour pour votre père, dont elle a bercé votre enfance, est radieux. Elle vous a dit qu'elle n'a jamais senti physiquement l'amour. Cela me la grandit.

J'écris cette lettre assise dans ma brouette, à côté du carré des petits pois.

(Sur du beau papier épais et frangé.)

28 mars.
Vendredi Saint !

C'est la première fois que je n'ai pas senti *Vendredi Saint*, que je n'ai pas employé la Semaine Sainte pour mon élévation spirituelle. Même à l'église, ce matin, avec Mère, cela aurait pu être n'importe quel jour de l'année. Pourtant, après le déjeuner, je suis montée dans ma chambre pour réfléchir à la meilleure façon de vous mettre en contact avec *ma* religion.

Peut-être n'aimeriez-vous pas me voir faire ma prière à genoux chaque matin et chaque soir ? *(Si ! Si ! pensa Claude.)*

Certaines prières, dites-vous, sont lâches, mais il y en a de nobles et de nécessaires.

Pourquoi ce Vendredi Saint est-il différent ? Et pourquoi en suis-je sans remords ?

Parce que depuis Noël j'ai fait des efforts

encore plus grands que ceux que la Communion provoque d'habitude en moi.

J'oublie exprès que vous n'avez pas foi en la divinité spéciale du Christ.

Vendredi Saint est le jour où nous méditons sur la mort de Notre Seigneur, où nous vivons avec ses disciples, où nous tremblons d'amour et de gratitude, où nous prenons des résolutions pour l'année entière, où nous préparons la communion de Pâques.

Enfant, je prenais une belle feuille comme celle-ci, un crayon et j'écrivais longuement, et je comparais avec ma feuille de l'année précédente. Je vais faire la même chose, avec vous.

Je relis, à genoux, l'histoire de Sa mort, Ses dernières paroles. Je m'examine à la lumière des Dix Commandements. Je note les vertus à acquérir : l'humilité et la patience, dont j'ai tant besoin et qui fuient comme des anguilles.

Je suis toujours à genoux. Je sens la présence de Dieu dans la chambre. Je choisis parmi les paroles de la Croix : « Mon Père, pardonne-leur, car ils ne savent ce qu'ils font. » Je les applique autour de moi.

Sur ma feuille de l'an passé, je lis : « Les batailles morales se livrent seul », et : « Notre point réputé le plus fort est souvent le plus faible. » — Ma page est pleine de parenthèses, simples et doubles, rondes et carrées, avec des petits numéros, des renvois, des retouches, tout un attirail qui vous ferait sourire.

Je cite : « Faire les petites choses comme si elles étaient grandes. »

« Ne pas donner à Claude une opinion de moi meilleure que moi. »

« Je suis troublée par Claude. Comment sanctifier cela ? »

« Avec Mère : 1° Éviter discussions et oppositions. — 2° Lui exprimer ma tendresse. — 3° Prévoir ses besoins, prévenir ses demandes. »

À treize ans j'ai dit à Dieu : « Seigneur, me voici. Je suis à Toi. Accepte-moi. Je travaillerai pour Toi. »

Je me considérais comme une possédée de Dieu. J'ai renouvelé ce vœu à dix-neuf ans, après une longue préparation. J'ai communié à la Cathédrale, je me suis donnée. Ce fut un acte précis avec des conséquences précises.

Il y a un an, en communiant, j'ai fouillé ma conscience, j'y ai trouvé mon affection de sœur pour vous. J'ai dit : « Mon Dieu, j'aime Claude comme mon frère, Tu l'as su avant moi. Accepte cet amour pour qu'il devienne une force pour lui ? pour moi et pour tous. »

Qu'est la Sainte Communion pour les Catholiques ? Pour nous, elle est au plus haut point solennelle et intense. Beaucoup la font rarement, tous la font à Pâques. Si au dernier moment un doute nous reste sur la conscience, nous devons nous abstenir et prier dans l'église jusqu'à éclaircissement.

Je n'ai jamais pensé au mariage pour moi.

Ce fut une agonie quand, après Noël, j'ai dû vous répéter : *non, non* et *non*. Mon affection pour vous grandissait. Je me suis dit : « Claude la regrettera mais il se fait aisément des amis. »

Voici mes pensées d'il y a un an. Aujourd'hui ma feuille du Vendredi Saint a été cette longue lettre, et voilà déjà samedi qui va poindre, car il est très tard. J'ai pour vous un sentiment différent, moins galopant, plus en profondeur.

Je ne renoncerai jamais à ma croyance en la divinité du Christ.

29 mars.

Mère m'a dit ce matin : « Je ne comprends pas que tu ne dises pas tout de suite *oui* ou *non*. S'il y a une chance que *non*, renonce tout de suite, pour toi, pour nous, pour la paix. » Elle n'admet pas qu'elle nous a brusqués en janvier. Je lui réponds que nous en sommes encore à nous découvrir, que sans elle le mot « amour » n'aurait pas été prononcé.

Je vous écris de chez Dick et Martha. Vous avez dit : « Ils m'ont mis du baume dans le cœur, dès leur seuil. »

Je travaille au jardin. J'ai un aide, presque un enfant, adroit, qui sautille à mes côtés. À l'Île j'en ai un, géant, aussi adroit, qui ne sautille pas. Le petit a un jardinet à lui, avec deux rosiers.

Tout en défrichant je pense à ce qui eût été, à notre croissance naturelle, à notre ignorance bienheureuse, sans le viol que nous avons subi.

Pourrons-nous réparer ?... Et aimons-nous les réparations ?

Mère vous a éperonné pour vous faire arriver là où vous en êtes, bien avant moi. Il nous faut du temps, et nous voir beaucoup.

Mère a envoyé à votre mère le rapport de notre docteur, tout sec.

Caroline, la fille aînée des Dale, prend nettement le parti de votre mère ! C'est un soulagement de trouver ici quelqu'un qui le fasse.

Mon bilan fait, j'admire et j'aime votre mère. Elle ne le croira jamais.

Rendez-la heureuse. Elle est malade, ne l'oubliez pas.

2 avril.

J'ai pensé au côté *finances* mentionné par votre mère et qui nous inquiétait vaguement l'autre jour.

Dick et Martha étaient pauvres quand ils se sont mariés. Ils ont vécu de travaux divers avec une stricte économie. Ils ont eu une fille. Ils ont bâti autour d'elle un jardin d'enfants puis une école de petits, qui a prospéré. C'était nouveau alors. Cela leur a permis d'attendre la réussite, chacun dans son art.

Enseigner, c'est ma vocation, et j'ai besoin d'un travail régulier. Vous seriez aussi capable d'enseigner. Je fais mes robes moi-même. Je demanderais, comme Anne, ma part de l'héritage paternel. Avec la portion du vôtre, dont vous m'avez parlé et que votre mère ne peut vous ôter, nous serions loin de partir à zéro.

Vous écrirez, comme cela vous est naturel. Si vous préférez gagner un salaire fixe, vous assurerez la correspondance française de cette compagnie

Il n'y a pas lieu de nous inquiéter.

3 avril.

Je suis dans le doute. Même Martha ne me suffit pas. Il me faut vous.

Petite, je déchirais les sépales verts d'un coquelicot sur pied pour regarder dedans. C'était rose et blanc, chiffonné, recroquevillé. Si j'avais été délicate et s'il était avancé, il traînassait et en réchappait. Ainsi nous a traités Mère.

Si je fais une chose mal et si je dis à quelqu'un de qualifié : « Conseillez-moi », je me fâche s'il m'explique que je la fais bien.

Mes amis me doivent des critiques, non des louanges.

Si jamais vous voulez tout gâter, gâtez-moi.

Des tornades m'arrivent : « Je veux être libre ! inventer moi-même ma vie ! Non, non, et non ! »

J'attends une lumière nouvelle qui baigne et transforme tout.

6 avril.

Nous ne parlons que de *l'amour*.

Quel est son but ? — La création d'enfants.

Les trucs de la Nature dans le monde végétal, je les connais. La même force pousse l'homme vers la femme. Cet instinct primaire suffit pour accomplir le but. Vous l'avez essayé, vous !

Pas besoin du Grand Amour ? Tout irait très bien sans lui ? — L'amour des *âmes* ? Qu'est-ce que cela veut dire ?

Ces pensées se promènent dans ma tête. L'amour qui pousse en moi n'est pas nébuleux. Il est pratique : Dick et Martha.

Vous m'avez aidée à regarder la vie *autrement*... je puis maintenant m'informer toute seule sur tout. Mais, pour l'amour, je n'ai que vous. Je sais que vous m'aimez, si l'on peut dire savoir à propos d'une pareille chose. Notre entourage a prononcé pour nous le mot : *amour*, qui n'est encore qu'*un mot* pour moi (ce dont je suis contente, et vous aussi). Il a ravagé notre hiver.

Hélas ! je quitte Dick et Martha. Je me suis assise dans la chambre où vous avez dormi. Ils n'ont pas de servante, pour être plus ensemble. Ils font leur ménage, comme une équipe-éclair. Martha attend de vos nouvelles avec moi.

7 avril.
Enfin ! Enfin ! Vous m'avez grondée carrément, comme il fallait. Il eût été dommage de manquer cela. Vous m'avez traitée de *sans ressort*. Je ne dis pas *merci*. Ce ne serait pas assez.

Si, sans nous connaître, nous avions une conversation sur Dieu, je dirais que nos dieux ne se ressemblent pas. Mais moi, je sais que nous avons le même Dieu.

Je fais un parallèle entre *Germinal* et *l'Anneau des Niebelungen*. Vous le lirez.

Vivons. Nous mettrons l'étiquette après.

Hier soir j'ai parlé de nous à Alex. C'était difficile. Il a écouté sans dire un mot. À la fin il s'est levé du banc de la cheminée, il s'est penché sur moi et il m'a embrassée, ce qui est extraordinaire de sa part. Puis il m'a dit : « J'ai pensé à *votre* amitié à trois. Je croyais que monsieur Claude venait pour Anne. Je n'ai jamais pu l'aimer, par jalousie probablement. »

Si vous et moi nous ne sommes qu'amis, peu importe Alex pour vous. Si nous devenons plus, je suis sûre que vous vous estimerez. Charles n'a pas d'opinion sur ces choses.

9 avril.

Dans les bois j'ai retrouvé notre étang couleur de plomb. Je suis assise sur un tronc moussu. Les grenouilles attendent pour sauter — comme moi. Elles aussi ont des romans.

Vous avez espéré une lettre de moi... Ce serait pire si je vous avais écrit en me forçant.

Suis-je vraiment *sans ressort* ? — J'ai été souvent malade depuis trois ans. *Votre mère aurait-elle raison ?*

Quand je rencontre un morceau de bon en moi, je ne sais plus s'il vient de moi ou de vous.

Quand je vous dis en pensée des choses *non froides*, je les modère par crainte qu'elles ne durent pas.

15 avril.
J'envoie à Anne un livre sur l'anatomie intime de la femme Elle vous fera peut-être des questions. Elle a lu moins que moi. J'ignore ce que sa vie d'artiste a pu lui apprendre. Mon but est qu'elle cesse d'attacher, comme je le faisais, de l'horreur ou de la crainte à des fonctions naturelles.

Pour choisir entre deux choses, il faut les connaître toutes les deux. Je ne peux pas choisir entre le vice et la vertu puisque, par hasard, je ne connais que la vertu.

ANNE À CLAUDE.

6 mai.
Le dernier jour, chez vous, votre mère m'a dit : « Si Claude épouse Muriel, je ne verrai de ma vie ni lui, ni Muriel, ni leurs enfants. »

Elle en est capable. Elle faisait peine à voir.

J'ai pensé cette nuit à loisir à Muriel et à vous. Vous avez des points communs. Vous vous attaquez aux tâches que vous choisissez, une à une, que ce soit apprendre une langue, ou aider quelqu'un. Vous êtes courageux. Vous ne sentez pas la fatigue sur le moment, mais elle vous terrasse après coup.

Vous avez tous les deux ce que je n'ai pas et que j'appelle l'instinct Napoléon.

JOURNAL DE CLAUDE.

15 mai.

Je suis allé chercher Claire à Paris. Nous sommes assis, sur le pont, à l'avant du bateau, vers Douvres, sous les étoiles.

— Te rappelles-tu la petite île à Budapest ? dit Claire.

Je revois cette petite île. J'avais seize ans. Nous faisions notre tour d'Europe et nous avions écouté la musique tzigane tard la veille. Claire m'avait fait un petit reproche que je n'avais pas trouvé fondé, je ne sais plus lequel, mais ce fut bientôt une discussion du type D... I... A... : DIA. Nous constatons que nous ne pouvons plus nous entendre et décidons de continuer notre voyage chacun de son côté. Les deux billets circulaires sont séparés. Je sors, sur un banc, l'argent du voyage que je porte, en napoléons, dans une ceinture de cuir. Je veux donner à Claire les deux tiers, un garçon voyageant moins cher. Claire ne veut prendre que la moitié.

Le lendemain nous faisons notre dernier déjeuner ensemble. À ce moment nous oublions notre ressentiment et nous ne nous séparons pas.

Un rêve aigu, que j'ai fait à quinze ans, revit dans ma mémoire.

Claire, la fiancée de ma petite enfance, entre dans ma chambre, sérieuse, à demi nue, ornée de bijoux archaïques. Avec des gestes de prêtresse elle s'étend sur moi. Grâce à je ne sais quel aiguillon, elle pénètre mon sexe, élargit l'étroit passage comme on élargit un doigt de gant. Cela me fait très mal. La sueur coule sur mes flancs. Claire disparaît.

Elle revient, peu après, avec des ornements rituels plus colorés. Elle me reprend avec son aiguillon, qui force moins, elle va encore plus avant, ce qui est pénible à l'extrême, et elle perce quelque chose au fond de moi, car une crampe déchirante et un jet me réveillent.

À partir de ce rêve-là Claire n'eut plus pour moi de valeur physique. Le lien était coupé. Mon amour filial subsistait intact mais une indépendance farouche était en moi, et la recherche d'une femme, le contraire de Claire, mais qui lui ressemblerait.

Claire me raconte : « Ton père pensait à toi d'avance. Moi je pensais à lui seul. À ta naissance, tu m'as fait si mal que j'ai refusé de te regarder quand on t'a présenté à moi. Ton grand-père était indigné. Ton père riait. Je me suis endormie, il a fait sortir tout le monde et il t'a calé sur un oreiller, au bout de notre lit, et il nous a laissés seuls, face à face, dormant tous les deux. Quand j'ai rouvert les yeux je t'ai vu. Il n'y avait personne. Je t'ai pris dans mes mains. Ce fut comme un aimant. J'ai poussé un cri. Ça y était. Ton père l'a entendu et est rentré.

« Plus tard, quand il est mort, nous avons été de nouveau seuls. Je t'ai pris en charge. Je t'ai appelé *mon monument* et je t'ai élevé, pierre à pierre. J'ai appris pour toi du latin et du grec. J'ai aidé ton amour des voyages et des langues, et ta façon de te former toi-même, à l'aventure.

« Je n'ai pas peur de te perdre. J'ai peur que tu t'abîmes.

« Tu feras, à ton heure, une chose qui sera ta joie et ton gagne-pain et qui te permettra de fonder une famille.

« Il serait dangereux de commencer par la famille. Tu as eu besoin de la cure Kneipp, et tu as été à l'hôpital. Tu es encore fragile. Tu seras un penseur peut-être, et rien d'autre. Tu es impropre à un emploi régulier. Muriel a de fortes qualités d'esprit, mais depuis trois ans elle passe la moitié de son temps à soigner ses yeux, pour les réabîmer aussitôt. Elle sera écrivain ou médecin. Vous avez tous les deux la flamme. On vous a poussés au mariage. Vous n'y auriez pas pensé sans cela.

« Mr. Dale et sa femme sont de grands amis des Brown et de récents amis à nous. J'ai fait appel à eux pour nous aider tous.

« Je leur ai envoyé mes vues sur la question. Ils m'ont invitée à demeurer chez eux et ils t'attendent à déjeuner demain. »

Claire modérait ses expressions. Elle en avait eu de plus sévères. Je sentais sa volonté de me séparer de Muriel. Il y avait du juste dans ce qu'elle disait.

Ce repas fut intime. La plus jeune sœur n'y assista pas. Caroline était une tendre amie de Claire. Elle lui avait dit : « Mon père est un arbitre-né et il est très humain. Il trouvera une solution. »

Mr. Dale déclara : « Nous sommes réunis pour parler d'un mariage éventuel. J'ai entendu les *pour* et les *contre*. Le cas est simple car toutes les parties sont liées entre elles par l'affection. Deux jeunes gens veulent, non se marier tout de suite, mais être libres de le faire s'ils le désirent. La mère de la jeune fille demande que la chose se résolve vite, dans un sens ou dans l'autre. La mère du jeune homme pense que leurs santés actuelles rendent le mariage impossible.

« Après réflexion, ma femme, ma fille et moi nous faisons la proposition suivante : « Que Muriel et Claude, par égard pour leurs mères, acceptent une séparation d'un an, pendant laquelle ils se soigneront avec conscience, ne se verront pas, n'échangeront pas de lettres. C'est un sacrifice. Mais si, après un an, ils désirent se marier, ou reprendre leur amitié, ni la mère de Muriel ni celle de Claude ne s'y opposeront. Je soumettrai demain, à Mrs. Brown et à Muriel, cette même proposition. »

Claire eût souhaité une victoire totale, mais bien des choses peuvent arriver en un an.

Je sens l'arrachement proposé comme inhumain, au moment où Muriel et moi avons tant besoin de nous voir.

Mr. Dale parla d'autre chose. Mrs. Dale et Caroline embrassèrent Claire. Elle sortit à mon bras.

Le lendemain eut lieu chez les Dale le déjeuner avec Muriel et Mrs. Brown. Il fit la même proposition. Mrs. Brown suggéra qu'un oui ou un non fût exigé après un an. Muriel rougit fortement. Mr. Dale expliqua que cette demande n'était pas justifiée. Mrs. Brown protesta contre les affirmations de Claire sur la santé de Muriel.

— Elle a reçu un choc et elle en est malade, dit Caroline.

— Nous en sommes tous là, dit Mrs. Brown.
— Allons réfléchir, dit Muriel.

MURIEL À CLAUDE.

18 mai.

Mère et moi nous sommes passées chez vous, à tout hasard, après notre déjeuner chez les Dale. Vous n'étiez pas là. On nous demande de nous séparer un an... C'est une idée nouvelle. Pour l'instant mes pensées sont bloquées.

Nous sommes des bêtes forcées à la chasse.

Votre mère, dit Mr. Dale, est vraiment souffrante. Pour nous, rien ne presse. Mais pour elle, peut-être que si ?

Venez vite.

Anne vient d'arriver. Elle serait comprise dans la séparation.

Que Dieu nous garde !

Il n'y a que trois mots pour eux : amour — amitié — éloignement. Ces états se mélangent sans cesse, on ne peut pas les nommer.

JOURNAL DE CLAUDE.

22 mai.

Je me hâte vers l'Île. J'y suis chaudement reçu. Muriel et moi sommes unis par le danger. Notre foi pénètre Mrs. Brown et Anne. Elles nous traitent discrètement. Un loisir règne. Notre *trio* existe encore en liberté.

Les douze petits cochons, grossis, sont méconnaissables. Je m'informe sur la culture de chaque carré du jardin.

Muriel et Anne ont lu l'apostrophe de la Pompadour à Louis XV : « La France ! ton café fout le camp ! »

Elles me disent : « Bonjour, la France ! »

J'aime ce nom, et elles aussi, et elles s'en servent une heure.

— Mais, dit Muriel à Anne, il n'est pas que *la France*. Il nous a lu Don Quichotte, Dante, il nous a rendu la Grèce vivante, il nous a révélé Schopenhauer, Knut Hamsun, Ibsen et Tolstoï. Il est plutôt ce que nous, Anglais, appelons *le Continent*, l'Europe sans l'Angleterre.

Elles me disent le lendemain : « Bonjour, le Continent ! »

Comme cela ne sonne pas bien, elles y renoncent. Mais quand je parle trop, Muriel me dit : « Un bon placier continental doit remarquer quand son auditoire insulaire est fatigué. »

MURIEL À CLAUDE.

25 mai.

Cette séparation serait peu de chose si nous sommes courageux. Pensons que l'un de nous aurait pu mourir.

Nous devrions accepter. Anne le croit.

Je ne suis qu'un élément de votre vie.

Votre chambre reste prête.

J'irai vous attendre avec le poney au train de midi.

Vous n'avez que votre mère. J'ai la mienne et, en plus, Anne, mes frères et l'Île. Je suis moins à plaindre.

Quand devrait commencer l'année ? Pour-

Claire

quoi pas tout de suite, pour qu'elle finisse plus vite ? Pourquoi pas lundi prochain, le jour anniversaire de vos vingt-trois ans ?

Nous avons eu tant de débats intérieurs et voilà que c'est l'extérieur qui nous frappe.

Nous écrirons chacun notre journal et nous nous l'enverrons.

XI

LA SÉPARATION

JOURNAL DE MURIEL.

29 mai 1902.
Claude est parti il y a quelques heures.

Ce que j'ai à faire ? — Eh bien, devenir une meilleure femme, plus forte, plus douce, plus généreuse, avant qu'il ne revienne, dans un an.

31 mai.
Réveillée soucieuse. Mère m'a donné un baiser appuyé, à cause de Claude. Je n'ai compris qu'après. J'ai essayé de jouer la sonate. Il n'y avait en moi que Claude et

JOURNAL DE CLAUDE.

29 mai 1902.
Il y a deux heures nous étions encore ensemble. Ma gorge se serre comme en janvier. Mais maintenant elle m'aime un peu. Je ne l'aurais alors pas espéré, j'aurais été joyeux avec ce qui me reste aujourd'hui.

Quels trois jours nous avons eus à l'Île ! À côté d'Anne et de Mrs. Brown, parmi les fleurs. En arrivant, sur la route, j'ai aperçu Muriel dans la carriole, avec fatigue. Anne m'invite au jardin avec elle. Non. Je reste seule au piano. J'éclate en sanglots qui me soulagent. À ma surprise, la séparation me fait mal. Je ne veux pas. Le remède c'est de travailler à Londres. J'écris à la directrice des orphelinats.

À l'église je suis restée pour communier, pour Claude. Je ne sais pas ce que cela veut dire, mais c'était *pour lui*. Mes larmes tombaient. Quand j'ai reçu Dieu j'ai dit : « Claude, Claude » avec mes lèvres mouillées. Dieu a compris et m'a calmée.

Serais-je prête à tout quitter pour le suivre ?

Il est différent de tous, pas meilleur.

Ce que je lui dirai dans un an, s'il m'aime encore, c'est qu'il me fasse sentir Melchior, le poney, qui trottait sec, et elle faisait semblant de se servir du fouet.

Anne et Muriel, au piano, comme je veux les revoir, ont chanté, et leurs voix étaient moins sûres que d'habitude.

La dernière promenade avec Muriel dans la nuit. Nous nous sommes assis une fois de plus sur la large barrière. Quelle force me poussait à nouer mes bras autour d'elle ! Une voix m'a dit : « Non, pas encore. Ne hâte rien. Tu ne pourrais plus t'en aller. »

Le dernier déjeuner dans le verger en fleurs, le départ comme une lame : on ne la sent qu'après.

son amour. S'il était un pirate qui m'enlève de force, je n'aurais rien contre.

2 juin.
Je ne pleure plus. Les couchers de soleil contiennent Claude. J'arrange ma vie sans lui, c'est tellement plus calme. L'y remettrai-je ?
À son tour Anne semble déprimée.

7 juin.
Mère permet que je travaille un mois à Londres. — Je suis retournée avec ma cousine à l'Abbaye. Je m'attendais à trouver Claude encore assis dans sa stalle, je le sentais flotter alentour, j'étais gaie et bavarde. Cela a fini par une migraine.
J'aime Claude ? — Je ne crois pas. —

2 juin.
Je suis allé au bal avec Caroline Dale et dansé avec elle. *Elles* ne sont pas entrées.

4 juin.
Nouvelle séance à la Chambre des Communes. — Si je la compare à notre Chambre, je trouve que c'est Muriel par rapport à moi.
En rentrant, après minuit, j'ai vu deux pauvres qui dormaient par terre, dans une ruelle, l'un recroquevillé, l'autre étendu dans le ruisseau sec.
Que faire ?

8 juin.
En Suisse, un jour elle m'a donné un morceau de gâteau

La séparation

Ai-je besoin de lui ? — Non. — Ai-je le désir d'être à lui, de vivre avec lui ? — Non.

Des voix ont chanté : « Dieu châtie ceux qu'il aime. » — J'ai souri : c'est de Claude qu'il s'agit !

Mon Dieu, faites qu'il cesse de m'aimer ainsi car je ne comprends pas ce que cela veut dire.

de mariage, en me disant : « Mangeons-en. Nous rêverons de la personne que nous aimerons. » Le lendemain matin elle m'a dit en riant : « C'est de vous que j'ai rêvé. Mais ça ne compte pas, car nous avions échangé nos morceaux de gâteau. » ... Ce qui était vrai. C'est la seule fois où elle a été coquette.

Le labyrinthe de glaces, Notre-Dame de Paris, la tempête sur le lac, le froid dans le wagon, la brume sur l'Île... j'ai confiance.

9 juin. Londres.
Rêves. — Muriel dormait étendue près de moi, sans nous toucher. Je ne souhaitais rien de plus.

Cette nuit elle vint encore. Je m'enhardis. Je voulus passer mon bras sous sa

11 juin.
Yeux, migraines, dépressions : suis-je digne ? — Vu Alex qui venait de chez les Dale. Il approuve notre séparation.

13 juin. Londres.
Je suis entrée dans la salle de récréation des orphelines. La matrone était sortie. Elles m'ont invitée à jouer au ballon avec elles, ce que j'ai fait avec joie. Au dîner il m'a fallu dire la prière, mais j'ai hésité, l'ayant un peu oubliée.

Que ces petites de douze ans sont attachantes ! Déjà j'ai distingué Florrie, Cecil, Gladys, Emilie, Rose. Leurs noms font une guirlande dans ma tête.

taille, mais des clous arrêtèrent ma manche et je m'éveillai.

11 juin. Londres.
Claire est malade. Ce matin, tant qu'elle a eu des forces, cela a été pour accuser. Après, elle a pleuré, disant qu'elle n'avait plus aucune raison pour cela, qu'elle devrait être heureuse, qu'elle devenait neurasthénique, ce mot dont elle a tant abusé pour les autres. — Je l'ai emmenée voir *Hamlet.* Ça l'a guérie pour le moment.

12 juin.
Le dernier jour Mrs. Brown a dit : « Oh, dans un an vous serez fixés ! »

Muriel a hoché la tête d'un air de doute.

Mon amour est comme un enfant qui vit avec moi. Parfois il

J'ai fait une promenade de trois heures avec elles, sans m'apercevoir que je marchais comme avec Claude.

Le cours de pâtisserie dans la grande cuisine souterraine est aussi amusant qu'utile.

Je demeure à côté de Toynbee Hall ! Dans la rue j'ai peur de rencontrer Claude et mes yeux fouillent pour le voir.

15 juin. Londres.
Au lit. Vous avez eu tort, Claude, de connaître une femme, même si brièvement. Il faut laisser le désir s'accumuler jusqu'à ce qu'il rencontre *celle qui* ou *celui qui*. Toute dispersion affaiblit. Si vos idées restent les mêmes à ce sujet (les miennes ne changeront pas), je ne vous permettrai pas de me faire la cour.

dort, parfois il a faim.

Vivrions-nous en Angleterre ou en France ?

Muriel a appris le français comme d'un coup, plus vite et mieux que moi l'anglais, et cela va être pareil pour l'allemand. Gare à ses yeux !

Dominique, de Fromentin, a eu tort de ne pas montrer son amour à Madeleine avant son mariage. Vous ne m'avez pas *montré* le vôtre. Je ne connais que votre Maître-Moi, qui tient en laisse votre Vrai-Moi : comment puis-je savoir si je vous aime ou non ?

Si j'ai de l'amour il est comme une étoile presque invisible et qui ne grandit pas.

Aujourd'hui, à l'Église, le jeune pasteur a fait un sermon émouvant. Quelle satisfaction cela doit être d'avoir pour mari un homme qui croit à la prière, à la divinité du Christ, qui m'associerait à son travail pour les pauvres. J'ai regardé froidement Claude qui flânait alentour, et je lui ai dit : « Je ne puis vous aimer. » — Aussitôt je lui ai souri et je l'ai aimé, lui, mon plus grand ami, mon frère. Il est jeune, il évoluera. J'ai foi en l'homme qu'il est, non dans ses principes.

Après le sermon nous avons chanté un hymne. Le pasteur nous regardait du haut de sa chaire. J'enfilai mon manteau et je croisai mon écharpe, qui est quelconque, sur ma gorge, qui me donne tant de plaisir. Le pasteur regardait encore. À l'instant, chantant toujours, j'écartai mon écharpe, montrant ma gorge et ma jolie blouse de soie. À l'instant aussi je pensai à Claude : « C'est instinctif, ce n'est pas mal », diriez-vous, Claude. — Eh bien, vous auriez tort, car je sais, moi, que c'était mal, mal, mal. Je pourrais dire pourquoi, mais je ne veux pas.

Demain je devrai entrer un moment, pour mon travail, dans Toynbee Hall. C'est un hasard, je ne puis l'empêcher. Je dois déshabituer mes yeux de vous chercher partout. Je voudrais que vous ayez la joie de faire une besogne analogue à la mienne parmi mes orphelines.

16 juin. Londres.
J'ai traversé votre cour, pleine de jeunes gens. Heureusement vous n'y étiez pas.

Je ne pourrais pas reprendre avec vous une amitié ordinaire.

Vous pouviez me forcer à vous aimer. Vous n'avez jamais essayé. C'est trop tard, et c'est heureux pour nous deux, à cause de nos divergences.

La séparation

20 juin. Londres.
Dans son quartier mes yeux continuent à le chercher. Je lui dirais : « Vous n'êtes pas un mari pour moi. »

Il ne m'a jamais vraiment fait la cour, sinon peut-être sur la tour de Notre-Dame. Et encore, était-ce la cour ? — Il s'arrangeait pour que je sois forcée de l'aimer. Voilà tout.

— Bonne nuit, Claude ! Je ne vous aime pas.

Est-ce vrai ? Je le souhaite.

J'aime tellement les visages des pasteurs de ces pauvres quartiers ! L'un d'eux est venu nous voir hier, et il a parlé avec chaque orpheline. Je visite des familles à domicile. Quels héroïsmes simples j'y rencontre !

Et aussi des presque monstres.

21 juin. Londres.
Je me suis perdue dans les rues. Claude, mon ami, que fais-tu aujourd'hui que tu me tourmentes tant ? Est-ce que je t'aimerais ? Mais non !

Exposition à l'Académie Royale. Chaque mince silhouette de femme en noir : c'est Claire ! Chaque très grand garçon : c'est Claude ! Ils pouvaient être là. Ils m'ont caché les peintures. J'avais envie de crier : « Claude où es-tu ? Dans quel coin ? »

Je me plonge dans les *Lois sur les Pauvres*. Je suis épuisée. On m'a donné pour demain un jour de repos. Un jour pour Claude, car je l'ai presque aimé aujourd'hui.

On m'envoie dans

21 juin. Londres.
Je suis allé voir *Trilby* avec Claire, la pièce était bien jouée. Trilby c'était toi, Muriel, Little Billee, c'était moi ! Et Claire, qui nous a séparés, disait : « Pauvre Trilby ! Pauvre Little Billee ! »
... Si nous pouvions vivre côte à côte à notre gré, laisser venir... et n'avoir d'enfants que quand nous serions sûrs ?

Anne aussi est une perle.

un autre orphelinat. Je serai, à vol d'oiseau, à trois cents mètres de lui.

24 juin.
Visites dans des prisons. Je me suis attardée dans sa rue en y cherchant des boutiques qui n'y sont pas, et j'ai rêvé de lui, pour la première fois depuis notre séparation. Dois-je écrire ce rêve ? — Il m'a dit qu'il noterait les siens.

Rêve. Nos fronts se touchaient presque, nous étions tristes et calmes, et Mère était là, quelque part. Je tenais un bel ovule de fleur, tout noir, je le coupai en deux, je pressai les graines dans ma paume et je la tendis à Claude pour les lui montrer. Il prit ma main, la regarda tout près et dit : « Que peuvent donc signifier... ? » Il allait dire : *ces lignes,* car il regardait non les graines mais ma paume, et il aimait tenir ma main. Je sentais la présence de Mère, notre vœu de séparation, et que nous n'aurions pas dû être ensemble. Nous fîmes un mouvement avec nos lèvres. Je m'éveillai et tout disparut. Je n'ai jamais été si près de baiser les lèvres de mon frère, ni d'aucun homme. C'était comme une fatalité, sans joie.

Je ne me marierai pas. Je travaillerai ici.

25 juin.
La vieille marchande de journaux a risqué ses économies en achetant pour cinq shillings d'insignes à revendre pour le couronnement du Roi. Mais le Roi est malade et la vente a cessé. Elle vient à notre

soupe gratuite. Elle m'a dit : « J'aime Dieu qui m'a toujours tirée d'affaire et, même quand je n'ai pas mangé, je suis joyeuse si je pense à Lui. »

J'ai pris le thé dans une pièce qui donnait directement sur Balliol House, à trente mètres de la chambre de Claude, qu'il m'a montrée un jour.

J'ai vu un drame dans une famille à la suite d'une perte au jeu. Je ne savais pas que les courses de chevaux atteignaient les pauvres. J'aime que les loteries soient défendues en Angleterre.

26 juin.
Rêvé que je rencontrais Claude dans la rue. Bref, intense, sans détail.

29 juin. L'Île
Cela fait un mois qu'il est parti. C'est

28 juin.
Voici un mois sur douze de passé.

À la bibliothèque du British Museum, à travers le grand cadre pire ici. La question éternelle : « L'aimé-je ? » revient. Je pleure de colère. Une voix sévère m'interpelle : « Ce n'est ni ton type, ni ton idéal. Regarde d'autres hommes ! »

Mais sa présence incessante signifie quelque chose ! Et mes pleurs ne sont pas imaginaires !

Je ne parle jamais de lui à Anne ni à Mère.

Mon travail exige le célibat. Pourquoi ne pas m'y engager à fond, et prévenir Claude ?

La pluie a cessé. Je suis allée au portail et j'ai dit : « Claude, tu m'as aidée à être ce que je suis. Me vouer à toi seul, pour toujours, tout de suite, je ne peux pas. Mais si tu reviens, résolu, si tu me roules dans ton amour, tu as ta chance. »

du pupitre mobile, j'ai cru apercevoir son visage. Je vais être encore serveur à un banquet de pauvres, mais sans elle.

2 juillet. Londres.
J'apprends par une de leurs amies que Muriel a habité l'orphelinat à côté et que j'aurais pu la rencontrer. Qu'aurais-je fait ?

J'aurais couru à elle, pris ses mains et causé un moment. Il n'y aurait pas eu préméditation. C'eût été un cadeau du sort.

(*Ici plusieurs pages du carnet de Claude ont été barrées de croix au crayon bleu avec la mention : répétitions.*)

3 juillet. L'Île.
Anne m'inquiète. Elle vit en pensée ailleurs. Elle est molle, elle se foule les poignets. Je lui ai dit : « Mère s'inquiète pour moi ? » — « Oui. Elle se demande si tu renonces à Claude. »

4 juillet. L'Île.
J'ai fait le foin trois heures durant ! Je chantais, rythmant ma fourche : « Claude, mon cœur qui bats, qui m'étouffes... viens m'aider à faire le foin ! »

Les mots me viennent tout seuls. Parfois je ne suis pas d'accord avec eux. Par exemple : « Que je t'aime ! Emporte-moi vite ! »

5 juillet. L'Île.
Quand Mère, à dîner, m'a forcée à manger plus que ma

faim, je me suis laissé faire. Quelle honte !

J'ai eu ma crise hier soir, et puis encore ce matin pour la première fois depuis Noël. Dieu préserve que je devienne la femme de Claude !

15 juillet Londres.
Revenue à Londres. Claude est enfin à Paris. J'ai l'esprit plus libre. — J'ai fait ce rêve dont je ne me suis souvenue qu'une fois levée, différent des premiers, envoyés par Dieu.

Je m'habillais tranquillement dans ma chambre, avec Anne. Claude, vague, était assis derrière moi sur mon lit. Il toucha mon flanc, qui était nu, avec le bout de son doigt, qu'il lécha, comme s'il l'avait trempé dans du miel. C'était vulgaire et immoral. — « Cessez ! » lui dis-je. Mais il continua. — « Je ne permets pas ! » lui criai-je, en le regardant avec indignation. Il disparut.

C'est un rêve sans miracle, dégénéré.

Claude s'éloigne. Cela me soulage. Nos idées nous séparent. Serai-je fixée dans dix mois ? — Il aura découvert que je ne suis pas essentielle.

20 juillet. Londres.
Cette nuit, pour la première fois, je suis matrone responsable, et la seule adulte dans cet orphelinat.

Je n'écrirai plus ce *Journal pour Claude.* Il est monotone. Si j'en écris un, ce sera pour moi seule. Je ne me marierai jamais.

FIN DU JOURNAL
DE MURIEL
POUR CLAUDE.

JOURNAL
DE MURIEL
POUR ELLE-MÊME

26 juillet. Londres.
Je lis une étude de Martineau sur *les sentiments réels et les sentiments factices.*

Je me joue la comédie ?

Je n'ai jamais voulu épouser Claude *pour moi* mais seulement *pour lui.*

S'il aime une autre femme, tout sera en ordre.

J'ai des difficultés avec mes orphelines. Rosy s'est mise en retard exprès pour le service. J'ai dû envoyer les autres seules à l'église, et les rejoindre ensuite avec Rosy. Elle a refusé de chanter. J'étais indignée. La Communion m'a apaisée.

28 juillet. Paris.
Un rêve : une fenêtre aux rideaux fermés que je guette. Elle s'ouvre. Je vois Anne qui me fait un sourire calme. Muriel n'y est pas. Anne l'appelle. J'ai vu le mouvement de ses lèvres sans entendre sa voix. Muriel est apparue, comme quelqu'un en retard, qui a couru, et battant des mains. C'est tout.

1er août. Paris.
N'est-ce pas une faiblesse de laisser dépendre son œuvre des sentiments d'un autre ?

2 août. Londres.

Il y a trois ans hier que j'ai rencontré Claude et sa mère. Il s'est atténué ces jours-ci. Je ne tiens pas à le revoir, mais je travaillerai dans le sens qu'il m'a fait trouver.

Au fond de l'horizon un point reste : c'est l'idée qu'à la fin je serai forcée de dire : *oui*. Ce point s'éloigne.

Je suis à la cuisine, je coupe des côtelettes de mouton avec mes drôles de filles. Pourquoi ne tranché-je pas aussi nettement mon sentiment pour Claude que cette viande ?

Dieu soit loué pour ces filles-là ! Quel bouillonnement en elles ! Je pourrais en faire un livre.

15 août. Tyrol.

Claire et moi nous sommes installés sur la montagne, près d'Innsbruck. C'est le dernier été que je passe avec elle, si j'épouse Muriel. Je tâche de le lui rendre agréable.

Les deux fils de l'hôte sont étudiants. Ils m'apprennent le duel à la rapière, et ils me donnent des coups sur l'épaule gauche, seul coin non protégé par la veste rembourrée ou le casque. Je les initie à la boxe avec des gants-coussins cousus par leur mère et je leur donne des crochets.

Ils m'emmènent chasser le daim à l'aurore et au coucher du soleil. Ils ont sur le mont un abri de chasse, où l'on dort tout vêtu sur des planches en pente,

17 août. L'Île.
Je suis à l'Île pour une semaine, libérée de Claude. Il n'est *plus là*. Anne se dérobe si je veux parler de lui. Craint-elle de m'influencer ? Cesse-t-elle de m'aimer ? Pourvu que non !

22 août. L'Île.
Tout n'est pas aussi réglé que je le pensais. À l'Île, Claude revient, oui, oui, mais plus tranquille. Je plantais des *ne m'oubliez pas*. « C'est pour Claude, me suis-je dit, ils seront en fleurs en mai prochain ! »

Et pourtant j'aime ce repos d'un an.

27 août.
Rêve. Il est entré. J'ai voulu prendre ses mains comme une sœur, je ne l'ai pas fait, craignant un ma-sans eau : on se lave les mains avec de la bière. Cela amuserait Alex.

Ils ont deux sœurs. L'une, dix-huit ans, est belle fille, avec des yeux très cernés. Elle était fiancée et il y a eu rupture. On craint pour elle.

Je suis allé avec un ingénieur un soir à Innsbruck. Il m'a mené dans une vaste brasserie où de grosses femmes yoddlaient habilement. En sortant j'ai salué les étoiles.

Pour remonter à la pension, seul, je dus marcher deux heures et traverser un taillis dru et obscur, sur un sentier étroit, montant, troué ici et là. Sur le point d'y entrer je crus voir une forme souple et inquiétante y pénétrer avant moi. Je m'arrêtai, réfléchis et je me forçai à m'y lentendu. J'ai voulu lui donner un baiser, comme à un frère, je ne l'ai pas fait, pour la même raison. Je remuais dans mon lit. Mère m'a dit de sa chambre : « Qu'y a-t-il ? » et m'a réveillée. Je lui ai dit : « Un quart de l'année sera passé demain », lui tendant la perche pour parler de Claude. Elle ne l'a pas prise.

30 août. L'Île.
Claude se reglisse ici, neutre, sans me peiner.

C'est sourire que je ferais, si je faisais quelque chose.

Il est en Autriche avec Claire, ont dit les Dale.

Je lis *Résurrection*.

Claude, m'oublies-tu ? Je l'espère.

engager à mon tour. La lune ne perçait presque pas. J'avais la main sur mon revolver. Fut-ce à cause des grosses pipes tyroliennes que j'avais essayées ? La sueur coulait sur moi. Je craignais de rencontrer la forme, ou quelqu'un descendant le sentier. Enfin, rien n'arriva et ma peur cessa. Vous, mes sœurs, ne l'auriez point eue.

25 août.
Je fus conduit avant le jour à mon poste de guet. Les trois autres garçons s'échelonnèrent plus haut dans la montagne. Le jour pointait à peine. Les daims n'arrivaient pas. Le lever du soleil s'annonçait, les tons étaient d'une fraîcheur virginale. J'étais dans l'attente, avec chaque parcelle du

7 septembre. L'Île.
Forte tentation de regarder une photo ou l'écriture de Claude. Danger ! Je ne le fais pas.

Au tennis, que Claude aime, j'ai eu, après deux sets, des troubles de vue. J'ai dû rentrer, m'étendre sur mon lit. Je voudrais être active, gaie, infatigable ! Devrai-je reprendre la sieste ? Réduire mon jardinage ?

Mes mauvaises humeurs reviennent. Je devrais dire à l'instant un *non* éternel.

Ce matin séparément, Mère et Anne, si réservées dans leurs critiques, m'ont dit : « Comme tu es peu agréable ! »

Je me sens laide quand je suis en colère.

paysage. Le lent remous des nuages devint un accouchement avec du rouge cerise.

J'étais exalté, tendu à l'extrême.

À l'horizon le bord du disque effleura et lança sa première flèche, d'or comme tes cheveux.

Obéissant à je ne sais quel ordre, je posai mon fusil et je me *donnai* si toute cette beauté, dont tu faisais partie, Muriel. Je ne crois pas que tu comprennes ce mot[1].

Une biche apparaît dans une clairière à une centaine de pas. Je la regarde à la lor-

---

[1]. Claude ne sut que deux ans plus tard, en lisant la *Confession* de Muriel, qu'un jour une communion analogue était descendue sur elle, étendue sur le dos, parmi de hauts épis de blé face au bleu du ciel.

La séparation

Je suis allée me fourrer dans le lit de Mère et j'ai pris sa main. Mes yeux étaient mouillés. Je me suis endormie.

Claude se promène dans ma pensée et dans mon cœur. Je l'aimerai toujours et aucun autre, même s'il ne me revoit pas.

Mon cousin Billy est ici pour quelques jours. Il a cinquante-cinq ans. Fillette, je l'ai adoré. Il me portait sur ses épaules. Il a une auréole d'époux fidèle et heureux.

26 septembre. L'Île.
Alex a su par hasard que j'apprenais l'allemand. Il me l'a reproché, pour mes yeux.

L'Île est entourée de son bruit d'eau. J'y ai été tout l'après-midi seule et heureuse. Je ne dis plus : « Mère me hait », je gnette. Elle semble chercher quelque chose.

Ma carabine est à balles rondes, sans précision à cette distance.

Mes camarades ont fait un grand détour pour me rabattre du gibier et m'ont dit de tirer tout ce qui est d'une grosseur raisonnable.

Je vise bien la biche et je lâche le coup. Elle fait un bond léger, puis un autre, et saute intacte dans le taillis.

Un instant désappointé, je me réjouis avec elle.

1ᵉʳ septembre.
Je me suis mis enfin à lire, tout mon saoul, Nietzsche et son commentateur Jules de Gaultier, et je ne fais plus que cela. Il dit ce que je cherchais tant.

dis : « Mère m'aime. » Je suis détendue. Je m'étais encore surmenée.

4 octobre. L'Île.
Je commence une vie nouvelle et bien réglée à la maison. Elle n'éteindra pas l'étincelle Claude. Je n'accepte plus l'idée qu'il ne m'aimera plus, et pourtant j'aime cette vie dans l'île sans lui.

Mes cheveux tombent ! — « Mais non, dit Mère, pas tant que ça ! et ça repousse ! » et elle parle d'autre chose.

À moi ce n'est pas égal, à cause de Claude. Je veux lui arriver aussi parfaite que possible, rejouer au hockey, sans rhume, en belle forme. Il sera ici fin mai ou début juin.

Je voudrais le lire à mes sœurs. Je cite :

« Le monde n'est qu'une matière indifférente qui n'a d'autre intérêt que celui que nous lui donnons. »

« Vous voulez encore être payés, ô Vertueux !... Il n'y a ni rétribution ni comptable... »

« L'homme est un pont, et non un but. Le vieux Dieu est mort. »

« La Vie est ce qui veut toujours se dépasser. »

« Le plus grand mal est nécessaire pour le plus grand bien du Surhumain. »

Vous pouvez imaginer, mes sœurs, combien tout ceci m'at-

5 octobre. L'Île.
Je voulais aller seule chez l'oculiste. Mère a tenu à m'y accompagner. Alors j'ai été odieuse, une colère rentrée avec sa suite habituelle.

Je veux Claude tout entier ou pas.

Si c'est non, que ce soit comme la mort.

8 octobre. L'Île.
J'aimais Claude et je ne pouvais m'endormir. Il s'est dressé devant ma fenêtre. J'ai couru à la porte de la maison, je l'ai étreint. Je l'ai mené dormir dans le salon, je l'ai roulé sur le sofa dans une couverture. Au matin je voulais courir l'y chercher, tant le rêve avait été fort.

Je brûle de le dire à Anne et à Mère. Mais non, *il ne faut pas* : si lui ne m'aimait plus ? teint. Je ne fais plus que lire et penser. Mes migraines sont revenues, mais c'est un prix léger.

Voici encore :

« Une morale est une attitude d'utilité particulière à une physiologie donnée. »

« La chose en soi, si elle existe, est inconnaissable pour elle-même.

« Nous ignorons si elle existe. »

Ces pensées m'enivrent. Je soumettrai ma vie à ces dernières :

« *Ne pas aspirer au bonheur mais à l'élévation.* »

« *La cruauté envers soi-même c'est la grande vertu.* »

12 octobre. L'Île.
Un rêve confus. Mère, Anne, Claude et moi nous marchons dans un bois, deux par deux, en changeant parfois de partenaire. Il ne faut pas qu'elles sachent que je l'aime, mais Claude se comporte comme s'il voulait le leur montrer.

Si Claude savait où j'en suis maintenant, il accourrait, comme Lohengrin. Je m'endors avec ma joue contre la sienne. Pourrais-je faire cela avec un autre ? C'est si impossible que j'en souris.

J'ai la paix dans le cœur. Je remercie Dieu pour Mère et pour cette île heureuse. La demi-année va être passée. Ses idées sur les femmes mûriront. Je prie pour sa pureté.

Que de clefs pour nous !

Je vis avec Zarathoustra. Je vous le raconterai. Il fait de moi un *moine*.

Si cela se confirme j'enverrai aussitôt ce Journal à Muriel.

Elle sera soulagée et contente et notre trio reprendra. Je ne retournerai pas à Londres pour le moment, j'irai en Allemagne.

En janvier, je voulais tout de suite un enfant de Muriel. J'y songe avec calme. C'est que je suis guéri. Je ne pense à aucune autre. Je reverrai Anne la première, à Paris.

3 octobre. Paris.
Cette nuit j'ai revécu en détail notre histoire. J'en ferai un jour un livre. Muriel a dit que le récit de nos

La séparation   195

Je voudrais avoir deux vies : une mariée, au loin, avec Claude, et une ici avec Mère.

Le fils Dale a écrit à Alex qu'il a vu Claude et sa mère à Paris, qu'ils vont bien.

Le petit Freddy, avec ses yeux qui louchent un peu, ne savait pas sa fable parce que : « la vache de Papa s'est sauvée samedi soir et a sauté *quatre* barrières. »

Je lui ai demandé « d'apprendre sa fable avant le samedi, et de ne pas m'en priver chaque fois que la vache de Papa établirait des records. » Il a ri.

27 octobre. L'Île.
Coup de tonnerre. Une lettre de Claude, rédigée comme un télégramme, disant : 1º que son meilleur ami est mort. Je sais de lui des poèmes par cœur. difficultés pouvait servir à d'autres[1].

13 octobre. Paris.
Si je me marie, cela sera très tard, avec une femme robuste, simple, bonne, et presque muette.

---

1. Ce livre a été fait 53 ans plus tard.

2º qu'il a rencontré Anne au Concert Rouge.

3º que, avec le consentement de sa mère, il va envoyer son Journal à Anne pour qu'elle le lise et me l'expédie.

C'est comme un rêve de plus...

28 octobre. L'Île.
Une deuxième lettre de Claude, aussi brève. Il dit que l'année est finie, que son Journal me dira tout.

Claude ne m'aime plus ! Mon Dieu, faites-moi forte ! Il devait attendre un an. Ayant trouvé qu'il ne m'aime plus, son devoir est de me le dire. — Je commençais à m'avouer mon amour et lui ne m'aime plus. Je me le répète.

Je le plaignais pour la mort de son ami, je voulais aller le consoler, croyant, idiote, qu'il avait besoin de moi.

Il me reste la prière.

Je dirai à Mère que c'est fini nous deux, et que c'est bien.

Pourquoi ne remercié-je pas Dieu ? Je l'ai imploré pour que Claude cesse de m'aimer. Dieu m'exauce, voilà tout.

Ces lettres sèches... J'ai peur pour moi. Je suis lâche. Va-t'en ! Il ne veut plus de toi. Tu redoutes la vie à ses côtés ? Tu n'envisages pas le mariage sans effroi ? Te voilà servie !

Alors, Claude, c'est adieu ? La petite voix qui parlait déjà à Paris, qui persistait à travers tout, qui disait : « Vous, vous aimerez un jour », ce n'est pas vrai ?

Alors, c'est *bien* que

29 octobre. Paris.
J'ai aperçu Anne au Concert Rouge, où j'étais avec Claire. J'ai griffonné un mot que j'ai fait porter à Anne.

J'ai dit à Claire : « J'ai décidé de ne pas me marier. Je dois être seul pour ce que je veux faire. Je vais l'écrire à Muriel. Nous redevenons frère et sœurs, nous aurons à ce titre les relations que nous voudrons. Je pars pour l'Allemagne. »

Claire a d'abord résisté, disant : « Vous avez promis un an. » J'ai répondu : « Tu as obtenu ton résultat en six mois. » — Elle a fini par céder, disant : « Ce qui est fini est je t'aie refusé quand tu brûlais d'amour pour moi ? Je croyais que mon *oui* serait ton malheur.

Mon Dieu, faites que je m'apaise, faites que je l'aime sans égoïsme, que je le comprenne, que je fasse ce qu'il souhaite.

Mon amour était comme irréel. Il n'y avait qu'une seule base sûre : le glorieux amour de Claude pour moi, doux, sacré, charmant, qu'il enfermait en lui, mais que j'apercevais parfois. Et voilà que c'est fini.

C'est bon pour moi, c'est merveilleux pour Claude, qu'il ne m'aime plus.

Mais qu'il ne me demande pas de rester sa sœur !

Je suis redevenue impossible avec Mère.

fini. Épargne-moi de voir leurs lettres, et ne me parle jamais d'elles. »

Je suis prêt à voir Anne tout de suite.

J'ai écrit à Muriel : « Je donne mon Journal à Anne pour qu'elle le lise et vous l'envoie. »

31 octobre.

Muriel a répondu : « Ne troublez pas Anne. »

Je lui ai écrit : « Anne a déjà reçu mon Journal.

« Je vais étudier, sans épouse, sans enfants. Ceci doit vous soulager.

« Si vous et Anne désirez une vie calme il faut me dire adieu.

« Si vous voulez continuer *nous trois*, je suis prêt. »

FIN DU JOURNAL
DE CLAUDE.

SUITE DU JOURNAL DE MURIEL
POUR ELLE-MÊME.

1ᵉʳ novembre. L'Île.

Goethe a écrit :
« Que ton amour soit profond comme la mer, calme comme la nuit. »

Si Claude m'avait posé la question : *oui* ou *non* ? aurais-je dit *oui* ? J'hésite, et cela me condamne.

Je n'aurai pas à décider : il l'a fait.

Mes lèvres disent : « Merci à Dieu ! Et pour Claude, et pour moi ! » Mais mon cœur ne le dit pas.

Anne, qui ne savait rien encore, m'a écrit : « Claude est magnifique, si fort et si grand. »

2 novembre. L'Île.

J'ai fait ma leçon ce matin au village sur la vie de l'ami de Claude. J'ai traduit et récité ses deux sonnets. Les garçons étaient captivés. Je les regretterais s'il fallait les quitter. Il y a tant de choses à faire, même dans un bon village.

4 novembre. L'Île.

Rien de Claude. Mais une vraie lettre d'Anne. Elle lit le Journal, va me l'envoyer. Claude ne désire plus se marier.

Mon Dieu, donnez-moi du courage !

Anne sera-t-elle un jour, à son tour, éprise de Claude ? C'est une femme maintenant.

Je ne dois pas lui laisser voir que, pour moi, c'est fait, que j'aime Claude !

Me voici libre de suivre ma voie solitaire.

Merci, mon Dieu de m'avoir donné cette maison tranquille et cette mère qui a besoin de moi.

Comme Claude a dû souffrir quand il a *démoli*.

Est-ce que les hommes amènent souvent, à grand-peine, les femmes au point de vouloir d'eux, et puis alors : « Non, merci » ?

Sœur ? Je ne peux pas. Mais toute ma vie sans lui ? Je peux encore moins.

LETTRE NON ENVOYÉE
DE MURIEL À CLAUDE.

6 décembre. L'Île.

Votre réponse est *non*. La mienne est *oui*.

Nous avons changé de places, comme au jeu de chaises.

Alors, vous ne désirez plus que je vous aime ?

Si vous veniez, je vous aimerais tant que vous le verriez, et Anne et Mère aussi, et elles essaieraient de vous influencer.

Si je vous voyais, mon amour réveillerait le vôtre.

Il ne faut pas venir.

11 décembre. L'Île.

Le Journal de Claude est arrivé. Je viens de le lire. Il est trois heures du matin.

Claude n'a rien fait de mal. Il a besoin d'affection. Il sera encore mon frère.

Jamais d'enfant à ma poitrine. Jamais d'époux. Dieu me réserve une autre tâche.

J'ai d'abord pensé : « Revoir Claude ? Jamais ! »

Mais *puisqu'il est en moi*, quelle différence ?

Je crains pour lui. J'ai foi en lui.

Je lui écris : « Je suis votre sœur. »

14 décembre. L'Île.

Claude a tremblé d'amour. Je l'ai repoussé.

Il a parlé de voyages, nous deux, en pèlerins, autour du monde, de bébés, et même de meubles.

Je n'étais pas prête.

Il m'aurait fallu un homme aussi lent que moi. Mais l'aurais-je aimé ?

Aujourd'hui je suis prête.

À force de m'attendre il s'est fait ascète.

Il dit : « Soyez contente, mon amour est mort. Voyez, il ne bouge plus. »

J'ai encore mon *oui* dans le fond de la gorge.

J'ai marché dans la rue parmi les passants, humant mes larmes. Je disais : « Oh ! mais oui, c'est très bien... »

Anne ne m'écrit pas... Mais naturellement, imbécile ! Tu l'as persuadée que c'est là ce que tu souhaitais. *Elle te croit.* Elle n'a rien à consoler...

Je reste seule avec cet absurde amour, dont les racines s'étendent loin derrière moi.

Que cette douleur me rende bonne !

J'attends la nuit pour pleurer. La voilà. Je ne peux pas pleurer, je tremble.

La vie est pesante. Mon club d'enfants marche bien. Mon cœur n'y est plus.

Claude pourra-t-il travailler seul et sans amour ?

Lui qui me *donnait* tout son temps sans compter !

**FIN DU JOURNAL
DE MURIEL
POUR ELLE-MÊME.**

XII

JOURNAL DE MURIEL 1903

*(À l'Île, du 21 novembre 1902
à fin mai 1903.)*

J'écris ce nouveau Journal dans l'espoir qu'il sera utile, après ma mort. Claude devra l'élaguer en conservant sa vérité. Je n'écrirais pas avec liberté si j'étais consciente que d'autres yeux le liront.

Anne, je te prie, remets-le à Claude, sans le regarder, ainsi que toutes mes lettres et papiers postérieurs à notre rencontre. Qu'il utilise à son gré tout cela, comme je voudrais qu'il se servît de moi de mon vivant.

Claude désirera connaître ce que fut ma *vraie vie* après son NON.

Ma fierté se révolte contre cet aveu, mais je cherchais des occasions d'héroïsme : en voici une !

Relire mon Journal des six derniers mois et pleurer dessus ? — Non.

Claude, pour de bons motifs, m'a rendue à moi-même. J'accepte ce cadeau et je le passe aux pauvres. Quant à son amitié, nous verrons plus tard. Il faut d'abord me détacher.

J'ai volé, pour écrire, une demi-heure sur le temps que je *dois* à Mère. Oh ! que je voudrais être seule !

22 novembre.

Une lettre de Claude. Je la résume :
1° « Votre charité reste en surface. »
2° « J'ai des amies femmes. »
Je gémis, je prie.
Il y a quinze jours que j'ai reçu son Journal.
Ma gorge se serre encore. *Des amies femmes* résonne dans mes oreilles.

Je ne comprends pas sa morale.

Cette nuit, je me suis agenouillée près de la porte blanche, j'ai touché la barre que ses mains ont tenue.

Je suis pire que seule, je me cache de Mère. Je suis lugubre avec elle.

Cesser d'aimer Claude ? Je ne peux pas, mais je le pousse derrière mon cœur.

« *Votre charité reste en surface...* » — N'est-ce pas plus dur de peiner tout le jour pour autrui que de bâtir des révolutions théoriques ? — Faut-il les deux ?

Claude, je veux te voir rien que pour te voir. Tant pis pour moi si je veux plus après. Ma raison seule accepte ta décision. Quant à tes amies femmes...

Je voudrais comme autrefois suivre tes pensées, même quand elles me heurtent.

— Tu m'as dit : « Je t'aime. »

— Je t'ai dit : « Attends. »
— J'allais dire : « Prends-moi. »
— Tu m'as dit : « Va-t'en. »

24 novembre.

Je mens en te cachant mon amour ?

Tu refuserais mon amitié si tu savais ce qu'elle me coûte.

Si tu *savais*, je ne pourrais garder mon calme près de toi.

Anne va venir. Je voudrais pleurer sur son épaule. Il ne faut pas.

30 novembre.

Je relis tes lettres avec des yeux nouveaux. Comme tu m'as aimée ! Je m'ouvre à toi. Marions-nous tout de suite ! Hors cela, tout est faux !

Courir à toi, te saisir, te secouer, te convaincre. Mon amour te portera. Tu l'ignores !

Des enfants ? Je les élèverais ici, avec Mère, ou près de Paris, à ton gré.

J'ai besoin de toi. C'est un raz de marée. Où es-tu ? Avec ces femmes ?

La cruauté de tes lettres m'est une preuve de ton amour. Tu nous frappes à coups de hache : donc, il n'est pas mort.

7 décembre.

Encore les lettres de Claude. Il a écrit : « Si nous constatons ensemble et doucement le *non*, il n'y aura pas de déchirement. »

Non, si nous étions restés libres et en contact.

Si, parce qu'on nous a séparés.

Je vais attendre un an (le puis-je ?) et Claude m'appellera ?

Si j'avais deux ans de moins que lui, au lieu de deux ans de plus, j'attendrais mieux.

Ma santé l'effraye-t-elle ?

En mars dernier il m'écrivait : « Si vous m'aimiez un jour, l'effort qu'il me faudrait pour renoncer à vous m'ôterait tout courage pour autre chose. »

Son cher travail !

Comment a-t-il le temps de voir des femmes ? Que cherche-t-il en elles ? Il est trop curieux.

Je suis sa femme, sa sœur, son amie, ce qu'il voudra.

7 décembre. Dimanche.

Encore ses lettres. Tu m'as écrit : « Gloire à vous dans mon cœur ! » Je te le dis, à toi. — Et : « On n'aime pas tout à fait sans être un peu aimé. » — Alors tu m'aimes un peu !

Je pense à toi avec un sourire, bien que tu ne m'aimes plus. Si Dieu permet, je t'aimerai toujours.

À Noël je te fermerai dans mon cœur. La surface sera lisse.

Les parents devraient mettre leurs enfants à la porte à vingt ans et ne pas leur demander compagnie.

16 décembre.

Je serai vendeuse de fleurs à Noël, dans une rue de Londres, avec un grand panier, et, après, je serai balayeuse dans une usine. Pour savoir ce que c'est.

17 décembre.

Une lettre de Claude ! La première vraie depuis son départ. Une lettre sans cruauté. Je la re-relis. Je craignais qu'il n'écrive jamais plus ainsi. Mon deuil va me quitter pour un temps. Il m'appelle : « Ma sœur... »

Quelle tristesse !

18 décembre.

J'ai rêvé de Claude. J'étais sa sœur, cachant mon amour. Nous faisions de la botanique, avec un microscope. Nous regardions un brin d'herbe coupé en long, avec ses graines. Claude était si près de moi que je ne pensais plus à l'herbe. Il rapprocha d'une main ferme ma tête de l'objectif pour me faire regarder, appuyant sur ma nuque. Je suffoquais. Je pris son poignet. Je sautai sur mes pieds, et je m'éveillai.

C'est le deuxième rêve botanique qui se termine par ce tumulte.

Je retourne à ma Bible, je cherche conseil.

J'attends. Je ne crois pas à son NON.

21 décembre. Dimanche.

Anne arrive. Comment l'écouter me parler de Claude ? Que Dieu empêche qu'elle ne devine !

Noël 1902.

Il y a toujours de pauvres filles, dans l'ombre, qui aiment des hommes au-dessus d'elles, qui sont tolérées. C'est peut-être mon destin. — Un tel amour, s'il est pur et constant, est une force et une richesse pour cet homme, même s'il l'ignore. Le mien n'est pas pur, puisqu'il réclame, et il n'est pas constant.

Mon orgueil ne veut pas accepter la perte de Claude, mais le fait est là.

Nous avons parlé, Anne et moi. Elle a peu vu Claude qui a voyagé en Allemagne. Elle le verra au printemps. Elle m'a dit doucement que j'étais parfois trop prompte à conseiller les autres. Elle m'a donné deux petits exemples en taisant le principal : mon opposition première à ce que Claude lui montre son Journal, à elle d'abord.

Je n'ai rien répondu.

Si vous vous aimiez un jour, vous deux, il faut que vous ne sachiez rien. C'est pour vous que je ne me jette pas au cou d'Anne en lui disant tout.

Saint-Sylvestre 1902.

Il y a un an, le mot amour n'avait pas été prononcé. Quelle époque légère !

Claude m'écrit : il me suggère de *changer ma vie.* Je lui réponds longuement de me laisser tranquille, et je déchire ma lettre. Il donne des conseils, lui !

1ᵉʳ janvier 1903.
Réunion de famille. Il y a là six hommes. Je n'attends que Claude.

Ce matin, chasse, par gelée blanche et soleil, le long des marais, seule avec Alex. Claude y était pour moi.

Mon amour n'a jamais été si vif que celui de Claude, mais, une fois en route, il persévère. Le sien fut un feu de joie. Le mien est un âtre que j'entretiens à mon insu. Le sien fondait tout. Le mien n'est que durable.

5 janvier.
Hier, il y a un an, un samedi, Claude est arrivé pour la première fois à l'Île. Malgré Paris, j'étais encore une enfant. Sans me toucher, il m'a faite une femme.

Anne lui a ouvert la porte et l'a mené au salon. Il était à l'heure annoncée, mais je n'ai pas regardé de son côté. Je bêchais mes fleurs. J'avais envie de continuer. Pourquoi pas ? C'était dans ses idées, comme dans les miennes, de continuer à bêcher ses fleurs quand on en a envie. Il viendra me serrer la main tout à l'heure, comme si nous nous étions vus hier. Il sait pourquoi j'ai ralenti, puis cessé mes lettres. Il a presque fait comme moi. Ce fut sur la prière de sa mère.

Je continue mon travail, avec un calme forcé. J'ai mon bonnet de laine rouge et mes souliers de garçon. Je bêche maintenant tout près de la maison. Il reste à faire la ligne devant la grande fenêtre du salon. Claude doit y être avec Mère et Anne. J'arrête ma chanson rythmée par ma bêche. Va-t-il m'appeler, ou frapper à la vitre ? Mon cœur bat. Le crépuscule tombe. Le salon s'allume. Ma bêche heurte une brique de la maison et sonne. C'est comme si je l'avais touché, lui. Je ressens une joie, et je m'éloigne pour ranger mes outils et laver mes mains.

Je rentre au salon. Claude se lève. Je regarde dans ses yeux, étonnée. Nous nous serrons la main. Je sens que je rougis en lui disant deux mots quelconques. Cette rougeur fatale a été remarquée par Anne, et par Mère qui, hélas ! l'interprétera bientôt.

Certainement je ne l'aimais pas. J'avais même un peu de rancune à cause de nos lettres coupées. Et cela causait ma lenteur à venir à lui.

Le soir je m'étendis sur le sofa. Je laissai Claude et Anne lire tout haut des pensées sur l'éducation.

Je dis à Claude d'une voix forte et rude : « J'espère que vous élèverez vos enfants à la campagne. Cela fait une telle différence ! »

Claude, le dos tourné, répondit : « *Oui* », d'un ton si étranglé que je m'en demandai la cause. Je l'ai sue par la suite : il voulait déjà que ce soit moi la mère.

14 janvier.
Quand il a appris les détails de l'intervention de sa mère, sa figure s'est creusée. Au départ il m'a demandé tout bas : « Alors je puis vous

écrire ? — Oui. — Tout ce que je veux ? — Oui.
— Je puis revenir ? — Oui. » — Et les plis s'en
allaient un à un de son front.

Voici le récit de notre dernier jour avant la séparation :

La chose fut décidée une semaine après qu'elle eut été proposée par les Dale. Nous allions nous séparer un an, et puis nous serions libres de nous marier si nous le voulions.

J'emmenai ma cousine Julie dans le tilbury avec le poney. Elle me dit : « Est-ce qu'Anne et monsieur Claude ne vont pas bientôt se fiancer ? » — Je fus surprise et dis : « Il n'en est pas question. Nous sommes ses grandes amies. Il vient prendre congé demain. »

Claude arrive. Je l'invite à prendre part à l'épluchage des petits pois, ce qui lui plaît.

« Si nous n'avons pas l'occasion de bien nous dire au revoir, me dit-il, pensons que nous l'avons fait assis sur la barrière, l'autre soir. — Oui », dis-je.

Le temps glisse et voici le jour du départ.

Il doit prendre le train à une heure. Il demande à Anne et à moi de chanter. Je n'en ai aucune envie. Je m'assieds au piano et frappe quelques accords. — « Ceci ? » dis-je froidement.

— Oui, répond-il.

Je crains que mon émotion n'éclate, et de ne pas arriver au bout. Mais si. — « Merci », dit Claude, tout bas.

Je chante une deuxième fois avec toute ma voix.

Mère entre, plus mince que jamais et elle va s'asseoir près de Claude qui s'est reculé pour mieux entendre. Anne à son tour nous donne sa voix frêle et fine. Claude vient se tenir derrière nous.

Ce fut l'heure de déjeuner, seul, pour Claude. Nous le regardons toutes les trois manger, timidement d'abord, puis de bon appétit, un lunch composé des produits de la ferme et servi sous les pommiers en fleur.

« Mais vous me gâtez, disait-il, il y a trop de choses. » — Il les mangeait quand même.

Anne regardait sa montre. Il fut temps de partir. Je lui donnai un bouton-d'or, Anne une feuille de menthe. Claude prit sa bicyclette. Je lui dis gaiement : « J'ouvre la porte. » Et déjà il roulait.

— Allons-nous au tennis ? dis-je.

Anne et Mère se regardèrent et ne répondirent pas.

Je pensais : « Est-ce que cela va être terrible ou rien du tout ? Que lui écrirai-je dans un an ? »

Mère me dit : « Tu l'aimes. »
Je déteste qu'on me le dise. Je le découvrirai moi-même, s'il y a lieu. On ne devrait jamais parler de ces choses.

19 janvier 1903.
Vent, neige, migraine de Mère. Moi au lit avec un gros rhume qui arrête mes projets. La

fièvre Claude est sur moi. Je rêve d'impossibles rencontres, dans la rue où je vendrai des fleurs, dans l'usine où je balaierai.

J'ai ouvert ma boîte à secrets. J'ai regardé la petite photo de Claude. Elle devient inutile tant je le vois clairement.

Rien ne m'intéresse. Il me faut un travail dur, sévère, gagnant ma vie. Anne m'approuve.

J'ai cru que ma tâche sur terre était de vivre avec Mère et de l'aider pour la propriété et la maison. Claude m'a dit que non. Il a raison ! Personne n'a vraiment besoin de moi ici, où je me ronge. Même Anne ne peut rien pour moi car je lui cache l'essentiel. Elle me mordille la joue, comme jadis, au lieu de m'embrasser en plein, gravement. Ses yeux brillent d'affection contenue. Je voudrais qu'elle la répande sur tout moi.

Mon Dieu ! je T'oublie presque. Guide-moi.

25 janvier 1903. Londres.
Je travaille à Londres, avec amour, pour ne pas sentir mon amour. J'ai la hantise d'aller te prendre dans mes mains en te disant : « Ne parlons pas. »

Il y a un an aujourd'hui que je suis venue passer avec toi la journée mémorable : tu n'étais pas à la gare. Quelle beauté ce fut.

J'ai lu la *Comédie de l'Amour* d'Ibsen, que tu m'as indiquée. C'est amer et faux.

28 février. Londres.

Mon travail marche bien. Je néglige ce Journal par quiétude. Je suis sans désespoir. Je pourrais passer dix ans comme cela. Chaque soir je salue notre étoile, si elle est là.

7 mars. Londres.

Je lis l'Évangile. Mais je t'aime trop ce matin, doucement, pas en pleurant comme hier soir. Je distingue ton visage dans la flamme du bec de gaz. Je l'aime plus que je ne le respecte. Il y a trois cents jours que je ne l'ai vu. Nos derniers jours étaient un peu faussés, ne trouves-tu pas ?

J'ai vingt-cinq ans, toi vingt-trois. À quarante ans tu voudras une femme. J'en aurai quarante-deux. Tu en prendras une de vingt-cinq.

Si je rencontre alors un homme qui m'inspire estime et confiance, et qui demande ma main, je lui dirai tout notre amour, et, s'il le veut encore, je l'épouserai, sans cesser de t'aimer.

J'ai vu ces jours-ci un visage d'homme cultivé, ascétique, calme et beau.

Si Claude savait que je l'aime, cela ferait-il une différence ? — Et s'il avait reçu mon *je t'aime* avant d'avoir envoyé son NON ?

22 mars. Londres.

Voici les anniversaires de nos journées à la plage, dans les bois, à l'Abbaye.

Je suis contente, sans Claude, quand je

chante dans le chœur. Mes responsabilités à Londres m'empêchent d'être vide.

28 avril. L'Île.

La carriole, le poney, Mère et moi, nous sommes tombés dans un fossé profond. Claude l'a-t-il su ?

Je clorai ce Journal le 28 mai, anniversaire de notre séparation.

28 mai. L'Île.

Je croyais en avoir fini. Pas du tout ! C'est une rechute.

Claude ne reviendra jamais, je ne le reverrai jamais, il ne m'aimera jamais. Je commence à être malade. Je suis détestable pour tous.

Si je pouvais rester, pour de bon, loin de Mère, dans l'engrenage d'une besogne continue... Ici les souvenirs débordent.

Un rêve : des enfants entrent et arrosent Claude avec la grande seringue pour les fleurs du jardin. Je l'emmène dans un coin. Il me pose une question sur la seringue. Je vois mal ses yeux. Soudain je lui dis : « Oh, un seul ! Un vrai ! »

Et je lui donne presque de force, mes bras autour de sa tête, un long baiser sur les lèvres. Surpris, il se laisse faire. Un baiser miraculeux, une invention de Dieu.

Claude me regarde. Il va dire quelque chose de définitif... je vais comprendre enfin... je suis si émue que je me réveille. *Qu'allait-il dire ?*

Dans la glace j'aperçois mon visage, une Muriel différente, une *Muriel à Claude.*

Martha seule sait.

Claude, tu es une barrière entre Anne et moi. Le contraire de jadis. Pourquoi ?

Tu n'approuves pas que je vive à l'Île ? Console-toi en pensant que cela libère Anne. Nous ne l'avons eue que huit semaines cette année.

J'avais loué une chambre dans White Chapel pour y retourner. Voici que mes yeux me trahissent une fois de plus... je dois y renoncer.

Claude, ton nom est doux. Dieu te guidera pour le bonheur des autres. — Qu'il t'empêche de te disperser.

Je te vois de loin, grand, un peu penché...

XIII

CONFESSION DE MURIEL

20 juin 1903. L'Île.
Une bombe a éclaté dans ma vie, bouleversant tout. J'en ai fait un récit, pour Anne et pour Claude, pour eux seuls au monde.

Écrit du 18 au 24 juin 1903. — *L'Irréparable.*
Ce matin, sans préparation, j'ai appris, en lisant une brochure distribuée aux monitrices, que j'ai de « mauvaises habitudes » depuis mon enfance, que j'ai affaibli mon corps et mon cerveau.

Je cite : « Les résultats de cette habitude sont l'engourdissement, la fatigue chronique, les yeux gonflés. Une fille énergique et gaie peut devenir morose. L'équilibre physique, mental, moral est menacé. »

Ces ravages sont-ils définitifs ? À vingt-cinq ans, est-il trop tard ? Puis-je retrouver ce que j'aurais pu être ? — Moralement peut-être. Mais physiquement ? — La Nature ne pardonne rien.

Je me suis abîmée. Je ne l'apprends qu'aujourd'hui.

Cette habitude, une fois prise, lâche difficilement ses victimes. Je suis l'une d'elles. Elle a commencé à huit ans. Il y a dix-sept ans. Je ne fais plus partie de l'armée des femmes pures.

Merci à Dieu de n'avoir pas permis que je devienne une épouse.

Donc :

1° Pas de mariage pour moi.

2° J'ai le devoir de confier ceci à Anne et à Claude. Aucune honte ne m'arrêtera. — Je suis ce que je suis, non ce qu'ils imaginent. Nous mettons en commun nos expériences. En voici une !

Je vais dire ce dont je me souviens. Devrais-je me guérir avant de vous parler ? — Quelque chose m'ordonne de parler tout de suite.

Ceci est d'ordre *pratique*. Vous comptiez sur moi comme sur une fille intacte. Vous devez savoir qu'elle ne l'est pas.

J'avais huit ans. Une fillette, Clarisse, d'un an plus âgée, était la première de ma classe, et moi la seconde. Elle avait de jolies nattes roulées autour de la tête, des sourcils élevés et un air d'ange. On me la donnait comme exemple en tout. Sa famille vint passer en vacances une semaine chez nous. On manquait de lits. On la mit dans le très grand mien, qui a un ciel, à la place d'Anne qui était chez mon oncle.

Quand nous fûmes seules elle ôta sa longue chemise de nuit, la plia et la mit sous l'édredon, elle m'ôta la mienne, la plia et la mit avec la sienne. Elle rabattit le drap sur nous et me prit dans ses bras. J'étais toute dévotion pour elle. Ce fut une nuit de caresses de deux petites filles, l'une décidée, l'autre docile. Elle était comme une poupée de sucre rose. Elle m'apprit qu'il était agréable de toucher certaines parties de nos corps, une surtout. Nous le fîmes chaque nuit. Nous remettions nos chemises à l'aurore. Elle me persuada que c'était notre secret et qu'il ne fallait point en parler. Je ne pensais pas que c'était mal, son prestige pour moi s'était encore accru, et je lui avais de la reconnaissance. Quand elle partit je continuai parfois, seule, en regrettant son absence.

Je n'ai pas de souvenirs spéciaux jusqu'à onze ans. C'était devenu alors une habitude à éclipses, et, sans savoir pourquoi, je commençai à lutter contre. Je ne savais pas à quoi servait cette partie de moi, ni que les bébés fussent faits dans leurs mères. Mes yeux, mes oreilles, mon nez étaient des organes délicats, je ne permettais pas que d'autres enfants y touchent. Je savais seulement qu'elle était privée, ne devait être vue par personne et que je ne devais en parler à personne, pas même à Mère. La seule fessée que je reçus d'elle fut à ce sujet. Son but était d'aider la pudeur à grandir. Elle m'élevait d'une façon large et généreuse en tout point, sauf celui-là. Elle me força donc à ne lui rien dire.

L'habitude me laissait tranquille tout un temps puis revenait. J'y succombais alors, parfois avec rage, plusieurs fois de suite. Et je devinai alors qu'il fallait résister.

Je convins avec une cousine aînée, que j'aimais beaucoup, de faire un signe spécial dans mes lettres, quand je me serais laissée aller à un défaut que je détestais, sans dire lequel, avec un chiffre pour lui indiquer le nombre de fois : elle pouvait penser qu'il s'agissait de mes colères.

Mon père était mort. J'aimais Dieu comme mon père, et aussi Jésus. Je croyais que, lorsque je péchais, j'appuyais sur sa couronne d'épines, et que j'éloignais les anges qui venaient vers moi.

J'ai retrouvé, dans un vieux sac de peluche qui contenait mes trésors, une jolie image de la Nativité, encadrée de menus coups d'un crayon très pointu : chacun représente une de mes défaillances. L'image était épinglée à la tête de mon lit. Quand je résistais j'avais une grande joie.

À treize ans j'étais surnommée « rayon de soleil ». Je le comprends quand je regarde mes photographies d'alors. Plus tard j'ai été souvent grondée pour *faire la tête*.

À seize ans je partis pour l'école, que j'aimai tant, pensionnaire, éprise de mes études et des responsabilités que l'on me donnait. Le poison dormait en moi et se réveillait de temps en temps.

Vers dix-sept ans, je me rappelle un chaud dimanche, parmi les coquelicots, les papillons, sous le soleil, avec les alouettes ; étendue sur le dos dans un champ de blé mûr, en regardant le ciel bleu, je succombai soudain, largement, poussée par je ne sais quelle force[1]. Alors ce fut une grande reprise. Je sanglotais de remords. Je poussais mon lit face aux étoiles pour qu'elles m'aident. Je portai un bracelet juré inviolable. Je mettais ma Bible à côté de ma main. J'eus des mois de victoire, et des défaites soudaines. Parfois je considérais la Chose comme un moyen pratique de m'endormir vite et de réchauffer mes pieds froids.

Je haïssais pourtant de lui être soumise.

Je sentais sur mes lèvres un sourire pervers, quand j'avais décidé qu'il était ce soir-là inutile de lutter, et soulageant de succomber. Le plus souvent je livrais bataille. La Chose m'appelait, impérieuse, je tordais mes mains, j'enfonçais ma face dans l'oreiller, je suppliais Dieu. Si je ne réussissais pas à m'endormir, ou à me passionner pour autre chose, l'horrible Bête revenait jusqu'à ce que je l'accueille, vite et pleinement, pour m'en débarrasser, pour l'oublier. Je m'interdisais de prier après.

À dix-huit ans la Confirmation et la Communion me donnèrent une victoire presque complète. Et je remarquai, après les rares rechutes, qu'une lassitude les suivait, du corps et de l'esprit, qui nuisait à mon travail. Cela tint la Bête à distance, même quand je fus couchée, malade.

Elle releva légèrement la tête à Paris, peut-être à cause du vin dont je buvais un peu. Ces

1. Voir page 190.

dernières années les fautes ont été rares, partant d'un demi-sommeil.

Claude n'y a jamais été mêlé. Au contraire. De janvier à juin 1902, pas une seule fois, au temps où nous étions proches. Il a instruit, en passant, Anne et moi, de choses que Mère aurait dû nous dire. Il a parlé un jour des filles qui ont entre elles des relations spéciales, et j'ai revu en pensée Clarisse. Mais il n'a pas assez insisté pour que je comprenne tout à fait.

Une journée paresseuse, un soir sans prière, une fatigue excessive des muscles ou de l'esprit, prédisposent à pécher.

Le livre américain : *Ce qu'une fille doit savoir*, est bon. Si j'avais su que telle partie de mon corps fabriquerait un jour mes enfants j'aurais résisté à Clarisse.

J'ai cru longtemps que le sexe de la femme est interne et que tout ce qui est extérieur est sans rapport avec lui.

Si Mère n'avait pas mis Clarisse dans mon lit, j'aurais ignoré *cela* toutes ces années.

Ma maladie des yeux qui a tant duré et qui n'est pas finie, mes migraines, mes dépressions, mes dérobades au moment d'agir, tout cela peut-il venir de là ?

Voici la copie d'une lettre de secours que j'ai reçue d'Amérique, et qui m'a fait du bien :

Ligue des femmes chrétiennes de...
U. S. A.

SECTION DE LA PURETÉ.

8 septembre 1903.

« Ma chère jeune amie,

« Votre appel à l'aide éveille toute ma sympathie.

« Je comprends bien où vous en êtes, je ne ressens aucune répugnance, mais au contraire de l'admiration pour votre franchise.

« Il faut modifier le jugement que vous portez sur vous.

« Si un jeune enfant se risque sur un escalier, ignorant le danger, et y roule la tête la première, ressentirez-vous de l'aversion pour lui et lui reprocherez-vous sa chute ?

« Non. Vous le panserez. Vous lui direz qu'il faut *bien se méfier à l'avenir*, et oublier cet accident.

« Vous avez déjà bien entrepris de résister.

« Vous ne seriez condamnable que si, maintenant consciente, vous cessiez la lutte.

« Si vous commencez à succomber au milieu du sommeil, dites-vous : "Ce n'était pas moi. J'ai un tel mépris pour cet acte que, même dormant, je me réveille, je saute de mon lit, et je fais mes ablutions froides."

« Ne perdez pas votre temps à vous faire des reproches. Ayez une vie active tournée vers autrui.

« Cet usage nocif d'un de vos organes, qui vous a été enseigné malgré vous, va cesser.

« De tout cœur avec vous.

« Mrs. X... directrice.

« P.-S. — Ci-inclus des conseils hydrothérapiques, respiratoires et alimentaires. »

TROISIÈME PARTIE

ANNE ET CLAUDE

XIV

ANNE ET CLAUDE
SE DÉCOUVRENT

JOURNAL DE CLAUDE.

Paris. Janvier 1904.
J'ai été en Europe Centrale, voyant des philosophes, des poètes, des peintres, écrivant et faisant des traductions. Je peux vivre sans mes sœurs, mais elles ne sont ni oubliées ni remplacées. Nous échangeons des lettres au ralenti.

Je suis rentré à Paris au début de 1904, en même temps qu'Anne. Elle a un atelier. Muriel a encore souffert de ses yeux. Elle a travaillé à Londres et au village, moins qu'elle n'eût voulu. Elle semble devenir pieuse, n'a pas une fois parlé de moi à Anne qui trouve à regret qu'elles s'éloignent.

Je viens voir Anne, à l'improviste, pour une heure et je suis toujours bien reçu. Nous reprenons l'habitude de sortir ensemble le soir.

Elle est maintenant certaine, sans le dire, que son idée fixe de naguère, *pour Muriel et pour moi*, cela n'arrivera jamais. Il s'en est fallu de peu.

Elle n'est plus avant tout la sœur dévouée de Muriel. Elle est comme le premier jour où je l'ai aperçue, quand elle ôta son lorgnon. Elle est là pour son compte, et j'aime cela. Je la tiens au courant de ce que je fais. Nous nous redécouvrons.

20 février 1904.

Des mois ont passé. Il va y avoir bientôt deux ans que j'ai quitté l'Île sur mon grand vélo. J'ai trouvé Anne spécialement jolie aujourd'hui et avec une voix timbrée.

Dans son atelier, à une grande table, elle me montre ses dernières esquisses. Elle a chaud. Elle a couru. Son cœur bat. La forme de son sein dans sa chemisette est précise et discrète. Il n'y a plus la barrière Muriel entre nous. Je me rappelle sa voix la nuit où nous avons traversé la rivière, son pied habile tâtant les miroirs du labyrinthe et le tassement de son épaule sous le recul du fusil. Ne l'ai-je pas négligée pour un fantôme ?

J'ai une fois de plus l'idée folle de prendre ce sein dans ma main. Pourquoi ne pas essayer aujourd'hui ? Alors je le fais lentement, soigneusement, comme on soupèse un fruit à l'arbre.

Va-t-elle s'écrier, me donner une claque ?

Anne approche sa main droite pour ôter ma main... Mais non ! La main d'Anne enveloppe légèrement la mienne et l'aide à contenir son sein.

Nous nous regardons étonnés. Tout un décor austère s'enfonce. La femme de ménage d'Anne frappe à la porte, plusieurs fois de plus en plus fort, avec des intervalles, s'arrête et part. Peut-être a-t-elle mis son œil au trou de la serrure et nous a-t-elle vus ? C'est la sœur de la servante de Claire. Tant pis. Anne ôte nos mains droites ensemble, défait de la main gauche deux boutons de sa chemisette, y glisse ma main et la remet en place sur son sein nu. Je ne puis y croire. Je veux approcher mon visage.

— Pas tout de suite, dit-elle. Ceci d'abord. J'en avais envie et tu l'as deviné... (Elle me tutoie la première !) Écoute-moi, veux-tu que nous passions cet été dix jours ensemble au bord d'un lac ? (Je fis oui de la tête.) Je quitte Paris après-demain. »

Et elle me donna ses lèvres.

Elle partit pour Londres et moi pour Rome.

ANNE À CLAUDE *(à Rome).*

28 février. Londres.
Le premier jour, quand je t'ai rencontré, tu m'as frappée en me parlant de Watts et de son tableau *l'Espérance* que tu aimais pour les mêmes raisons que moi. Tu m'es apparu plus éclos que moi. Il y avait eu toute ma vie, à côté de moi, une fille supérieure qui m'éblouissait :

ses premiers prix en tout, sa capacité de me battre à tous les jeux, à tous les sports, m'impressionnait. Elle préférait mon violon à son piano, mais sa voix éteignait la mienne. Elle composait des vers, elle était la seule vraie actrice sur la scène de notre ville : c'était Muriel.

Tous deux, en me parlant, vous m'ôtiez mes hésitations. Je vous ai fait rencontrer pour mon plaisir comme on fait se mesurer deux grands prédicateurs. Je m'effaçais entre vous non par vertu mais par évidence. J'avais de vives mais brèves jalousies, je ne me sentais pas de votre classe. Du premier coup je vous ai vus mariés. Et vous vous êtes aimés, avec des accidents. J'ai été satisfaite pendant ce dernier déjeuner sous les pommiers en fleur, avant que tu t'éloignes, presque fiancé à elle.

Son hésitation m'a surprise Elle n'était plus triomphale. La lecture de ton Journal m'a éclairée. J'en ai copié des pages. Une lueur s'est faite en moi : deux êtres aussi absolus que vous ne peuvent pas s'unir.

Nous nous sommes revus, toi et moi. Et, comme autrefois, tu m'as donné une confiance incroyable pour mon travail. Je n'osais pas croire à tes regards qui changeaient. Les miens devaient changer aussi puisque tu as mis ta main sur ma poitrine, ce qui fut le commencement de nous.

Muriel et toi, vous avez été mes deux pôles, je me suis rapprochée sans cesse de toi. J'aime toujours Muriel. En esprit je me sens détachée d'elle, et à tes côtés.

15 mars 1904. Dans les bois.
Je suis déprimée de ne pas te voir. Dis à la novice que je suis ce qu'il faut faire ?

Souffres-tu aussi ? Probablement pas. Tu dois être très occupé, comme toujours. Faut-il t'écrire novice que je suis ce qu'il faut faire...

Une giboulée est arrivée... la pluie cingle ma peau, qui n'est plus à moi seule, qui appartient à des lèvres... Lave-moi de mes craintes, pluie !... Je voudrais être libre comme ce petit lapin qui s'enfuit là-bas... Être à toi, Claude, sans réserve.

20 mars. Chelsea.
Mère m'appelle pour l'aider à soigner Muriel. J'ai répondu doucement : non. Je ne pourrais travailler que par bribes, je me révolterais. Et Mère me demanderait toujours plus. Muriel ne savait pas la démarche de Mère : elle l'eût empêchée. Je lui écris mais c'est Mère qui doit lui lire mes lettres, à cause de ses yeux.

J'ai besoin de vivre avec toi selon nos idées à nous.

J'ai senti tes lèvres sur les miennes, à quatre heures. Tu pensais peut-être à moi ? Rappelle-toi ?

30 mars, Chelsea
Une lettre de Mère : Muriel ne pourra, dit-elle, bien suivre son traitement, dont sa vue dépend, que si je suis là. Je finirai par rentrer dans cette prison. S'il n'y avait que Muriel, ce

serait bien, mais il y a l'ambiance, les dogmes invisibles qui m'accrochent les manches et qui me forcent à être hypocrite.

Muriel, je la plains et je la chéris.

13 avril. L'Île.

Je suis arrivée à l'Île hier. J'ai suivi ton conseil : « Pose des bornes. »

Muriel, pour mieux se dominer (voir sa *Confession*) était devenue d'un coup végétarienne cent pour cent. Ses yeux ont encore fléchi. On lui redonne de la viande qui semble lui réussir.

Voici ce que l'on attendait de moi : que j'entretienne les fleurs autour de la maison, car Mère les aime — que je dresse le nouveau chien, d'ailleurs jeune et charmant — que je poursuive, à la place de Muriel, l'organisation d'un Bazar de Charité, qui aura lieu dans deux mois.

J'ai répondu à Muriel : « Je ne suis pas venue pour tout cela, mais seulement pour tes yeux. Je suis sculpteur. »

Muriel a parlé de nos devoirs envers nos parents. J'ai répondu que mes idées à ce sujet n'étaient plus les siennes.

Elles ne savent pas combien j'ai changé. Il a été convenu que je serais libre jusqu'à onze heures chaque matin — ce qui ne me suffit pas. Ni à elles !

Je devrai lutter avec et sans paroles. Si je me laisse entraîner à leur traintrain quotidien, mon cerveau se vide. J'en ai jusqu'au fameux Bazar, et elles m'espéraient pour tout l'été !

17 avril 1904. L'Île.

J'apprendrai aussi l'italien. Tape mon adresse à la machine, à cause de Mère. Écris à Muriel pour ses yeux. C'est moi qui lui lirai ta lettre. Elle sait que nous nous voyons à Paris, sans plus. Elle tricote, se promène à mon bras, m'écoute lire, n'a plus de douleurs aiguës.

Je suis contente que tu me blâmes sur certains points. Tu en découvriras d'autres si tu fouilles.

Toi non plus, je ne te trouve pas toujours ce que je souhaite.

25 avril. L'Île.

Ta lettre ! Ainsi au Pays de Galles, quand nous avons traversé la rivière la nuit, et quand j'étais grognonne, tu avais envie de m'embrasser ! — Te rappelles-tu un autre jour : nous jouions à cache-cache. Je me suis cognée si fort à une branche que j'en étais tout étourdie. Tu m'as pris les poignets pour que je ne tombe pas. Le son de ta voix s'est serré. Ta figure est devenue autre. J'ai arraché mes poignets de tes mains. — Quelle joie de se rappeler cela...

5 mai 1904. L'Île.

En Suisse, l'autre année, il y avait à l'hôtel un jeune homme très soigné, d'une beauté trop symétrique. Mon frère lui parlait souvent. Il ne m'intéressait pas.

Mais j'ai fait un rêve où il me prenait la taille. Alors je me troublai en le voyant. Je jouai du Beethoven pour lui, lançant des flèches avec mon archet. Il est parti un matin avant l'aurore. Je me suis levée et j'ai marché longuement dans la montagne, au clair de lune, au lever du soleil, en plein soleil, en pensant à lui.

Je crois, pour cela et pour des choses pareilles, que j'aurai plusieurs amours. J'ai une curiosité qui a quelque chose de sacré.

Je fais une maquette réussie : je suis au ciel. Elle tourne mal : je suis au purgatoire. — Alors je me laisse aller à la consolation dangereuse du chez soi, en famille...

Non ! Je veux être seule, parfois avec toi, et travailler.

11 juin 1904. L'Île.

L'oculiste défend à Muriel tout usage de ses yeux pendant quatre mois. Il y a plus de deux ans que nous avons parlé à cœur ouvert, elle et moi. Que penses-tu de sa *confession* ? Ne le dis que si tu as envie.

Notre secret m'est difficile à garder. Je voudrais le proclamer à Muriel et à Mère !

Il y a une grande tension entre Mère et moi, cela gâte mon travail. L'argent que j'ai vient de mon père, je l'ai reclamé. Je ne suis pas riche, mais indépendante.

J'ai de l'audace physique. Je suis timide moralement. J'ai failli être tuée récemment en voiture. J'ai regretté d'abord ma sculpture, puis toi, Muriel, et un peu ma famille. — Alex part demain : j'aurai plus de temps pour modeler. Charles navigue déjà.

Quand je vois mon visage dans une glace, j'ai des regrets de ne pas te donner mieux. Tant pis si je tombe en essayant de grimper. Je ne suis plus hostile à la guerre. Je ne crains plus les remords. La lecture des citations dans ton *Journal* pour Muriel m'a transformée.

J'ai peur que tu ne me quittes avant d'être prête à te quitter moi-même.

Manie-moi. Brise-moi. Risque ma vie. Je voudrais t'avoir vu aimer Pilar : j'en aurais fait une statue. Je veux devenir du feu.

Tu me dis : « Je t'aime parce que j'ai besoin de toi. » — Ça, c'est parler !

Oui ! Aie besoin de moi !

Les artistes qui ne se trouvent pas encore sont moins à plaindre que ceux qui se trouvent trop.

Je suis honteuse et fâchée d'avoir, par prudence, reculé d'être à toi. J'aurais dû rester à Paris.

Nous ne sommes pas allés assez loin, toi et moi, il y a trois mois. J'attends, depuis, je ne sais quoi, si fort que cela me détraque.

Mon garçon, tes lettres me sont ou des douches froides, ou des tasses de café.

Je te parle trop de moi ? — Tu ne me parles pas assez de toi !

J'aime quand tu me dis : « Il y a toi, mais il y a le monde. » — Je te dis fièrement la même chose.

Tu t'occupes de moi, pas en détail, mais de

haut, d'une manière qui me fait penser que tu m'aimes, sans que je sache pourquoi.

JOURNAL DE CLAUDE.

Lucerne. 2 juillet 1904.
Un télégramme : « *Je t'arrive mardi midi Lucerne.* » A Rome je prends le rapide, je sens les essieux galoper vers Anne. Je passe d'un paysage brûlant à des monts neigeux. J'arrive deux jours en avance pour me préparer à elle. Je choisis une chambre dont le balcon de bois surplombe le lac.

J'attends Anne sur le quai. Le long train se vide. Pas d'Anne ! Je m'inquiète. Enfin je l'aperçois qui descend tout là-bas, avec un gros sac au dos et une lourde valise. Je cours à elle. Anne me tend sa joue. Le fil n'est pas rompu. Elle est sérieuse et amincie. Nous nous asseyons sur la valise en attendant le porteur.

« C'est, dit-elle, grâce à Muriel que je suis là, bien que ses yeux ne soient pas guéris. C'est aujourd'hui son anniversaire. Elle a demandé comme cadeau, à Mère qui ne voulait pas que je parte, de me laisser arriver en Suisse aujourd'hui. Elle ne sait pas que c'est vers toi. J'aurais tant aimé le lui dire, malgré son mur de silence pour ce qui te touche. Seules, je l'aurais fait, mais l'air de la maison m'empêche.

« Rome semble t'avoir réussi. Tu as belle mine ! Voilà le porteur. »

Anne aima la vieille chambre à deux lits, en désigna un et dit : « Je coucherai là ce soir, et toi où tu voudras. Demain nous irons parmi les rocs et les sapins. »

Je l'écoute, la regarde, la laisse disposer. Je suis heureux qu'elle soit là. Je ne la désire pas tout à fait.

Le soir elle m'embrasse, et elle parle, parle : « Je ne veux pas faire d'enfants, mais des statues. J'ai vu des couples non mariés, et je les ai enviés. J'ai lu un livre de Malthus qui m'a convaincue. J'en ai assez d'être une jeune fille, mais j'ai peur. Je fais comme votre fameux maréchal, je dis à mon corps : « Tu trembles, carcasse, mais tu tremblerais encore plus si tu savais où je te mène. »

— Bravo ! dis-je.

— J'ai lu les vies des femmes célèbres qui ont vécu librement. Je ne partage plus les principes religieux de Muriel ni sa volonté de servir à tout prix tout de suite. Je veux devenir utile avec mes œuvres comme Watts avec les siennes, en émouvant les gens. Je ne crois plus à la prédestination absolue des couples, qui m'a semblé évidente pour Muriel et pour toi. Je crois que l'on est forcé d'essayer. Voilà pourquoi je t'ai donné mon sein. Voilà pourquoi je suis ici. Nous débutons. Nous avons de la peine à nous prendre au sérieux. Je ne sais pas si je t'aime, mais tu m'instruis, tu m'amuses et tu me plais.

Je suis fier d'Anne et un peu gêné. C'est elle qui a l'initiative. Muriel et leur mère s'effacent. J'ai pour Anne estime, protection, tendresse, curiosité, attirance. Aucun homme ne l'a touchée.

— Parle-moi encore de Pilar, avec des détails, dit-elle. — Mais fatiguée de sa traversée de la Manche, qui a été dure, elle s'endort dans mes bras.

C'est elle qui me réveille, en me tirant les cheveux à poignées : « Ouste ! Claude ! le bateau part dans une heure. »

Elle a des dessous impossibles, taillés, semble-t-il, au couteau dans une sorte de flanelle rouge, qui fait très militaire.

Le bateau nous mène au pied d'un promontoire rocheux, dominant la forêt, avec des blocs bruts éparpillés, des clairières et une vieille auberge.

Je suis à plat ventre, mes deux coudes sur des aiguilles de pin, j'ai sur le bout de mon index gauche une limace minuscule qui tâte le vide de son col délié, et sur mon index droit un escargot gros comme un petit pois qui fait de même.

Anne, de son crayon, essaye de fixer leur innocence.

Je rame debout dans une barque semblable à celle de la tempête avec Muriel, et Anne plonge de l'avant et passe sous la barque.

Avec un petit ciseau et un marteau Anne fait

sauter des éclats d'une pierre qui, par sa forme et ses taches de mousse, ressemble à une tête de chien archaïque.

Au crépuscule nous écoutons le chant des crapauds.

« Que de merveilles ! dit Anne... sans nous compter. »

Elle se couche avec un air sage et un bref baiser.

Au matin elle m'emmène dans le verger, sous un haut cerisier, me dit : « Tiens-toi bien ! » grimpe après moi, est à genoux sur mes épaules, debout sur ma tête et passe dans l'arbre. Elle me jette des cerises noires, bien mûres, et en croque. Un noyau se loge dans mon oreille. « Pardon, dit-elle, je visais le nez. » Entre-temps elle siffle à me déconcerter.

Nous jonglons avec des pommes de pin... nous pêchons la grenouille... mais nous cessons quand le jeune groom de l'auberge en tranche une à la taille, selon l'usage, gardant les cuisses pour les faire cuire.

Nos baisers grandissent. Pourrai-je jamais rien faire d'autre avec ce demi-garçon ? Ma patience n'est pas feinte.

Nous jouons à cagouin dans du sable avec mon couteau, nous tirons à l'arc et au revolver. Elle y excelle.

— Est-ce que le mot *copain* est vulgaire ? demande Anne, nue dans son lit.

— Non. Il est familier. C'est un terme d'écolier. Il est plus chaud, plus drôle, plus intime que *camarade*.

— Alors je suis ton copain.

— Oui, la plupart du temps nous sommes copains. Mais nous ne sommes pas que cela. Les copains ne s'embrassent pas sur les lèvres avec les battements de cœur que cela me donne. Les copains ne veulent pas *plus*.

— Est-ce que tu veux vraiment *plus* ?

— Parfois non. Parfois oui. J'ai plaisir à avoir tout notre temps. Mais la curiosité du *plus* est en moi.

— Oui, dit Anne. C'est vague et têtu. Cela mène à quoi ?

— À mettre l'allumette au feu que nous avons préparé.

— Oui. Et puis après ?

— Après, on ne peut pas prévoir ce que le feu fera de nous.

— ... *fera de nous*, répète en écho Anne, avec une voix changée. Viens, Claude, maintenant, tout de suite ! — Et elle m'attire sur elle.

Elle est rouge, grave.

J'essaye doucement.

— Va, va ! dit-elle.

J'hésite encore.

— Mais viens donc !

Cette nuance me persuade. Une légère barrière cède. Je suis en elle. Elle me regarde avec des yeux de copain, sans plus.

Mais ce jeu abolit tous les autres. Nous l'apprenons.

— Il fallait, dit-elle, et j'aime, parce que tu aimes et parce que c'est intime, mais ce n'est pas encore nous. C'est comme nos baisers, en moins bien.
— Pour toi le feu ne ronfle pas encore, dis-je.
— Ronfle-t-il pour toi ?
— Ne le vois-tu pas ?
— Si. Mais pas pour moi. C'est comme si tu jouais tout seul. Cela viendra-t-il jamais ?
— C'est à découvrir.
— Oui, dit-elle. — Claire, m'as-tu dit, n'a jamais rien ressenti avec ton père. Cela n'est pas normal ?

Le neuvième jour je propose de prolonger les dix jours. Anne refuse.
— J'y ai bien pensé, dit-elle. Je me suis juré que non. Pour toi et pour moi. Il nous faut un butoir. Mieux vaut trop peu qu'un peu trop. Je partirai après-demain, toute seule, jusqu'en haut du col. Je connais, près de là, des paysans, et des pierres tendres. Toi tu vas aller au bord de la mer, avec Claire qui en a besoin. Nous nous retrouverons bientôt. Nous sommes libres, et c'est si beau.
Je dus accepter le butoir.

L'heure venue Anne part, sac au dos. Elle a des chevilles fines et ses yeux clignotent dans le soleil. Elle m'a dit : « Je me retournerai une fois, au peuplier. » Elle le fait et m'envoie un grave salut de la tête.

ANNE À CLAUDE.

14 juillet 1904.
Il y a deux jours que je t'ai quitté. J'ai cheminé quatre heures sans m'arrêter, sans fatigue, en parlant parfois. — À qui ? — À toi ! J'ai passé un torrent debout sur la balustrade du pont (j'ai toujours fait ça), au-dessus d'une chute qui s'écrasait sur les rochers. La poussière d'eau montait plus haut que moi et le soleil frappait dessus : je marchais parmi des arcs-en-ciel. Mon sac m'est léger. Je m'amuse à être tour à tour économe et dépensière. Je suis brûlée de soleil et à toi.

20 juillet.
Je relis ta lettre d'il y a un an. Je la comprends toute maintenant. Je m'étonne de ce qu'elle a fait, à elle seule.

Dix jours de mariage, c'est peu ! Pourtant je vois mieux la terre quand tu n'es pas là.

Moi aussi j'aime Böcklin. Envoie-moi la *Physique de l'Amour* de Rémy de Gourmont.

JOURNAL DE CLAUDE.

Knocke. 5 août 1904.

Je passe quelques semaines sur une plage belge, à l'hôtel, avec Claire. Je m'applique à la rendre heureuse. J'ai flirté légèrement avec une jeune Rhénane qui a les couleurs de Muriel. J'invite Anne à venir demeurer dans le village voisin, à dix minutes à bicyclette. J'ai loué pour elle une chambre donnant sur la mer et un petit hangar-atelier. Elle arrive demain.

6 août.

Au lieu d'elle, une lettre : « Catastrophe. Mère et Muriel sont au lit. Je ne puis hésiter : je pars les soigner. J'ai la chair de poule. »

Je l'attendais en plein. Rattraperons-nous jamais cela ?

Huit jours après, autre lettre : « J'ai pleuré. Tu es plus vrai que ma sculpture. Je t'écrirai très peu. Tu peux imaginer, et je ne ferais que répéter. »

27 décembre 1904.

Cinq mois plus tard Anne m'arrive à Paris, deux jours après Noël. Elle est agitée, mécontente, doute d'elle. Elle m'apparaît mûrie, embellie. Je la regarde, sans le lui dire. Elle le lit dans mes yeux, saute dans mes bras, ses cuisses à ma taille. Nue, caressée du visage jusqu'aux pieds, elle se trouve lentement débarrassée d'une gangue. Elle sent enfin mon désir. Elle y puise. Quand je la prends c'est du neuf pour nous deux. Elle n'a plus grand-chose du mi-garçon du bord du lac. Elle est une jeune femme qui s'émerveille de l'être.

— Quelle attente j'ai eue, dit-elle, le soir venu, mais quelle récompense ! J'ai dit : « Je veux devenir du feu. » Je le deviens.

12 janvier 1905.

Nous nous voyons à son atelier, à toutes les heures, dès que je peux. Mais je suis un homme qui travaille. Je collabore à la fondation d'une revue et je dois livrer des traductions à dates fixes. Je ne viens pas tellement souvent.

Un jour elle m'a appelé à l'improviste par pneumatique. C'est contraire à ses principes et elle s'est promis de ne pas recommencer. Je bouscule tout, je viens et je reste.

Je la prends dans mes bras et je la porte sur son lit. Elle s'échappe et prend un tub rapide. Elle n'est plus gênée par mes yeux.

— Anne, quand j'arrive, tu te précipites dans ton tub. Tu le prends pourtant chaque matin ?

— Oui, comme toute bonne Anglaise. Mais j'ai eu chaud depuis !

— Le beau malheur ! Et si moi je préfère te sentir *toi*, ayant chaud, à l'odeur végétale de ton savon, et si je te demande de ne plus faire ton tub avant que je t'embrasse, que diras-tu ?

— Que je t'approuve, dit-elle.

Il y eut un deuxième pneumatique et je pus encore venir à l'instant oublier tout et « entretenir le feu ».

ANNE À CLAUDE.

21 janvier 1905.

Claude, Claude, je suis *trop* heureuse. Mes désirs augmentent à mesure que tu les satisfais.

Les hommes trouvent-ils un apaisement en faisant l'amour ? Pour moi c'est le contraire. Je t'ai eu à loisir tout hier, j'ai besoin de toi encore plus. Je ne sais quoi faire. Tu me remplis. Si tu t'éloignes, je me vide. Qui l'eût dit ?

Viens quand tu veux, et ce sera encore pire. Il me semble que tu es à cent lieues. Sans ma sculpture, j'aurais peur.

Si je t'avais tout le temps, il faudrait tout de même que tu me quittes parfois, et je souffrirais quand même. Je suis insatiable.

Et si nous finissions alors par nous fatiguer l'un de l'autre ? Peux-tu imaginer cela ?

Aime-moi tant que tu peux.

4 février 1905.

Mon Claude, ne viens que quand tu pourras, mais peux bientôt. Une brève visite est plus dure que rien. Je maudis ce travail qui t'absorbe. Je suis à la limite de l'attente. J'ai été malheureuse dans ma famille et voilà que je suis malheureuse de bonheur. Guéris-moi sans me gronder. Mets de l'ordre en moi.

Arrive même tard dans la nuit.

Ma sculpture, à la lumière de notre amour, je la trouve à recommencer.

Ton Anne, pour en faire ce que tu veux, même malgré elle.

Ce papier est ta peau, cette encre est mon sang, j'appuie fort pour qu'il entre. Je comprends maintenant pourquoi Pilar, que tu n'es pas près d'oublier, ni moi non plus, t'a battu la figure avec ses paumes.

Pourquoi ?
Eh bien, cherche !
Si la philosophie d'un peuple se retrouve, comme tu le prétends, dans la façon dont ses femmes font l'amour, quelle clarté doit avoir la pensée espagnole !

JOURNAL DE CLAUDE.

5 mars.

Mais les deux pneus suivants je ne pus absolument pas venir. On imprimait le premier numéro de la revue. Et Anne ne dormit pas. Elle dit et pensa qu'elle comprenait très bien, que cela n'avait pas d'importance. Ce sont pourtant, pour elle, des coupures pas naturelles.

J'ai peu à peu la certitude qu'Anne, qui devient magnifique, ne pourra pas se contenter de ce que je lui donne. Plus je me prodigue, plus c'est beau nous deux, plus grandit en elle le besoin de la continuité.

C'est une tristesse pour moi de ne pouvoir être là tant qu'elle veut, et une tristesse pour elle de m'en sentir triste.

— Si tu étais marin, dit-elle, tes absences seraient absolues. Mais puisque tu ne l'es pas, quand j'ai trop besoin de toi, je t'appelle à tout hasard, même si tu es venu la veille. Et cela ne réussit pas toujours. Quand tu viens pour une heure, je te garde toute la nuit. Je me croyais raisonnable. Je ne le suis pas. Notre intention était de bien travailler séparément et de nous voir seulement après. Pour moi, nouvelle-née à l'amour, il est devenu la clef de tout : nous bâtissons notre amour avec nos mots et nos gestes, c'est comme une grande statue à nous deux, et il n'y a que cela qui compte. Pourtant j'aimerais mieux te perdre que de t'appeler trop.

Enfin elle se remit à sculpter, et fit du premier coup un bois qui ouvrait une ère nouvelle. Sa joie éclatait.

Elle se fixa des heures de travail qui m'étaient interdites.

« Il faudrait, me dit-elle, que j'aime en dehors de toi, comme je te laisserais aussi faire. Je pèserais moins sur toi. »

XV

ANNE, CLAUDE ET MOUFF

JOURNAL DE CLAUDE.

30 mars 1905.

Trois mois ont passé. J'emmenai Anne chez une amie russe, très libre, à une soirée avec des danses, de la vodka.

Vers deux heures du matin il ne resta plus qu'une quinzaine d'invités. On commença à couper de temps en temps la lumière pour plusieurs minutes.

J'étais sur un divan bas. Anne, qui avait dansé avec Mouff, sur un autre, à quatre pas de moi. J'avais remarqué le vif intérêt qu'éveillait Anne chez Mouff, un Slave, petit, bâti comme un cube, à grande barbe étalée, d'apparence froide et professorale, et qui semblait herculéen. Des glissements avaient lieu de sofa à sofa pendant les noirs.

Un noir arrive. Je me sens frôlé, pris par les oreilles et une bouche baise la mienne qui l'accueille, croyant que c'est Anne. Mais je sens que non : et mes lèvres se serrent. C'est une Russe, plus âgée, avec laquelle j'ai parlé tout à l'heure. J'ai un recul et le regret d'avoir amené Anne.

En sortant Anne me dit :

— Mouff m'a demandé à venir voir mes bois. Il dit te connaître. Je lui ai dit oui. Ai-je bien fait ?

— Je t'ai menée à ce bal pour que tu puisses y faire des amis. Oui, je connais Mouff. Nous avons parlé plusieurs fois sans nous entendre. Je le crois sérieux et intelligent.

— Je ne l'ai pas appelé, dit Anne, il est venu à moi et il m'a intéressée.

Nous rentrons chez Anne. Je lui raconte le baiser sur la bouche et comment j'ai d'abord cru que c'était elle (elle me serre les doigts) et je me lave la bouche avant de l'embrasser.

10 avril.
Mouff vient voir Anne. Il regarde ses œuvres avec des remarques qui la frappent. Il est lui-même peintre et écrivain. Il invite Anne à venir voir son atelier. Elle y va. Il lui fait la cour.

15 avril 1905.
Nous poussons toujours plus haut notre flamme à éclipses. Elle me dit un jour :

— Crois-tu que tu aurais aimé Muriel encore plus que moi ?

— Je ne sais pas. On ne peut pas imaginer. C'est un autre monde. Elle reste pour moi une énigme.

— Moi, je crois que si. Quand je t'ai connu je t'ai fiancé à elle. Je vous trouvais faits l'un pour l'autre et il doit y avoir des causes pour cela. Elle me bat à tous les sports. Si elle le voulait, elle me battrait peut-être là aussi. J'ai presque réussi à vous marier. Parfois j'étais jalouse, comme la nuit sur l'estuaire. Je me disais : « Que va-t-il me rester ? » Puis je reprenais ma lutte pour votre amour jusqu'au jour où j'ai lu ton Journal de séparation qui a été ma Bible.

J'ai compris que vous étiez irréductibles. Alors seulement j'ai commencé à te regarder pour moi, et tu as fini par le sentir.

— Peu à peu tu cessais d'être un garçon.

— Par toi, Claude. Ce garçon t'a déjà beaucoup aimé. C'est émouvant de découvrir qu'un homme qui vous plaît vous désire toute...

« Serais-tu jaloux de Mouff ?

— Complètement. Il est mon contraire, ce qui peut t'attirer, et j'ai un préjugé contre lui. Je le trouve, sans le connaître, indigne de toi. Je ne conçois pas vous deux. Là encore je ne peux pas imaginer. Je vois ce que tu lui apporterais, non ce qu'il t'apporterait. Ce n'est pas mon affaire.

— Toi, dit Anne, c'est dommage que tu n'aies pas le temps. Tu fais une belle démonstration, tu vous convertis et puis tu vous dis : « N'oubliez pas, Madame, que le monde est grand et que vous pouvez y choisir », sans te soucier de savoir si c'est toi que l'on voudrait choisir. On ne peut t'en vouloir. Tu es un missionnaire ou un cheval de course que l'on n'ose atteler. Je me demande si je ne vais pas finir par avoir besoin d'un homme qui soit à moi davantage... J'aime l'amour plus que je t'aime. C'est toi qui lui ressembles le plus. Mais je suis tentée de partir à la découverte.

Je dus faire un voyage de dix jours. Je l'abrégeai d'un et j'allai voir Anne à l'heure habituelle. Je frappe à la porte de l'atelier mes quatre coups espacés. Pour la première fois rien ne répond. Je frappe encore. Silence. Je crie : « Anne ! Anne ! »
Rien.

Je pense : « Elle est sortie. Ou bien c'est Mouff. » Je pars.

Je reçois un pneu : « Viens. »

— Ah, dit-elle, je ne t'ai pas ouvert. Et j'étais là ! J'étais assise sur les genoux de Mouff, et il m'a retenue. Quand tu as crié : « Anne ! Anne ! » j'ai voulu te répondre, mais il a mis sa large main sur ma bouche.

— Que ne l'as-tu mordue ! pensai-je.

Je dis seulement :

— J'aime autant ne pas être entré pendant qu'il était là.

Huit jours plus tard : « Tu as cru que Mouff m'avait prise ? Non. Pas encore. Nous en avons été près. C'est moi qui ne veux pas te parler de lui. Il ne m'en empêche pas. »

Cinq jours après, encore un pneu : « Viens vite. »

J'accours.

— Claude, Mouff et moi, c'est chose faite, depuis cet après-midi. Je viens de prendre un tub. Vite, aime-moi.

Je l'aimai.

— Claude, nous ! Qu'as-tu fait ? Qu'ai-je fait ? Je ne voulais pas. Je ne l'aime pas encore. Et puis soudain, il me pressait, j'ai eu une terrible curiosité de lui, comme si ce n'était pas de moi qu'il s'agissait. Et puis c'est devenu moi. Toi aussi, tu es curieux.

— Oui, dis-je. Et Mouff est un homme formidable.

— Peut-être. Mais toi et moi c'est sacré.

— Et toi et lui, ce n'est pas sacré ?

— Pas encore, dit Anne.

J'aperçois à un bar Mouff qui flirte avec une Polonaise. Nous échangeons un regard sec. Je suis blessé pour Anne. Je n'en parlerai pas.

Minuit. Contre un mur je reconnais la célèbre bicyclette de Mouff, basse, étincelante de tous ses nickels, avec ses gros pneus rouges. Je tâte celui d'avant, gonflé à bloc. Une pompe brille au cadre.

Une farce ?

Je dégonfle soigneusement ce pneu, comme un voleur, je remets le bouchon de la valve, et je pars.

Il ne s'inquiétera qu'un instant, regonflera et verra que ça tient !

Anne me dit : « Ton Journal pour Muriel m'aide à voir clair. Tu n'as pas besoin d'une femme dans ta vie au point où j'ai besoin de toi. J'ai cru que je pouvais être comblée avec le temps que tu m'offrais, et je bâtissais là-dessus. Malgré moi la nouvelle moi, que tu as faite, exige davantage. Ma curiosité, que tu encourages, s'y ajoute. »

Elle dit encore : « Penses-tu parfois à Muriel ? (Je fais *oui* de la tête.) Elle dort profondément sous ses yeux malades. Elle peut se réveiller un jour. »

Anne eut bientôt deux amants réguliers. Nous le savions tous les deux. Anne nous le disait, sans détails. Nous le supportions mal. Anne très bien.

Elle me dit : « Quand je songe à ce qu'en penserait Muriel... à ce que j'en aurais pensé il y a un an : une abomination... Et puis ça n'est pas vrai. Cela arrive tout simplement. Cela ne se mélange pas. C'est un accident. Mon instinct sera de n'avoir qu'un homme à côté de moi, comme Dick et Martha.

« Je suis jalouse de Muriel, mais je me domine. Tu es jaloux de Mouff, mais tu te domines. »

30 avril 1905.

— Mouff a des amis en Perse, qui l'invitent, me dit un jour Anne. Il veut m'emmener. Qu'en penses-tu ?

— C'est un pays grandiose. N'écoute que ton envie.

— Alors, j'y vais, dit Anne.

Deux fois nous eûmes un au revoir qui dura toute une nuit.

ANNE À CLAUDE.

22 mai 1905. Téhéran.

Je ne t'ai pas exprimé de regret en te quittant à Paris. J'ai découvert pourquoi. La peine que tu as eue à cause de Mouff m'a surprise. J'ai été contente pour toi de le rencontrer : je te soulageais.

Tu as été ma vie. Tu as eu la sagesse, le courage — ou bien l'égoïsme — de me refuser ce que je demandais. Je t'en sais gré, maintenant que c'est passé.

C'est toi qui m'as guidée vers Mouff et je t'en remercie.

(Deux lettres perdues.)

1ᵉʳ janvier 1906

Je cours toujours après l'amour intangible. Je suis épuisée, vide, et soudain je vole au-dessus des misères. Mouff est fort gentil. Sa femme (car il est marié) est en Russie. Ils se laissent une liberté totale. Ses amis forment un cercle cultivé et plaisant. Je ne t'ai absolument regretté que sur un point. Je ne dis pas lequel. Je rentre à l'Île.

20 février 1906. L'Île.

Muriel a appris à écrire sans voir. Si elle t'écrit, n'oublie pas, dans tes réponses, que c'est peut-être Mère qui lui lira ta lettre. La grande épreuve de ses yeux ne durera plus, dit-on, qu'un mois. Après, elle pourra voyager. Elle viendra me voir à Paris. Elle l'a tant aimé. Elle le trouve aujourd'hui dangereux. Si elle y apporte ses dogmes, il ne lui fera pas de bien. Elle a été deux années aveugle et dans une grande solitude.

Elle a dit : « Je veux voir Claude. »

Avec toi, comme avec tous, elle commencera par être comme une enfant.

8 mars 1906. L'Île.

Ta lettre est solide. Merci.

L'union complète est-elle un mythe ?

Où est mon ancienne force ? Je serai toujours blessée. La cause est en moi. Je ne pousse pas à fond mes initiatives. Je laisse grandir des malentendus.

Tu m'as dit : « Ne crains pas d'aimer. » J'ai obéi.

Cela me rappelle ma tante à qui mon oncle disait : « Ne crains pas le mal de mer » et qui l'avait souvent.

Je me rapproche de Muriel.

Je serai à Paris dans deux mois.

XVI

LE LONG BAISER

JOURNAL DE MURIEL *1906*.

1ᵉʳ janvier 1906. L'Île.
Je vais tâcher d'écrire où j'en suis avec Claude, et de mettre une étiquette sur mes sentiments.

Il y a vingt mois (1904-1906) que j'ai perdu l'usage normal de mes yeux et que je n'ai rien écrit à Claude ni rien reçu de lui *qui compte*. J'ai eu des échos par Anne.

L'été 1904 j'ai été déchirée de remords qui ont suivi ma découverte (voir ma *Confession*) et par ma lutte intime. En septembre j'ai adopté le végétarisme cent pour cent. En novembre j'ai reçu la dernière vraie lettre de Claude. L'hiver suivant j'ai eu une vie spirituelle intense et une vie physique nulle. Je livrais un combat incessant contre Mère qui voulait me faire manger de la viande. En mars l'état de mes yeux empira et le grand traitement commença. En mai, au retour d'Anne, je me promenai à son bras avec un bandeau. Je remerciais Dieu de n'avoir pas donné à Claude une femme aveugle. J'avais joué et perdu mes yeux dans mon désir orgueilleux de tout apprendre.

Pendant ces deux ans je n'ai rien fait. Cela m'apprit beaucoup et me rendit mon équilibre. L'oculiste venait souvent.

En été 1904 Anne partit pour la Suisse, j'eus la première douleur lancinante dans l'orbite gauche, et je fus menacée de perdre les deux yeux. J'ai été trois mois dans le noir total, et très sensible : une discussion violente, entendue dans la rue, me faisait pleurer. Il m'arrivait, seule, d'appeler Claude tout bas. Je ne me plaignais pas et ma guérison ne m'a pas apporté de joie : mes yeux ne comprenaient plus le monde. Mère me lisait à haute voix : *En accord avec l'Infini*, livre qui retentissait en moi. Je sentais Dieu tout près et Claude seulement comme sa dépendance. Je pouvais arrêter mes rêves.

Depuis, j'ai repris avec lui mes rencontres imaginaires. Cesserai-je jamais ? — Il y a quatre ans qu'il est arrivé à l'Ile et qu'il a eu avec Mère cette conversation lourde de conséquences.

25 janvier 1906.
Anne m'emmènera à Paris pour Pâques. Elle me conseille pour mes vêtements. Elle m'a dit hier : « Tu verras monsieur Claude, n'est-ce pas ?

— Le dois-je ?
— Sûrement !

J'acquiesçai. C'est la première fois qu'elle reparle de lui. J'ai peur et envie. Cela me semble irréel.

Un rêve exquis : il m'a appelée pour coudre un bouton de nacre, mon front a touché sa joue, nos lèvres se sont effleurées à peine. J'étais comme après la Sainte Communion.

3 mai 1906. Paris.

Me voici à Paris !

Anne a vu Claude, lui a demandé s'il désirait me voir. Il a répondu : « Je ne sais pas. » J'ai été frappée. J'étais sûre qu'il ne m'aimait plus. Cette hésitation me dit : « Il a peut-être encore une étincelle, et il craint que tu souffles dessus ? »

Je prends le risque. Cela ne peut pas lui faire de mal, et je saurai garder mon secret.

Il fait nuit noire. Anne dort non loin de moi. Elle est agitée et grogne : qu'a-t-elle ?

Je suis allée au Luxembourg, au coin de jadis, je souriais toute seule, des gens m'ont regardée. J'ai pensé à l'avenir. Mon sourire a cessé. — Anne m'a dit : « C'est demain. »

J'étais seule dans l'embrasure de la fenêtre. Il est entré, a jeté son chapeau à la volée sur le divan, est venu droit vers moi. Il m'a regardée sans parler. Ses lèvres ont fini par dessiner mon nom, sans bruit. Alors les miennes ont fait la même chose. Nous avons tendu lentement nos bras, ensemble. Il m'a étreinte. Comme dans mes rêves il m'a donné un baiser, mais un vrai. Ce baiser, nous ne pouvions le finir.

Sans l'interrompre il m'a portée vers le grand fauteuil et s'y est assis avec moi sur ses genoux. De temps en temps il poussait un gémissement. J'avais arrangé que nous ayons une heure. Elle a passé ainsi. Nous n'avons rien dit, nous avons voyagé dans ce baiser. Je me trouvais comme rouée de coups. Il sentait à mes lèvres mon consentement, mais il ignore mon amour constant. C'est l'essentiel.

Que serait-il arrivé si nous avions eu plus de temps ?

Je n'aurais pu parler sans lui révéler tout.

Anne a frappé à la porte, est entrée, pâle. Après quelques secondes, elle a dit : « Ton train part dans cinquante minutes. »

Claude a dit : « Au revoir, Muriel. »

J'ai dit : « Au revoir, Claude. »

18 mai 1906. L'Île.

Je suis rentrée à l'Île. Je ne suis bonne à rien. Je tâche de faire redescendre Claude là où il était *avant*. C'est difficile. Il galope en moi. J'aurais tant voulu qu'il parle. Il est ma vie et il ne m'a rien dit.

22 mai.

Je suis assise devant le feu avec Alex, après une journée de travaux. Tu surgis, tu déboutonnes ma manche, tu la relèves doucement, tu tiens mon bras nu dans tes doigts légers, le bonheur m'étouffe. Tu disparais. — Quel enfantillage !

Ces mirages sont innocents et viennent de Dieu, mais je ne dois pas m'y complaire. Ils rendraient mon amour trop aigu.

Me donner toute à toi ? — Tu ne m'as pas demandé. Je t'aime malgré toi.

Que mon âme paisse où elle veut !

27 mai.

C'est demain votre anniversaire, Claude. Vos doigts font un collier à mon cou. Je les prends pour le défaire. Vous plantez au vol vos lèvres sur les miennes.

Notre grand baiser trouvera plus tard son sens. Il a parlé tout seul.

Il y a quatre ans j'ai perdu Anne et toi. Au fond tu me l'as prise. Je vais la retrouver. Elle ne peut savoir que l'ombre de mon secret. Toi, rien.

28 mai.

Si je me donnais à toi, comme cadeau, pour ton anniversaire ? — Cela ne serait rien si nous devions nous séparer après.

Pour toi je suis une parmi plusieurs. Toi, tu es mon but. Le pire sur terre, c'est ton absence. Tu m'as révélé la misère des hommes. Je ne suis pas moi sans toi. Mes mains, mes pieds, mon front t'attendent. Je veux secourir ceux qui ont besoin de moi, même pendant que j'ai besoin de toi.

La nuit, je m'envole vers toi. Si tu dors je te donne un léger baiser. Si tu écris, je m'assieds par terre, ma joue contre ton genou. Si tu me regardes je grimpe sur toi.

Ce Journal, tu le liras un jour !

Anne t'a-t-elle dit que je ne puis lire qu'une très grosse écriture ?

Anniversaires : ton arrivée dans mon salon dans l'arbre, en Suisse, il y a six ans.

Il y a cinq ans j'ai eu mon premier petit rêve de toi. Il y a quatre ans nous avons fait une promenade dans la nuit et tu as fait des comparaisons transparentes que je n'ai pas goûtées.

18 juin 1906. L'Île.

Demain j'ai vingt-neuf ans. Je suis insupportable avec Mère.

« *Ce que tu es importe plus que ce que tu fais* », dit ma Bible.

Je l'oublie !

Tu peux guérir mes yeux. Toi seul les a baisés.

Mes mains se joignent pour que tu les prennes d'une seule.

La fille qui nous sert depuis six mois part dans huit jours. Je ne lui ai pas parlé d'elle. Quelle honte !

24 juin. L'Île.

J'ai donné une mauvaise leçon ce matin. Pour la première fois mes garçons regardaient dehors, et ils avaient raison.

Claude, quand m'appelleras-tu ? après ma mort ?

Que l'amour d'une épouse te soit encore épargné !

1ᵉʳ juillet.

Je suis dans le Collège de mon adolescence, couchée dans ma chambre d'autrefois. Je voudrais revoir la petite Muriel qui dormait ici il y a huit ans, chef de la maison, élue par les autres filles.

J'ai l'idée folle de courir à la chambre de ma directrice bien-aimée, de prendre sa main dans son lit et de lui dire : « J'aime Claude. »

Service à l'Abbaye pour les Anciennes. La nef n'a pas changé. Le nom de Claude roule en moi sous la voûte.

3 juillet.

Où suis-je, Claude ? — Sur le sofa de Dick et de Martha, où j'étais étendue. Tu étais assis dans la grande cheminée et puis par terre. J'ai dit à Martha notre baiser, et que je ne suis pas malheureuse. Elle a dit : « Nous ne sommes que des bribes d'un Tout. Si l'amour nous visite, réjouissons-nous, même si la réponse tarde. »

Notre baiser a tourné une page, mais : yeux, migraines, rhumes, sautes d'humeur, indécision, tout cela ne te fait pas une femme.

Après ta déclaration j'ai essayé de te guérir en t'écrivant deux fois par jour : « Je ne vous aime pas. » Mais il te restait toujours un tison rouge : c'est moi qui l'ai.

16 juillet. Lucerne.

Ai-je seulement rêvé d'avoir été dans tes bras ? Tu m'es inaccessible ce matin. Il y a des yeux qui te voient, des mains qui te touchent, des oreilles qui t'entendent... Je regarde le torrent, je coule à ta dérive.

Mes yeux guériront, je travaillerai avec passion, comme tu aimes, pas aux choses que tu voudrais, mais à mes choses à moi, parentes.

Tu t'es moqué jadis, avec des citations, de mon style Shakespeare que l'on applaudissait sur la scène de la ville, et tu m'as dit : « Trouvez le vôtre ! » J'ai été piquée et puis j'ai vu que je répétais des trucs magnifiques. Tu m'as donné confiance dans ma voix, par tes yeux, pendant que je chantais. Que n'as-tu pas fait ?

J'aime t'aimer. Le présent est une joie tel quel.

Sur ces feuilles écrites au crayon, tu verras ici et là des barres de vide qui coupent une phrase et des alinéas non parallèles. Cela veut dire que j'écris les yeux bandés.

26 août. L'Île.

As-tu déjà vu une tige de houblon, décollée par le vent, qui a perdu son échalas ? — Elle est vivace, prête à grimper haut. Mais elle est condamnée. Il y a un bout d'espace infranchissable entre elle et l'échalas. Elle pousse toujours, elle s'incurve tendrement autour de rien, elle forme une spirale vide qui s'accumule à terre. Elle mourra sans changer d'idée. Si l'échalas la touchait de son bois, elle reprendrait sa vie autour de lui.

Tu es mon échalas.

Je ne suis ni absolument sincère, ni forte, ni

belle : mais mon amour est tout cela. Tu ne le sais pas.

30 août. L'Île.
J'ai cru jadis que, sauf catastrophe, je deviendrais ta femme. Maintenant, t'aimer me suffit. Je t'aime parce que tu as besoin d'amour, sans le savoir, et non parce que j'en ai besoin. On ne peut en avoir trop. Je te fais un don. Tu n'en veux pas ? Mais il existe et, à la longue, il t'atteindra.

28 octobre 1906. L'Île.
J'ai entrevu cette sagesse, il y a deux mois, mais elle s'efface. Je suis presque heureuse, ma tête est sur ton épaule, tes bras sont autour de moi. Je suis une chaleur que tu ignores, sans laquelle tu aurais froid, une odeur qui entre par ta fenêtre. C'est ma raison d'être.

Anne t'écrit-elle ? Sais-tu seulement que nous avons été en Suisse ? que Mère a eu besoin de soins jour et nuit pendant trois semaines ? — Tu me souhaitais un travail qui m'éloigne d'elle...

4 décembre. L'Île.
J'ai décidé d'aller te voir à Pâques. Je suis guérie, je fais ma tâche dans la maison. Ma vie passe ainsi. — Qui le regrette ? — Pas moi !

... Si, moi ! Notre baiser n'a rien résolu... je veux risquer de te voir... la falaise aime la vague qui l'ébranle...

7 décembre 1906.

Tu m'as dit : « Vous avez aisément assimilé le français. Répandez-vous maintenant sur l'Europe, comme les armées de Napoléon... »

Avant le premier accident à mes yeux, pour mon étude sur Darwin, je passais une bonne partie de mes nuits à lire. J'ai appris l'allemand. Et je voulais bien plus, en voyageant avec toi.

Mère est rentrée. Le masque de la colère est revenu sur mon visage. Mère me demande innocemment de faire des choses que, grâce à toi, je sais être contre ma nature : mon Père eût été de notre avis. Je prie, et j'éclate de temps en temps. Si quelqu'un parlait devant moi à Mère du ton dont je lui parle, je le frapperais.

Je ne fais plus qu'un cours par semaine. J'avais jadis beaucoup de fluide. Je me résorbe. Je ne manque pas de cerveau mais de bonté inventive.

Je suis tellement heureuse quand je suis bonne.

Tu dis : « Il ne faut jamais s'asseoir au bord de la route. »

Mes fatigues sont des lâchetés.

Je vis sur notre heure de baisers — et j'ai osé la désavouer dans une lettre froide que je t'ai écrite, par peur que tu ne saches.

XVII

LES DEUX SŒURS

JOURNAL DE MURIEL *1907.*

2 janvier 1907.

« *La lune est au plus rond*
elle éteint les étoiles autour d'elle
C'est la nuit d'hiver le vent froid me perce
Mon nouvel ami mon beau chien Flash
file en avant et revient de temps en temps
s'informer comment je vais
Dieu m'a donné un amour-grand-comme-moi
Pour Claude-qui-n'écrit-pas. »

Je compose et je chante ces paroles sur un air que j'invente en marchant à travers la campagne gelée. Je te souris et je suis avec toi.

J'ai deux malades sur les bras à la maison et je rentre faire leur soupe au lait.

21 janvier.
J'ai volé un quart d'heure après le petit déjeuner pour écrire à Anne, sans lui dire l'essentiel : « Claude n'écrit pas. »

Je veux tout simplifier dans la maison même si cela déclenche une guerre... Mais je ne m'y mets pas. Claire avait raison pour mes atermoiements.

Je suis un grain de poussière qui gravite, et j'ai de petites rênes entre mes doigts pour tirer à droite ou à gauche.

Tirer quoi ?
— Moi.
— Vers quoi ?
— C'est la question.

17 février.
Nous avons trouvé une servante. J'aurai plus de temps à moi. Qu'en ferai-je ?

Du jardinage, deux promenades avec Flash, du piano, deux visites en ville, une excursion avec les garçons du Club pour « observations dans la nature », un quart d'heure quotidien de Bible avec Mère. — Voilà qu'il ne reste rien !

4 mars.
Coup de tonnerre. Anne m'appelle à Paris.

8 mars 1907. Paris.
Je suis chez Anne, dans son atelier, dans son atmosphère d'amies russes.

10 mars. Paris

Je suis allée seule voir le *Baiser* de Rodin, et je le contemple. Dieu a fait Claude tout entier, tel quel, avec l'attraction qu'il a ressentie vers moi. Dieu m'a faite tout entière, telle quelle, et, après des retards, il m'a fait aimer Claude.

Voici devant moi, en marbre blanc, deux êtres nus qui s'aiment, purs et simples. Voilà ce que Dieu nous offre, à Claude et à moi. Nous refusons. N'est-ce pas folie ?

Notre amour n'est pas assez fort ? — Malgré moi je crois que Claude m'aime. Moi lui. Pourquoi hésitons-nous ?

Si Claude me demandait moi, tout de suite, je crois que je dirais *oui — mais je n'en suis pas sûre.*

Ai-je peur de l'opinion publique ? — Je ne pense pas. — Ai-je peur de créer en moi un besoin encore plus grand de lui ? de renoncer à tous mes travaux ? — Je ne sais pas. — La crainte d'un enfant immédiat ? — Sûrement non ! Je serais sa femme en tout cas, quel que soit le nom que l'on me donne.

Je me suis vue dans une glace. J'avais mauvaise mine. Cela a coupé mes questions.

... Anne est rentrée, m'a regardée, m'a embrassée, m'a demandé si je veux voir Claude. Des amis sont arrivés à ce moment.

Anne n'a jamais été si belle, je suis heureuse auprès d'elle. Au restaurant-crèmerie, je l'ai vue discuter sérieusement avec un Russe qui semble épris d'elle.

17 mars. Paris.

En rentrant j'ai trouvé une lettre de Claude. Anne a dû le prévenir. Il est souffrant. Il m'écrit : « Nous avons un monde à nous dire. Venez une semaine en Bretagne avec moi dès que je serai rétabli. » — Mon Dieu ! ma tête tourne et je dois réfléchir... Saurai-je me garder à distance... ? Je ne pensais pas à cela !

— Oui, toi, incrédule, tu vas le voir, et tu n'es, ici, qu'à dix minutes de chez lui.

20 mars. Paris.

Claude est encore alité. Il n'est pas chez Claire, mais dans son tout petit logis à lui, avec sa grande vue sur Paris. Il a demandé à Anne de lui apporter un remède anglais. Elle lui remettra ma lettre en même temps. Je lui écris : « Oui, Claude, Je veux bien aller avec vous une semaine en Bretagne. »

Anne l'avait trouvé pâle, amaigri, et travaillant, bien qu'avec de la fièvre.

Je me regarde encore dans la glace. Quand je suis loin de lui je me déplais tant que je remercie Dieu que Claude ne m'aime pas. Quand je suis près de lui je me sens une reine.

21 mars 1907. Paris.

J'accompagne Anne jusqu'à la porte de Claude. Elle a mis son chapeau de travers et elle oublie ses violettes. Elle n'est pas coquette. Sa beauté supplée. Elle m'a regardée étrangement, de face et de côté, me scrutant presque, ce qu'elle ne fait jamais. Sans doute voulait-elle bien me comprendre avant d'être mon ambassadrice.

Nous marchons, mon bras sous le sien, sans parler. Je sens qu'elle m'aime. Voici une maison en démolition, un haut mur oscille et s'abat, avec un boum sourd, et nous envoie un nuage de poussière fine. Dedans, un maçon, aidé d'un enfant, enroule autour de ses reins sa longue ceinture rouge.

Nous arrivons. Anne me met dans mon omnibus, d'où je la vois disparaître dans la grande porte, vers les sept étages à grimper jusqu'à Claude. Son dos semble soucieux.

Le soleil se couche en beauté. C'est notre messe, à Claude et à moi. Je regarde le soleil et je dépasse ma rue, alors je saute en marche de la plate-forme, et le conducteur rit en agitant un doigt menaçant.

Je rentre à l'atelier, affamée, je prends le thé.

On frappe à la porte, mais pas les quatre coups, Anne m'a dit de ne pas ouvrir. On refrappe. On s'en va.

Anne est longue à revenir... le temps passe vite avec Claude... Je m'accoude, le menton sur ma main, comme le penseur de Rodin, et dans le noir, derrière le rideau, je guette la cour. Une grosse lampe avec un abat-jour rouge s'allume en face — je somnole. — On frappe violemment. C'est Claire ? — Il ne faut pas : je pars avec Claude en Bretagne !

Je vais lancer sur lui tout mon amour, comme je lancerais mon chien Flash.

Enfin voici Anne ! Cela me réveille. Elle marche raide, la tête droite.

Notre petit dîner. Elle raconte Claude. Sa gorge commence à aller mieux, il a reçu son « réchaud-à-alcool-de-grand-luxe » pour chauffer sa soupe. Elle lui a remis ma lettre. Il l'a lue tout de suite. Il a eu l'air heureux.

Elle se tait. Elle fait un effort : « Je t'ai écrit que je voulais te parler de ma vie », dit-elle.

— Oui.

— As-tu réfléchi à ce qu'elle a pu être ?

— Pas du tout. Tu m'en parleras à ton heure.

— Je crois que tu devines un peu... (Elle avale sa salive.) C'est difficile... Voilà, en deux mots : Muriel, je connais l'amour... je l'ai vécu, depuis trois ans, et je n'en ai aucun remords. Au contraire ! Et j'ai eu trois amours.

— Si tu n'étais pas Anne, je ne te croirais pas.

— Je suis Anne, j'ai besoin que tu saches... Que penses-tu de Nicolas ?

— Je t'ai trouvée différente avec lui... il te fait la cour... je n'ai rien pensé.

— Il me l'a faite... avec succès.

— J'aurais cru cela impossible.

— Pas impossible du tout, Muriel.

Un franc sourire s'épanouit sur son visage. Martha soupçonnait qu'elle avait une vie libre. J'ai affirmé que non.

Je sens soudain que ma semaine avec Claude est menacée, je ne sais pas comment, tout cela n'a rien à voir avec moi, ni avec lui, mais depuis qu'Anne a parlé je ne puis plus partir avec Claude.

— Pourquoi me parles-tu ce soir, Anne ?

— À cause de la lettre que tu m'as donnée pour Claude. Tu m'as permis d'entendre tout ce qu'il voudrait me dire à propos de toi. Il te demande de venir avec lui au bord de la mer et tu acceptes. J'ai compris ce que cela pouvait signifier pour vous deux. Et j'ai besoin de te dire où j'en suis, moi.

Un silence.

— Continue, Anne.

— Te rappelles-tu Mouff que je t'ai présenté un jour à Londres ? Lui aussi, je l'ai aimé.

— Comment as-tu pu ?

— On imagine mal quand on n'a pas vécu.

Quelqu'un frappe à la porte les quatre coups. C'est une amie russe qui reste une demi-heure. Ensuite Anne me paraît si fatiguée que je lui propose de remettre ses confidences à demain.

— Non, dit-elle, il faut achever.

Elle se couche et je m'assieds sur son lit. Elle éteint la plus grosse des deux lampes. Elle s'ouvre, généreuse, à mon désir de comprendre. Elle est devenue ma sœur aînée. Elle m'explique que : « pour elle et pour beaucoup, l'amour n'est pas une passion exclusive et définitive pour un seul être, mais un sentiment qui joue librement, grandissant parfois jusqu'à l'union complète, qui peut s'assouvir et s'affaiblir, et reprendre à son heure pour un autre. Il peut en rester une chaude amitié. Chaque être aimé est un trésor séparé, et la clef d'un monde différent. Les riches, qui divorcent tant, le savent. Le divorce est trop cher pour les artistes. Alors nous ne nous marions que lorsque nous voulons des enfants, ce qui peut m'arriver un jour. »

— Je l'espère, dis-je.

— Je verrai bien. — Un amour, unique a priori ? — Non ! — Une fantaisie sensuelle ? — Non ! — Mais un essai qui dure son temps naturel. Il y a quatre ans que nous n'avons pas parlé vraiment, toi et moi. Il n'est pas étonnant que tu aies des surprises, Muriel.

Patiente, elle me dépeint sa vie, l'affranchissement que fut l'amour pour elle, la lumière jetée sur sa sculpture, sur chaque heure, le contraire de ce que j'ai vécu, moi. Et pourtant je préfère ma part. Nous n'avons plus la même foi. Elle me dit Malthus.

Éviter les enfants ! Éviter le But ! J'enregistre sans juger. C'était elle, Anne, qui parlait ainsi... mais n'était-ce pas aussi dans les idées de Claude ?

Anne se tait maintenant. Mais non, ce soir ou jamais ! Je dois comprendre, ne fût-ce qu'une heure, son point de vue.

Un soupçon me transperce, que je repousse, qui s'impose. Je la regarde.

— Demande donc ! dit-elle en me fixant dans les yeux.

— Anne, tu as parlé de trois hommes. Qui est le troisième ?

— Muriel, tu le sais...
— Non !... Mouff, Nicolas et...
— Tu le sais... tu le sais...
— Non !
— Je ne peux pas le dire.
— Alors c'est Claude ?
— Oui.

Anne entendit mes dents claquer.
— Couche-toi, dit-elle. J'ai peur. Tu fais un bruit de tête-de-mort. — Et elle rallume la grosse lampe.

Je veux me lever pour aller à mon lit. Je tombe raide en avant, mon front heurte un tabouret. Je ne puis arrêter mes dents. Je frissonne.

Anne bande mon front qui saigne, me couche, frictionne mes pieds, me met deux bouillottes.

Moi, si maîtresse de moi, *croyais-je*, moi imperméable à travers toutes ces années, j'ai lâché mon secret d'un coup, et avec quelle ampleur !

XVIII

À TRAVERS ANNE

MURIEL À CLAUDE.

Paris. 23 mars 1907.
Je vous écris à côté d'Anne qui dort, quelques heures après avoir appris *Anne et vous*. Elle m'a parlé enfin, sans crainte de me faire mal.

Cela change pour moi la face du monde. J'ai été remplie d'horreur, maintenant je suis calme. Notre baiser fut un adieu. Il me reste une acceptation complète.

Anne a cru que j'avais déjà compris à demi-mot. Mais non. J'ai perdu connaissance sous le choc. J'avais envisagé jadis votre amour comme possible, mais pas cela.

Elle s'est donnée à vous. J'ai pensé d'abord que, pleine d'affection, elle vous avait permis de lui apprendre ce qu'est l'amour des corps, qu'elle avait eu ensuite d'autres hommes qu'elle préférait à vous et que, pour une raison relativement légère, elle m'avait ôté la chance de faire peut-être ma vie avec vous. Eh bien, tout cela est faux !

Je sais maintenant qu'Anne vous aime. Non seulement je l'accepte, mais j'en suis heureuse. J'ai méconnu son caractère. J'ignorais sa générosité.

Anne vous a aimé la première, a renoncé sans un mot quand elle nous a vus ensemble au Pays de Galles. Mon égoïsme m'a empêchée de deviner. Elle ne vous a pas pris mais apporté à moi, comme un bon chien de chasse apporte une perdrix. Quand, en Suisse, j'ai soupçonné qu'elle vous aimait, j'ai été trompée par son aisance garçonne. Elle a réussi à nous presque fiancer. Puis il y eut notre séparation, et votre décision.

La beauté d'Anne est telle que vous deviez l'aimer un jour — et c'est pour cela que je ne lui ai pas avoué mes sentiments pour vous, qui ont éclaté sous ses yeux tout à l'heure. Vous lirez cela un jour dans mon Journal. Il fallait qu'elle reste libre envers vous.

L'an passé, quand j'ai compris, dans vos bras, que vous m'aimiez encore, tout amour entre vous et Anne m'a semblé exclu. J'ai laissé transparaître un peu mon amour, malgré moi. Elle voulait mon bonheur, elle ne voulait pas être un obstacle. Maintenant qu'elle *sait*, c'est pire. Mais dans ce domaine c'est l'instinct qui compte. Il la pousse vers vous et elle exige pourtant que j'agisse sans tenir compte d'elle. Elle admet que cela n'est pas spontané de sa part. *Nous* est donc impossible.

Claude, imaginez : Anne vivant parfois avec vous, comme ces dernières années, quand vos travaux à tous les deux le permettent, moi vous aimant autant, et vous, vous partageant, recevant tour à tour l'une et l'autre ? — Et l'impossibilité pour chacune d'être heureuse pendant que l'autre ne l'est pas ? Même si nos esprits trouvaient cela innocent, cela se révélerait, à l'usage, non viable.

Je ne dis pas que je ne peux plus vous revoir. Je dis que nous ne pouvons plus nous embrasser.

Dans mes prières je vous mettais toujours en bloc : *« Claude et Anne »* ou *« Anne et Claude »*. Vous étiez unis dans mon cœur.

Restez-le.

Anne ne nous est pas une séparation, mais un lien. Je serai à côté d'elle, plus près d'elle que de vous, non loin de vous, et je vous regarderai quand je voudrai.

J'essaye de dire avec vous : « J'aime ce qui arrive. »

Anne aussi est épuisée. Je resterai encore avec elle tout demain.

Convainquez-la qu'elle ne m'a rien pris.

Je ne cesserai pas de vous aimer même si je cesse un temps de vous voir.

Je m'approchais enfin de vous, et j'ai rencontré la dernière barrière, intangible celle-là.

Je vous ai dit plusieurs adieux qui n'ont pas tenu. Je vous verrai peut-être toute ma vie, mais une certaine partie de moi vous quitte ce soir.

Anne dort et fait de temps en temps une légère aspiration avec ses lèvres.

Paris, 24 mars 1907.

Cette force invisible qui nous a tenus séparés n'a été ni l'intervention de nos mères, ni les difficultés matérielles, ni les obstacles que nous inventions, ce fut l'amour d'Anne pour vous.

Si une femme comme Anne, ou comme moi, se donne à un homme, elle est sa femme. — Voudriez-vous avoir deux femmes et qui soient sœurs ?

Qu'Anne et moi aimions le même homme, c'est tragique mais pas extraordinaire.

Je n'ai rien perdu : ce que j'attendais ne pouvait pas être.

Je ne regrette rien, si ce n'est de n'avoir pas *su* plus tôt.

Vous saurez la vérité et elle vous affranchira, me dit ma Bible.

C'est fait.

Je pars dans une heure pour l'Angleterre.

JOURNAL DE MURIEL.

27 mars 1907. L'Île.

Me voici rentrée à la maison. C'est le printemps. C'est terrible. Je trouverai mon bonheur dans celui d'Anne. C'est pour moi qu'elle a quitté Claude. Je *le* lui rends. Je l'ai frappée d'un mal égal au mien. Ses deux autres hommes sont des diversions.

Adieu à six ans de ma vie. Je vais travailler à Londres.

28 mars.

Anne, je ne savais rien de toi. J'apprends que vous vous aimez, Claude et toi — car tu n'as pas pu me répondre quand je t'ai demandé : « L'aimes-tu encore ? »

Comment n'en serais-je pas satisfaite ? J'aime maintenant Claude d'affection. Entre l'amour et l'affection il y a un pont, et non un gouffre comme je le pensais.

30 mars.

Anne, j'ai remis tout à l'heure le corsage que j'avais chez toi le jour où tu m'as parlé. Il m'a oppressée, je l'ai ôté et rangé. Anne, j'ai besoin de faire des choses pour toi.

J'ai brûlé la lettre que Claude m'a écrite à Paris. C'est la première chose de lui que je brûle.

L'heure que j'ai passée dans les bras de Claude est la seule qui me rende honteuse et dont je dois lui demander pardon.

J'ai trente ans, l'âge où Jésus commença sa vie publique. Je vais rendre ma vie publique, à ma façon.

2 avril.

Mes *ne m'oubliez pas* me disent : « Tu nous as plantés pour Claude. Où est-il ? »

La porte a claqué. J'ai regardé si c'était Claude. On ne perd pas d'un coup une telle habitude.

Du passé il me reste un apaisement : ni mes yeux aveugles, ni les sacrifices qu'elle a faits pour eux, n'ont empêché Anne et Claude de s'aimer. Eux, ce sont des rivières, je suis un torrent bruyant.

Claude, je ne te verrai plus que comme sœur d'Anne. Ah, voilà que je te reparle !

Je fouille les dates. À Munich, j'attendais Anne dans le parc, elle courait les pinacothèques, elle pensait à toi, elle t'aima sans hésiter du jour où elle crut que je ne t'aimais pas. Je n'avais alors que du pré-amour. Comme j'ai eu raison de le cacher !

Comment ai-je été si aveugle ? Ma cécité physique est peu à côté de ma cécité mentale. Tout est bien qui finit bien pour Anne.

Claude, je t'admire de rester toi, et de ne pas hésiter. J'étouffe mon désir de vivre avec toi, mais une séparation totale je ne peux pas.

3 avril, à l'aurore.

Anne arrive après-demain ! J'enfile joyeusement mes bottes, que je trouvais lourdes. Je me remets au piano. Je ressuscite. Pourquoi gémir ? Je n'avais que l'espoir, et Anne va avoir Claude.

Le soir.

Je vais la gâter comme une enfant dans ce verger qui croule de fleurs. Pourquoi ne pas lui donner celui que j'aime ? Pourquoi suis-je tombée dans son atelier ?

Pourquoi m'auriez-vous dit votre vérité puisque je vous cachais la mienne ?

5 avril 1907.
Nous avons fait lire dans nos mains toutes les deux. Ce fut, en résumé, un triomphe pour Anne, et pour moi un échec. La croix sur mon pouce signifie amour malheureux. « Mais, dit la palmiste, cela peut être corrigé par l'autre pouce. »

Or, mon autre pouce porte aussi une croix.

« Vous semblez fiancée deux fois au même homme, me dit-elle, et vous avez une tendance au souci. Vous avez du succès dans votre profession, mais elle est souvent interrompue. »

La palmiste a dit à Anne : « Votre désordre est apparent. Vous êtes constructrice. Vous découvrez lentement ce que vous voulez et vous y allez. Vous aimerez plusieurs hommes. L'opinion du monde vous est indifférente. Vous serez heureuse en mariage. »

Anne, je la regarde bouger dans notre chambre. Je ne la gêne pas plus que lorsqu'elle était un bébé que j'aidais pour son bain. Elle porte sur la peau une petite médaille marquée au dos : A. C. Je lis cela : *« Anne-Claude. »*

Le soir elle s'endort à table, la joue sur son bras, comme autrefois. La vie à la campagne la fatigue plus que moi. Je la mène à son lit et je la déshabille. Elle soupire sur l'oreiller et tombe dans le sommeil. Je repasse ses robes.

Non, elle n'a pas été abîmée par ce qu'elle a fait. Elle est plus pure que moi. Claude m'a dit un jour que j'étais surtout puritaine. Anne bouge dans son sommeil, serre quelque chose, et voilà que je pleure.

6 avril 1907.

J'ai péché contre Anne et Claude dans cette heure fatale, sous les baisers de Claude, que je lui rendais, avec une faiblesse incroyable.

Il y a parfois un coin d'horreur dans ma tête. Si je pouvais en parler à Claude et à Anne, cela passerait. Mais cela pourrait aussi leur faire mal.

Mon passé contient des morts, les enfants de Claude et de moi. Il ne le sait pas.

Je les regarde. En voici un, petit, en travers du lit, saignant, le nez en bas, les mains froides. Et voici les autres...

Je les aurais tant aimés !

7 avril.

Je suis une exilée dans mon foyer.

Ce qui sépare, ce n'est pas un mur. C'est une porte que l'on ferme à clef.

Si elle savait, que ferait Claire ?

8 avril.

Nous voyons le présent sans le comprendre. L'avenir fera éclater tous les moules. Ne prévoyons rien. Mûrissons comme des fruits.

Je ne prierai plus : « Mon Dieu, aide-moi à ne jamais voir Claude seul. » — Je prierai : « Mon Père, aide-moi à être une sœur tranquille pour Claude, aide-nous à ne faire aucune peine à Anne. »

9 avril 1907.
Je passe devant l'étable des porcelets où Claude fut un jour amoureux.

J'avance vers la renonciation

Si l'union totale est impossible, le corps doit être tenu en laisse. L'âme aimera jusqu'à ce qu'il disparaisse, et après.

Les cris d'amour du corps ne regardent pas l'âme.

Claude, lui, n'aime pas les distinguer.

Nous sommes dans la vie comme des troncs d'arbre qui descendent une rivière à remous. Parfois nous sommes collés à celui-ci, parfois détachés et isolés pour un temps. Il y a un tronc que nous préférons et une attraction entre lui et nous, et une douleur à l'arrachement. Et le troupeau de troncs continue à descendre la rivière... vers où ?

MURIEL À CLAUDE.

11 avril 1907. L'Île.

Je vous demande encore pardon pour notre long baiser. Je voudrais l'effacer.

Votre lettre. Vous parlez d'une barrière. Pour qu'il y ait barrière il faut qu'il y ait chemin, et il n'y a plus de chemin entre nous.

Voilà plus de sept ans que je vous aime. Les deux premières années ce fut en sœur. Vous m'avez offert plus et je l'ai refusé. Les cinq années suivantes, je m'y suis mise. Vous me tiriez sans le savoir avec une corde marine. Elle m'a amenée jusqu'à vous. Là j'ai trouvé Anne, avec du feu en elle, et vous, avec du feu en vous. Le feu a enfin brûlé la corde.

L'amour pur survit.

Nous n'avons pas trente ans. Un jour Anne, vous et moi nous serons encore réunis.

Anne ne m'appartient plus, elle aime un homme plus que moi, mais il ne se rend pas compte de ce trésor. Cet homme, c'est vous. Votre intimité même vous la cache.

12 avril 1907.

Je n'ai pas, dites-vous, senti le plein amour qui renverse tout. C'est vrai et c'est grave. Anne, elle, le connaît. Elle pense avec moi : « Une femme devient l'épouse d'un homme non par des cérémonies mais par l'attente et le renoncement. »

À mes yeux et aux siens, Anne est votre femme.

Il n'y a plus de secret entre nous trois.

ANNE À CLAUDE *(à Munich).*

13 avril 1907. Paris.
Je suis contente que tu te plaises en Bavière. Muriel m'écrit beaucoup, elle se retrouve. Il eût été difficile de lui parler plus tôt. C'est pour elle que je vais rentrer à la maison.

Je désire te voir avant, non parce que j'ai quelque chose à te dire, mais pour te garder clair dans ma pensée quand je serai avec Muriel.

Hier une fameuse soirée russe. J'étais en garçon. Tu m'as manqué. Mouff aussi.

Je suis ton Anne. Désires-tu me voir ?

22 avril 1907. (De l'Île, à Claude à Munich.)
J'ai dit à Muriel que tu m'avais invitée à te rejoindre, que je t'avais demandé un délai de quinze jours à cause de ce que je fais auprès d'elle, en l'absence de Mère, et que tu avais dû partir pour un travail à Vienne.

Tu ne peux imaginer son désespoir et sa colère... Elle m'a fait jurer de ne jamais recommencer. Elle m'a violemment grondée, bien qu'elle eût été seule. Elle m'a fait parler longuement de toi et de moi. Je lui ai raconté de mon mieux nos dix jours, moins à fond qu'elle ne l'eût souhaité.

Je suis dans le lit où tu couchais, Muriel écrit dans la chambre à côté. Nous nous rapprochons encore. Son amour pour toi passe à travers moi. Elle veut que nous soyons tout l'un pour l'autre, toi et moi.

J'ai reçu une jolie lettre de la femme de Mouff.

Mon Claude, à bientôt !

1er mai. L'Île. (à Claude en Hongrie.)
Nous retrouverons une autre occasion, n'est-ce pas ? Te voilà encore plus loin !

Après notre long intervalle j'ai craint que tu ne m'aimes plus qu'avec tes sens. Et puis ma crainte s'est effacée, j'ai fait en toi de nouvelles découvertes.

2 mai 1907. L'Île.
Claude ! Je me trompais ! Muriel est malheureuse. Elle laisse échapper de temps en temps un rien qui le prouve. Elle n'a que Martha et moi. Elle ne se laissera pas aller à toi tant que nous nous aimerons, toi et moi.

Je serais jalouse d'une femme qui me ressemble. Muriel ne me ressemble pas.

Si son bonheur demande que je ne sois plus à toi, sache que, quant à moi, je suis prête.

Elle m'aime trop. Elle y met un surplus à

cause de toi. Je voudrais un peu moins, car c'est inégal. Je ne l'aime pas autant qu'elle a besoin. Je ne peux partager toutes mes pensées avec aucun être, ni passer tout mon temps avec lui, sauf pour un temps, si je tombe amoureuse.

3 mai 1907.

Muriel semble retrouver son aplomb. Nous avons une nouvelle domestique, qui la libère. Elle ne sait pas encore ce qu'elle va faire. Elle affirme que ce n'est pas *nous* qui causons son état.

Nous avons parlé de vous deux. J'ai dit combien je regrettais que vous n'ayez pas fait ensemble ce voyage en Bretagne : elle y était enfin décidée, et vous auriez pu vous y rapprocher tout à fait. Elle a dit : « Certes ! Et je suis sûre de ne jamais le faire maintenant. »

Quant à moi je sculpte mon propre visage, pensif, levé.

Ce me serait une douleur de ne pas être à toi cet été.

9 mai 1907.

Muriel se demande si elle pourra redevenir ta sœur active. Accepterais-tu ? Elle dit que ce serait naturel, que votre amour, jadis, a été provoqué.

Elle a des dogmes successifs, qui m'en imposent chaque fois. Elle en change, toujours pour des raisons majeures. Et on est un peu dupe, en même temps qu'elle.

Des affirmations trop éclatantes appellent le doute. J'en mets sous ses plus fermes propos.

À cet été, Claude !

MURIEL *(à l'Île)* À CLAUDE *(à Paris).*

10 mai 1907.
Je me répète en vain que mon destin est coupé du tien : nous sommes tous les deux trop liés à Anne. Même si tu ne m'étais rien directement tu serais un pilier de ma vie, à cause d'Anne. Elle est tout ce qui me reste. Je vis au ralenti.

Anne a tendance à s'écarter de moi. Si elle me voit pleurer, bien sûr elle me console. Mais elle m'invite rarement à partager son grand lit. Quand ma terreur-de-tout m'y prend, j'étends ma main et je frôle Anne dormante. Je participe à elle. Je sens que tu es là en pensée, contre elle, et grâce à vous deux je suis moins misérable.

La nuit, l'absence de tout désir m'écrase.

Ce plomb c'est le besoin de toi sans le souhait de t'avoir. Tu as vécu dans mon cœur et dans ma maison, tu y fus chaleur et lumière. Tu n'y es plus qu'une ombre froide.

Les désirs pour moi je les ai pour elle. J'obtiens parfois qu'elle me parle, discrètement, de vos noces près du lac.

21 mai.

Je suis à moitié endormie. Je tire le rideau pour que la lune n'éveille pas Anne. Une branche du rosier tapote le carreau.

J'étais sur le point de m'envoler vers toi. Nous allions enfin nous connaître...

Que puis-je donner à Vous Deux ? Avez-vous tant d'amour que le mien soit en trop ?

Quelle femme a une sœur comme la mienne ?

Je vous ai. Je suis riche.

... Je suis une masse de varech arrachée du fond de la mer, je flotte en eau calme, sans racines.

22 mai 1907.

Je suis allée avec Anne jusqu'à la mer, sur le sable dur où j'ai dansé avec toi.

J'ai étendu mon panier de linge blanc. Je l'ai repassé. Anne pétrit sa glaise. Nous allons chercher les œufs ensemble. Alors tout se clarifie. Je comprends dès que je n'essaye plus de comprendre.

Au lieu de : « Quand cela finira-t-il ? » je dis : « C'est beau d'avoir trente ans ! »

Ma vie, c'est Anne-Claude.

Qui es-tu, toi qui nous émeus ?

ANNE À CLAUDE.

23 mai 1907.

Tes lettres : je te donne un baiser !
J'ai posé à Muriel la question à propos de ses « habitudes ». Il y a eu dix-huit mois sans rien. Puis deux rechutes, deux jours où elle avait aidé à rentrer le foin et où elle tombait de fatigue. Alors elle voit maintenant les causes matérielles.

1ᵉʳ juin 1907.

J'ai songé à poser ma main bien à plat, le jour où elle était désespérée d'avoir cédé, sur le ventre de Muriel, en pensant très fort qu'elle n'a rien commis de grave. Je n'ai pu m'y décider : ce contact, même bref, est impossible entre nous, de sa part et de la mienne.

Si j'avais un désir envers une femme, je n'hésiterais pas. Je n'en ai jamais eu.

Je n'aime pas embrasser Muriel. C'est comme si j'embrassais mon bras.

Hier un orgue de Barbarie est venu jouer devant chez nous. Muriel lui a donné une pièce, et est allée danser toute seule sur la pelouse derrière la maison. J'étais, sans qu'elle le sache, à la fenêtre de ma chambre. Ses mouvements étaient lents, souples, nobles. Je l'ai regardée jusqu'à la fin. J'essaierai d'en faire une statuette.

19 juin.

Muriel, c'est une mort lente qui essaye de sourire...

Il est possible qu'elle n'aime jamais que toi.

Moi, ce n'est pas pareil !

Je change tous mes plans, y compris notre été !

Je sais que tu comprends.

20 juin.

Mouff ne me répondait pas et j'en souffrais.

Il voyageait. Je reçois sa lettre. Lui et sa femme m'invitent dans le Caucase. J'accepte.

Je m'arrêterai deux jours à Paris, à la mi-juillet.

21 juin 1907.

Je crains l'avenir pour elle.
Je voudrais m'effacer entre vous.
Pourquoi ne serais-tu pas à elle ?

Je ne sais pas si je serai à toi quand je passerai par Paris. Je veux te voir quand même.

MURIEL À CLAUDE.

22 juin.

Notre Anne dormait près de moi, elle a ouvert un œil. Je lui ai dit : « Bon anniversaire ! » Elle a eu un rire gai et somnolent, se rappelant d'un coup que c'était et mon anniversaire et celui de vos noces.

29 juin 1907.

J'étais dans le grand lit avec Anne, dormante. Le sommeil ne venait pas. Levée doucement, je suis allée dans le jardin. Il faisait frais et noir. Le porche est couvert de roses que le vent agitait. Quelque chose de doux caressa mes lèvres. Était-ce ta bouche ? — Je mordis doucement. Les pétales étaient âcres... Je me mis sur la pointe des pieds pour t'atteindre mieux. Je ne rencontrai plus rien.

30 juin.

Il est cinq heures du matin. Devine où je suis ? — Dans un fauteuil d'osier, au fond du jardin, près du petit pont. Un filet de fumée sort du toit de la ferme et file au sud, droit vers toi. À ma gauche, en ligne, dans une légère brume, les treize ruches, y compris l'essaim qu'Anne, toi et moi nous avons capté. L'essaim d'aujourd'hui est énorme et malin. Je l'ai repéré hier, je croyais ce matin le trouver endormi. Pas du tout ! Après une heure de peine je l'ai fait tomber, grouillant, sur un drap blanc, oubliant qu'il faut le faire la nuit.

La boule va s'étaler comme un paillasson roux, et dès que le soleil l'atteindra il s'envolera pour ailleurs. J'attends que la Reine décide, dans sa petite cervelle, et donne le signal, pour courir après.

Je tricote un pull-over pour Anne et je prépare mon cours pour dimanche. À l'aurore, je suis plus près de vous.

Anne m'a remis ta lettre.

MURIEL À CLAUDE.

L'Île. 1ᵉʳ juillet 1907.
As-tu entendu cette année Anne jouer du violon ? Elle s'envole. Notre professeur la déclare la plus douée de toutes ses élèves.

Notre vieille nourrice m'a dit : « Vous étiez toujours ensemble, comme deux jumelles. Vous, Muriel, vous teniez plus de place, vous vous montriez davantage, mais quand vous n'étiez pas d'accord, Anne vous expliquait, et vous cédiez. »

J'ai fouillé dans une boîte de photos de notre enfance. En voici deux. Anne, à quatre ans, y est drôle et déjà elle-même. Renvoie-les pour Mère.

Moi, sans dignité, sans mystère, j'étais l'amie de tous les amateurs de bébés.

Anne est-elle renfermée ? Oui, en général. Mais elle éblouit quand elle s'ouvre. — Comment l'Orient va-t-il nous la rendre ? Voici quatre lettres d'elle. Elle permet.

1° Si jamais elle te dit ne pas pouvoir aller à toi parce que j'ai besoin d'elle, comme elle l'a, hélas, déjà fait, préviens-moi.

2° Si jamais vous manquez d'argent pour un séjour ensemble, donnez-moi la joie de vous l'envoyer à l'instant.

2 juillet.
Anne et Mère reviennent de Londres. Elles ont vu une pièce de Bernard Shaw et Anne raconte et bavarde. Je ne suivais pas ses mots, j'écoutais sa voix. Au fond ce n'était pas à moi qu'elle disait toutes ces choses, mais à toi. Ce n'est pas mon épaule qu'elle voulait contre la sienne, mais la tienne. J'essayais de vous voir tous les deux. J'étais une femme mûre qui aime ses deux enfants. Tes cheveux étaient en broussaille, ta bouche avait son expression secrète. Dans une semaine vous serez ensemble !

4 juillet 1907.
Je tâche d'être loyale envers Anne, même quand mon cœur se gonfle pour toi. Rien de ce qu'il contient ne doit la blesser.

Voici mon dernier rêve : agenouillée devant notre crucifix de cuivre je suis restée si tranquille qu'Anne et Claude sont entrés sans me voir. Ils souriaient, je retenais mon souffle. Pouvais-je donner un baiser à mon amour perdu sans heurter celle qu'il aime ? — J'ai tendu mon visage à Anne qui s'est penchée, a baisé légèrement et a mordu ma joue, comme elle fait. Ton bras entourait son épaule, le sien ta taille. Je t'ai tendu mon visage, j'étais trop bas, je me suis haussée — mes lèvres avaient soif — vers ta haute tête. La brume qui l'entoure s'épaississait. Tu n'as pas voulu. Il n'y eut plus autour de moi qu'une grande chambre sombre et vide, avec des portraits lumineux d'Anne, qui s'enfoncèrent un à un dans les murs. Ceux-ci s'envolèrent bientôt et me laissèrent sous la voûte céleste et sous ses lois.

Le Christ lui-même ne peut me prêter Claude.

ANNE À CLAUDE.

4 juillet.

J'arrive à Paris lundi. J'y passerai deux jours avec toi si nous le jugeons bon.

Je n'aime pas quitter Muriel.

Ce n'est pas ta faute si nous sommes sœurs.

Nous manquons d'audace tous les trois.

Tu n'insistes jamais, tu ne demandes rien pour toi. Tu nous laisses libres même de te quitter à l'instant. J'admire cela. Tu irais te consoler tout de suite à ta Bibliothèque Nationale. Tu la préfères à nous.

Au temps des cochonnets j'ai pensé un jour que nous pourrions coucher tous les trois dans mon grand lit à ciel pour pouvoir causer même la nuit, et que ce serait naturel si nous n'avions reçu aucune éducation.

Puis, imaginant la chose réalisée, j'ai eu bientôt l'idée de me retirer pour vous laisser seuls tous les deux. Et j'eus la certitude que Muriel aurait aussi l'idée de nous laisser seuls, toi et moi.

Tout cela s'est accompli depuis, à sa manière.

Je ne pourrais pas souffrir que tu nous embrasses toutes les deux dans la même journée. Je pourrais souffrir que tu passes quelques semaines avec l'une, puis avec l'autre, en marche vers ce qui doit arriver.

Moi je dois essayer pour savoir.

J'ai eu deux semaines toi et Mouff en même temps. Pour moi ce n'était ni la même chose ni en même temps. Je ne le faisais pas exprès. C'était un crochet de ma route.

Vienne, 12 juillet 1907.
À Paris, tu m'attendais à la gare, tu m'as gardée contre toi les deux jours pleins que j'avais fixés. Je fixe toujours, comme jadis. Et après je le regrette... mais il faut une protection pour ne pas s'habituer.

Cela au lieu de notre été...

Comme nous sommes montés haut et libres, tels que Dieu nous a faits, et nous aspirions, à notre manière, à la sagesse. Tu es mon Maître.

C'est sur ce qui a poussé en moi que je me suis trompée. Non sur toi.

Ne regrette pas de m'avoir lancée au large.

Je peux sacrifier à Muriel la partie de toi que tu me donnes.

Je ne pourrais peut-être pas si tu m'avais donné plus.

Vienne. 13 juillet.
Me voici au Café des Artistes, que tu m'as indiqué. Le café crème y est différent. Un jeune Autrichien vient me demander la permission de s'asseoir à ma table. Non. Je préfère rester seule.

Trois jeunes femmes gaies, dont une très jolie, s'installent à côté de moi, et me font des questions drôles et indiscrètes. J'ai toujours du succès quand je sors de tes bras, tu allumes dans mes yeux une fantaisie qui ne s'éteint que lentement. Le maître d'hôtel m'apporte une invitation à souper, calligraphiée, de la part du jeune homme. Je la renvoie.

Ton Anne ne pouvait ni écrire ses lettres ni écouter la musique dans ce café. J'en sors, vers un autre. Dans la rue le jeune homme me rattrape, il me prie poliment de lui permettre de m'accompagner. Je reste ferme. Il me fait un grand salut et s'en va. Je n'avais aucune peur.

Je suis pleine de toi. Bientôt je serai pleine de Mouff. Autrement.

Caucase. 24 août 1907.
Les monts sont couverts des pieds à la tête d'une forêt naine, qui se plisse dans les ravins, comme une peau. La steppe aussi c'est incroyable, c'est quelque chose pour toi.

J'aime Mouff de plus en plus. Sa femme arrive prochainement. Je vais la connaître. Je m'en réjouis. C'est pourtant un événement.

Sa mère est bonne et puissante. Nous prenons tous nos repas dans sa vaste chambre, avec les amis. On se baigne sans costumes.

Je pourrais t'écrire plus, mais tu imagines.

Muriel a des tristesses. Écris-lui.

Caucase. 26 octobre 1907.
La femme de Mouff me plaît et je lui plais.

C'est une maîtresse femme, indépendante, au jugement sûr, robuste comme son mari, avec les cheveux sur les épaules, courant comme un garçon. J'ai souffert à son arrivée, j'ai douté de l'amour de Mouff. Mais non, c'est passé. Ils s'aiment et se laissent tout à fait libres. Je respecte beaucoup cela. Tellement que (4 novembre) je me retire tout à fait de leur vie, d'accord avec eux deux, en pleine amitié.

Un de leurs amis qui vient d'arriver m'intrigue.

Muriel m'écrit. Elle veut que je te persuade qu'elle ne souffre pas.

Alex va diriger la ferme modèle de Mr. Dale, avec Mère et Muriel.

MURIEL À CLAUDE.

L'Île. 15 août.
Tu es loin, tu n'écris guère. Tu es irréel comme l'amoureux que j'avais inventé, petite fille, et pour lequel je vivais. Tôt ou tard je te reverrai et je serai ta sœur en pensée et en action.

L'Île. 25 septembre 1907.
Anne est loin. Je suis assise, crayon en main, sans savoir quoi t'écrire. J'ai envie de te toucher du bout de mon doigt. Laisse-moi me détendre près de toi. Je suis seule à la maison pour toute la journée, c'est une fête. La lune se lève sur la grange. Peut-être, là-bas, Anne la regarde comme moi. Claire aimait aussi la lune. Si son cœur pouvait changer envers Anne...

Je suis allée à bicyclette jusqu'à la plage. Je viens de nager. Entends-tu les petites vagues ? Je voudrais être ici tous les trois.

L'Île. 1ᵉʳ novembre 1907.
Nuit noire, l'aube n'est pas loin. J'ai eu un rêve : j'étais assise à la table basse, près du feu. Toi, par terre, le dos appuyé à la table, regardant le feu. J'aimais le silence et ta face détournée. Tu avais une forme féminine, un manteau de soie noire. Mais c'était toi. Tu me demandas

ce que je voulais. Je me penchai et ma main glissa vers la tienne.

Je sautai debout en criant : « Anne ! Anne ! » et en retenant ma main droite avec ma main gauche.

J'entends les vaches dans la prairie et quatre coups au clocher de l'église.
C'est la Toussaint. Notre père est là-haut, avec Dieu. Il regarde ses deux filles, et il comprend. Tu aimais son portrait. J'imagine une conversation entre vous deux. Je vous vois sourire.

ANNE À CLAUDE.

Caucase. 2 janvier 1908.
Deux mois ont passé. Le nouveau venu a fait du chemin en moi.
C'est mouvementé. Je ne sais rien encore.

Muriel voudrait te prêter mes lettres de voyage. Si tu veux. — Je voulais épargner ton temps.
Elle souhaite que je t'aime toi seul, de tout mon être. Cela faciliterait sa renonciation. Mais, Claude, tu n'es pas mon but, et je ne sais rien de notre avenir. Nous nous voyons très peu. Je suis parfois injuste envers toi. Pourtant notre dernière rencontre ne s'efface pas.
Écris-moi une lettre intime.

MURIEL À CLAUDE.

Ferme modèle Dale. 23 février 1908.
C'est dimanche ! J'ai vu l'aurore ! Toi pas !
Flash, mon chien, grogne devant la porte. Je lui montre deux fois qu'il n'y a personne derrière. En vain. Il regrogne. Qu'est-ce ?

Anne oublie toujours des affaires dans les coins. Elle s'applique à ranger mais cela ne lui est pas naturel. « Elle est trop artiste », dit la vieille couturière.
À l'école, elle réfléchissait avant de plonger dans la piscine. On croyait qu'elle avait peur. Et puis elle montait une plate-forme plus haut et sautait du tremplin.

27 février.
Comment trier parmi les choses qui s'offrent ? Faut-il essayer de comprendre ou faut-il se laisser vivre ? Choisir, quel effort !
Quand tu entres dans ma pensée je me gonfle comme une vague.
Je veux servir avant de retourner en poussière.
Je règne sur mes poules. Je fais bloc pour l'instant avec Mère, Alex et la campagne anglaise.
Mes pauvres de Londres me manquent.

Ferme modèle Dale. 2 avril 1908.
C'est un grand changement d'avoir quitté notre chère Île.

Nous sommes proches voisins de *gens du monde*, avec de vraies visites. Si elles arrivent pendant mon travail, je garde ma combinaison de jardinière.

Je n'ai ni Anne ni toi : je ne souhaite personne d'autre.

Si je ne vous savais pas véridiques, je m'écroulerais.

XIX

ANNE SE MARIE

MURIEL À CLAUDE.

5 mai 1908.
Une nouvelle incroyable : notre Anne s'est fiancée. Il s'appelle Ivan.
Elle va venir ici pour une quinzaine.
Puisse-t-*il* être digne d'elle !

6 mai 1908.
Si tu m'avais tendu les bras, comme tu le feras un jour à ta jeune épouse du Nord, que nous avons imaginée ensemble, j'aurais couru à toi, tremblante.
Cela ne sera pas. Pourtant ma vie est pleine et bonne.
Claude, ne pense jamais que tu m'as fait du mal : tu m'as donné la couronne d'amoureuse.

9 mai 1908.
Je me suis jetée sur mon lit en pleurant et je t'ai appelé. Toi et pas Anne, car je crains moins de t'affliger.

Que m'est-il arrivé ? — Mon tout petit dindon est mort. Cet élevage de volailles devient dramatique. Il naît toujours quelques difformes ou malades. Je ne peux pas les sauver tous. Je prolonge certains, mon aide achève les autres. Si un poussin perd sa mère et s'égare, il arrive qu'une autre mère le tue à coups de bec sur le crâne. Mon petit dindon a été aplati par la patte de sa mère. Je l'ai confié pour une nuit à une poule. Il guérit. Je le rends à sa mère, qui le repiétine, pour des raisons à elle, ou parce qu'il était trop lent. Je le reguéris avec peine et le confie à mon aide qui le met dans une couveuse trop chaude... Ce matin le petit dindon s'est un peu traîné sur un linge, sur mon lit, et il a expiré.

Élever des bêtes pour qu'elles soient mangées !

10 mai 1908.

Dimanche ! Je suis dans les bois, pour une heure, avec Anne et toi, nous trois. Nous nous asseyons chacun contre un hêtre... le tapis de feuilles mortes a la couleur que tu sais... entre elles de fines tiges de gazon vert cru, droites, et... des violettes des bois !

Sais-tu, Claude, dans mon cœur des cœurs, il reste encore une chose à faire pour nous... nous vêtir d'amour, comme ces arbres le sont de leurs feuilles transparentes qui tremblent au soleil.

Je n'ai jamais tant travaillé. Cette nuit j'écris à Anne et à toi et je serai fatiguée au matin. Nous ne resterons pas ici, Alex, Mère et moi. C'est trop moderne. Nous n'avons plus le temps de nous voir et nous voulons nous voir. J'abandonne les volailles. C'est un travail d'homme. Alex est dehors à six heures du matin et le soir à onze heures il est encore dans ses registres. Il s'est endormi à table. Il ne parle plus à notre chien. À part cela sa gérance est un succès.

Adresse tes lettres à la machine : Mère ne doit pas souffrir inutilement.

Bois épais, redouble ton ombre
Tu ne saurais être assez sombre
Tu ne peux pas cacher mon malheureux amour...

Te rappelles-tu la musique de Lulli là-dessus ?

Les paons m'appellent. Le temps a volé. Une averse va cingler, et je ne t'ai pas dit l'essentiel : je ne comprends pas ta lettre heureuse à propos des fiançailles d'Anne. N'essaie pas de me l'expliquer.

La vie est faite de pièces qui ne joignent pas.

17 mai 1908.

Je chante un vieux chant écossais :

Oh ! qui veut aller sur les dunes ?
Oh ! qui veut chevaucher avec moi ?

*Oh ! qui veut sauter et courir
Pour gagner une bonne fille ?*

*Ma mère a fermé la porte
Mon père a gardé la clef
Mais ni serrure ni verrou ni porte
n'éloigneront mon Johny.*

Anne est ici avec Ivan. Ils s'aiment. C'est leur dernier dimanche ensemble. Il doit retourner seul dans son pays, pour un temps, pour gagner leur vie. Qu'en penses-tu ?

Ivan a goûté au bonheur, mais le vide qu'il va connaître...

22 mai 1908.

Claude, voici la prière d'aujourd'hui : « Dieu, accorde aux pécheurs d'aimer ce que Tu décides. »

Aimer ce que j'ai, ne pas être esclave de ce que je n'ai pas.

Pourtant il est lourd, dans la peine, de voir que le bonheur existe.

24 mai 1908.

J'ai failli venir à Paris. Il s'en est fallu de peu.

Si tu me vois seule, Claude, traite-moi comme je t'ai traité autrefois : durement. J'essaierai de te traiter comme un frère, mais je ne me sens plus une sœur.

Tu sais que... Non ! Tu ne sauras pas !

Quand Anne m'a dit vous deux, elle m'a révélé nous trois.

Je n'ai pas peur de toi, mais de moi.

Tu m'as dit : « Si nous ne devons jamais nous aimer jusqu'au bout, ne nous voyons pas. »

J'avais accepté de venir en Bretagne pour me donner à toi. Moralement j'ai été ta maîtresse. Pour moi je serais devenue ta femme.

Qu'est-ce donc que l'amour, Claude ?

Ta lettre m'a donné le vertige. Mes bras t'entourent. Que Dieu te garde !

Je peux vivre sans toi... comme on peut vivre sans yeux, sans jambes.

Sans toi, c'est une façon de parler, car tu m'es présent. Mais tu n'es plus *à moi*, comme tu le fus.

Je lis Kropotkine. Je me sens, à côté de ces femmes, comme un mouton.

22 septembre 1908.
Où suis-je ? — En haut de la colline pointue. J'étais tout à l'heure avec les artichauts que nous avons soignés. — Je me suis échappée et je mange ici mon déjeuner. Flash a lu dans mon œil, il a aboyé, il était d'accord. Il a croqué ses biscuits de chien, m'a tenu quelque temps compagnie et a disparu pour courir le lapin.

J'aperçois l'étang... Je t'ai eu ici presque à ma merci... pour moi toute seule... et je n'ai pas voulu de toi.

ANNE À CLAUDE.

Hongrie. 29 juillet 1908.

J'ai été cinq mois sans t'écrire tant je me débattais.

Et puis je vois que ma très longue lettre a été perdue, à une poste restante, pendant ton voyage, et j'en suis triste. Je vais essayer de la reprendre.

Je m'inquiétais de ton silence. Muriel t'a mis au courant ?

Je vais me marier avec *Ivan tailleur de pierre*. Je l'ai connu jadis à Paris. Il ne parlait ni français ni anglais. Il était content quand j'entrais dans l'atelier : cela se voyait. Je l'ai retrouvé. Notre amour a hésité un long temps, pendant lequel il m'a épuisée. Je l'aimais, je ne voulais pas me marier.

J'ai vécu seule avec lui deux mois dans un coin sauvage, puis je suis allée à l'Île, pour le regarder de loin, et pour savoir comment c'était sans lui. J'ai senti que notre amour, chez lui en tout cas, était pour la vie et que je voulais bien l'épouser.

Nous nous marierons bientôt. Imagine cela !

Dans sa patrie, sur la montagne, il dirige une carrière de pierre. Il en taille pour lui quand il a le temps. Il joue du violoncelle comme un sorcier. Il peut tout sur moi quand il souffre.

Voici sa photo. À cause de lui seulement je ne pourrai plus être à toi.

Alex tient à ce que le mariage se fasse à la maison, Mère aime son futur gendre et je crois que tu l'aimerais aussi.

3 décembre 1908. L'Île.
Mon Claude que j'ai beaucoup aimé.

Me voilà mariée. Je n'aurais jamais cru pouvoir me promettre à un homme pour aussi longtemps.

Je suis heureuse, parfois très heureuse, bien que je doute que mon avenir vaille mon passé.

Mon mari m'aime presque sans bornes. Si je me donnais à un autre, je le briserais. Il me conjure de ne jamais le faire. Il me tuerait, dit-il. Il lit en moi pour tout ce qui le touche. Il m'émerveille.

C'est une chaîne, mais que j'aime.

Il est égoïste, naturel, pas affaibli par la culture. De là son besoin de me lier. Je l'aime tel quel.

Que cela dure !

15 mars 1909. Pologne.
Je me repose dans le calme après des luttes intenses. Il m'a vraiment arrachée.

J'ai été malade deux mois, gravement au début, à cause de lui. Je suis encore faible, j'ai peine à traverser ma chambre.

Muriel est venue me rejoindre et me soigner comme une fée. Qu'aurais-je fait sans elle ? À son tour, elle me lit tout haut, des heures ! Elle se consacre de plus en plus aux autres, par instinct et par volonté. Elle est devenue moins *forteresse*. Ce qui l'intéresse c'est ce qu'elle a connu et aimé jadis. Elle passe tout son temps dans ma chambre. Elle rentrera tout droit en Angleterre sitôt que je serai sur pied. Elle n'a pas même visité notre ville. Ni théâtre, ni concerts, ni musées.

Elle n'espérait plus guérir ses yeux. Ce fut comme un miracle. Elle en est devenue plus religieuse, ce qui m'éloignerait d'elle, si je n'étais éprise de ses autres vertus.

Tu n'iras pas la voir ?

Mère aime Ivan parce qu'il m'adore. Je ne puis t'exprimer à quel point je suis aimée, je ne croyais pas cela possible.

Ivan commence seulement à croire que je l'aime et s'en émerveille.

Mon but pourtant n'est pas d'être aimée. Je n'aime pas ceux qui m'aiment trop et voilà que j'épouse celui qui m'aime jusqu'à l'absurde. Je m'incline.

Toi, tu m'as aimée, mais jamais trop !

Tu nous as conquises en ne nous demandant rien et en ayant besoin de nous.

Ta conversion en moine, pendant la séparation, nous a éblouies. Tu aurais pu rester chaste à la rigueur mais, si on te permet quelque chose, même sans te le dire, tu le fais. Tu n'es pas un moine permanent.

Nous avons atteint notre sommet quand chacune de tes visites nous comblait pour des jours, avant que je n'aie besoin de plus, avant que je ne sente que tu n'avais pas besoin de plus.

J'ai été surprise, et contente, dans ta lettre, de tes mots sur notre dernière rencontre.
J'ai voulu connaître le feu. Tu l'as allumé. Malgré toi tu l'as négligé. Trois autres ont soufflé dessus.
Le feu ne donne pas le bonheur, mais l'absence de feu est mortelle. C'est pourquoi je plains Muriel.

MURIEL À CLAUDE.

L'Île. 7 avril 1909.
Ô Claude ! Ta lettre de ce soir... Hip ! Hip ! J'arrive.

QUATRIÈME PARTIE

MURIEL

XX

LES TROIS JOURS

JOURNAL DE CLAUDE.

Paris. 15 avril 1909.
Muriel arrive à la gare avec deux valises, l'une contenait ses effets et l'autre un gros pain de campagne bronzé à point qu'elle a fait elle-même, avec du blé de sa ferme. Au temps des petits cochons je l'ai vue pétrir la pâte, y plonger ses avant-bras, la saupoudrer de farine. J'ai essayé moi-même de pétrir et j'ai été étonné de l'âpreté de cet effort. Muriel tendait tous ses muscles, je supposais sa forme, j'aurais voulu cueillir avec mes lèvres les parcelles de pâte collées à sa peau, j'aspirais son odeur et celle du pain. La bouche du four était arrondie, la lueur m'aveuglait. Muriel donnait à ses pains une forme étrange : on eût dit des bébés emmaillotés.

Je mets mon nez contre le pain et j'aspire gravement. Muriel rit.

Muriel me prie de chercher dans son portefeuille une photo de son ami Flash et d'elle. Je la trouve. Il a de longues oreilles, de grosses pattes. Il regarde Muriel comme un complice.

Une petite coupure de revue tombe. Je la lis :

« Tant qu'il y aura dans le monde des enfants indigents et délaissés, le devoir d'un chrétien est de prendre soin d'eux et de ne pas en créer d'autres. »

TOLSTOÏ

Je la remets en place.

Nous avons trois jours devant nous. Il fait froid dehors. Le feu pétille. Muriel s'assied par terre, le dos appuyé au grand divan-lit, se déchausse et tend ses pieds nus vers la flamme, en écarquillant les orteils, pour les mieux chauffer. Je chauffe aussi les miens, mais sans pouvoir les écarquiller comme elle.

Nos épaules s'accotent. Nous regardons le feu. Qu'allons-nous faire de tout ce temps ? De la sagesse ?

J'attrape le pain, en casse un quignon et le fais roussir au feu et nous mordons dedans, sans toucher aux mets simples servis sur la table. J'aurais pu couper des tranches et les griller, mais il eût fallu quitter l'épaule. Nous buvons de l'eau au même verre.

Je revois les fossettes du revers de sa main, dans le labyrinthe. Je sens son dos dans *citron pressé.*

J'ai trop chaud devant le feu. Je me lève, ôte ma veste et la mets sur le dossier d'une des deux chaises. Muriel en fait autant avec la petite sienne, sur l'autre chaise. J'ôte mon chandail et ma cravate, les plie et les pose sur la chaise. Muriel fait de même avec son jersey. J'ôte ma chemise beige et Muriel ôte sa chemisette vert clair et la plie comme moi, sans me regarder. Nous faisons l'essentiel sans parler : nous ôtons ce qui nous sépare. Cela devient certain, elle fera comme moi jusqu'au bout.

Je continue à me dévêtir et à plier mes effets jusqu'à être nu, et Muriel aussi. C'est comme un numéro de cirque. Le feu éclaire doucement. J'ai la vision brève d'une petite Vénus nordique.

J'arrache dessus-de-lit et couvertures, mais ils sont bien engagés et ils résistent à moitié. Muriel se fourre dans le lit, s'arc-boute et, de ses pieds, achève de l'ouvrir, me faisant place. Nous rabattons les draps sur nous et nous nous blottissons.

Je contiens Muriel, après sept ans. Les beautés de Pilar et d'Anne s'estompent. Muriel est une neige fraîche que je serre doucement dans mes mains comme pour en faire des boules. Je ne savais pas ce qu'est la consistance. Muriel est un autre état de la matière, qui me donne un but : elle.

Elle ne montre rien. Elle me laisse faire. Je

suis en liberté... comme un insecte sous un microscope. Ses oreilles sont plus sensuelles que les miennes. C'est contre cela qu'elle porte une armure.

J'ai toujours désiré sa nuque, le seul morceau d'elle que je pouvais regarder à loisir sans être vu par elle. Je pensais : « Pourrai-je un jour y poser mes lèvres ? » — Je ne les pose pas, ce n'est plus la peine, elle est toute nuque.

Elle est le miracle après un long pèlerinage. Nous n'avons pas à regarder l'heure. Il n'y a plus de clous qui arrêtent mon bras autour de sa taille. Elle aussi doit repenser ses rêves. Alors je me mets à la manger toute, délicatement, avec mes dents et mes lèvres, je ne finis pas de la constater. Nous sommes un seul nuage avec de lents remous. Elle a trente ans, en paraît vingt, elle est toute neuve. Ses seins sont plus subtils que les jolis seins d'Anne. Il n'est pas question de la prendre : un jour lointain... si elle le commande.

Dans ce pré-natal retrouvé, un tourbillon se forme en moi, une lente marée intérieure qui porte une pointe, et qui me transperce lentement comme dans mon rêve de Claire. Je me serre sur le flanc de Muriel, je lui renverse la tête, j'ouvre sa bouche avec mes mains, elle se laisse faire, j'ouvre grande ma bouche à moi, je l'approche de la caverne rouge-rose de la sienne, et je m'y laisse rugir tout bas, tandis que nos enfants s'épanchent contre son flanc. C'est arrivé, contenu depuis si longtemps, je n'y suis pour rien. Tant mieux. Elle y réfléchira plus tard.

Je suis dans le Grand Nord, dans une contrée impassible qui ne m'est pas hostile mais où, sans repère, je suis perdu.

Nous allons acheter des fruits dans une petite boutique en face de chez nous. Nous regardons la fenêtre éclairée de notre chambre. Et nous remontons dîner.

— Et Anne ? Parle-moi d'elle ? Raconte-moi vous deux sur le bord du lac ? Elle permet que tu me dises tout.

— Elle était sûre que tu ne m'aimais pas. Moi aussi. Nous avons d'abord joué à deux comme nous jouions à trois, avec toi, avec des objets et des animaux...

Je lui décris nos paroles, nos gestes, de mon mieux, comment Anne me disait sa vie à l'Île, comment nous restâmes sages jusqu'au quatrième Jour.

— Pourquoi avez-vous attendu ?

— C'est arrivé à son heure.

— Elle dit que tu hésitais, que c'est elle qui t'a décidé ?

— C'est vrai.

— Comment avez-vous pu vous aimer et pas pour toujours ?

— Anne m'a dit : « J'ai lu ton Journal de la séparation. La philosophie que tu cites m'a conquise. Je t'ai bien compris. J'ai besoin d'une partie de toi. Pas de tout toi. Notre travail passera en premier.

— Vous n'êtes restés ensemble que dix jours ?

— J'ai demandé à Anne de les prolonger. Elle n'a pas voulu. Il lui fallait, disait-elle, *nous regarder de loin.* — Nous devions nous retrouver peu après en Belgique. La veille de son arrivée, une lettre d'elle : votre mère aussi était malade et Anne partit pour vous soigner toutes les deux. Elle ne revint qu'après Noël.

— Oui, dit Muriel en se tordant les mains, oui nous avons été malades. Mais vous aviez un devoir envers vous-mêmes : vous épouser. Tout eût été si simple...

— Nous n'y songions pas, Anne encore moins que moi.

— Es-tu sûr ?

— Oui.

— Elle me l'a dit. Je ne comprendrai jamais.

— Anne disait : « Nous sommes encore plus résolus qu'amoureux. » Et : « Ce que nous faisons maintenant n'ajoute rien à nos premiers baisers. » Mais quand elle est revenue à Paris à Noël, elle était devenue une vraie femme et nous avons eu trois mois de splendeur.

— Enfin ! dit Muriel. Et puis ?

— Nous ne pouvions monter plus haut.

— Elle m'a dit : « Le bonheur, on ne le sait qu'après. »

— J'ai commencé à ne plus lui suffire. Il lui fallait un homme plus disponible. Mon travail acharné devenait un obstacle. Elle craignit de me peser. Puis sa curiosité s'éveilla vers ailleurs, comme a prédit la chiromancienne, comme elle le disait elle-même.

— Arrête, dit Muriel. C'est un sacrilège, et

vous devriez en être punis. Elle avoue que tu l'as peu retenue.

— Je n'en avais pas l'idée. Je l'ai aidée à rencontrer Mouff. Elle nous a aimés tous les deux.

— Non, dit Muriel.

— Et elle est partie avec lui.

— Mouff, je l'ai aperçu une fois à Londres, je l'ai trouvé terrible.

— Je ne l'aimais guère et j'en devins jaloux. J'ai vu l'amour d'Anne pour lui prendre corps. Sans le vouloir, nous l'avons préparée pour Ivan.

— Aimerais-tu encore la tenir dans tes bras ? Tu ne le ferais pas, mais aimerais-tu ?

— En aurions-nous envie ? Elle aime Ivan, et moi je suis tourné vers toi.

— L'Église ordonne ces choses, mais pas pour vous deux.

— Anne et moi nous préférons prendre nos risques.

— Et les faire courir aux autres ?

— Oui, si c'est inévitable, et en les prévenant.

— Anne a encore manqué, à cause de moi, un autre séjour avec toi, il y a deux ans. Vous étiez mûrs pour cette reprise. Qu'eût-elle donné ?

— De l'amour. Pas, je crois, de changement profond.

— Et, l'an dernier, sa renonciation soudaine à passer les vacances avec toi, son départ renouvelé vers Mouff. Elle savait alors mon amour pour toi ! Elle s'est sacrifiée.

— Et moi avec elle, car je tenais à ces vacances-là.

— J'aime quand tu l'aimes. Elle a eu l'idée que tu pouvais nous aimer toutes les deux. Et nous deux toi. Nous arrivons, toi et moi, à être francs. Anne est née franche. Elle s'endort n'importe où. Elle bâille dès qu'elle s'ennuie. Tu souris et moi aussi. Elle pense qu'il faut laisser courir les sentiments, qu'un essai de bonne foi n'est jamais mal, et que nous trois, nous pouvons tout essayer. Il eût fallu sans doute redevenir chastes... mais est-ce naturel ? En somme vous vous êtes aimés de plus en plus, malgré Mouff.

— Oui. À notre façon, sans mêler nos vies.

— Parce que tu n'as pas voulu. Elle a cédé à Ivan qui l'a forcée. Nous voulons être forcées. Je t'ai rêvé capitaine pirate m'enlevant de force. En formes et en pensées je ressemble à mon père navigateur, Anne à une de ses tantes, réputée fantaisiste. Je vous trouve tous les deux gâcheurs, et pourtant plus innocents que moi.

Une heure après :

— Je désire et je crains que tu aimes toujours Anne. Je désire surtout.

— Anne m'a dit adieu.

— À cause de son mari. Pas dans son cœur. On ne sait rien avec vous deux.

— Tu as une tête ronde. Anne et moi nous avons une tête allongée. Tu es plus intelligente, plus énergique et plus organisée que

nous. Tu as moins d'intuition et tu la respectes moins. Tu es parfois victime de ta logique.
— Oui. Me plains-tu ?
— Quand tu es sûre de toi.
— Parles-tu à Anne comme cela ?
— Tout à fait.
— Et à nous deux seulement ?
— Seulement.
— C'est pour cela que nous t'écoutons. Plains-tu Anne ? L'envies-tu ?
— Je la chéris et je lui veux du bien.

Entre ces paroles il y avait des montagnes de silence, avec la manne du désert sur la peau de Muriel. Nous ne savions pas que le temps coulait. Nous dormions du même souffle.

Peu à peu je sentis sourdement que, dans les bras, c'était le ciel, mais qu'il y avait quelque chose à faire avant que Muriel ne reparte.
Quoi ?
Elle a dépendu de moi, sans que je le sache, pendant six ans, autant que j'ai dépendu d'elle, lors de ma demande en mariage. Cela doit cesser. Il faut rétablir l'égalité. Il faut que je libère Muriel. Il n'y a qu'un moyen. C'est que je lui fasse ce que j'ai fait à Anne. Cela a réussi pour Anne.

Bien sûr, ce n'est pas pareil. Anne le voulait, malgré sa peur. Muriel ne sait pas qu'elle le veut.

Je laisse peu à peu mon intention devenir évidente, pour que Muriel se dérobe si elle veut. Non. Elle ne se dérobe pas. J'essaye délicatement. Elle est prête. J'insiste à peine et j'attends de nouveau sa défense. Point. Nous sommes sans vertige, curieux de voir au fond du puits, sans y descendre... Nous allons délibérer, sur sa margelle. Muriel glisse à peine à ma rencontre. Je fais de même. Je sens un début infime d'intimité et puis, tout de suite, inoubliable, la résistance d'un ruban nette, souple, provocante. Un aimant inconnu joue en nous deux à la fois et nous projette. Le ruban éclate après une résistance bien plus vive que chez Anne. Je suis au fond du puits, dans le Grand Nord. Il ne s'agit pas de bonheur, ni de s'attarder. Il s'agit d'armer Muriel femme, contre moi. C'est fait. Et de battre en retraite. Ce que je fais.

Il y avait du rouge sur son or.

Maintenant elle peut m'échapper, si elle veut.

Pilar et Anne m'ont enchanté. Mais j'aurais préféré tout découvrir avec Muriel.

— Quand nous voudrons nos enfants, dit-elle, je t'aiderai à me les donner.
— Oui, répondis-je, avec la vision de ses hanches roulant pendant sa marche.

— Je suis ta femme.
— Oui, dis-je, en pensant : alors Anne aussi.

— Et ton ascétisme, Claude ?
— Il me guette toujours.
— Est-ce ascétique ce que tu as fait ?
— Ce que *nous* avons fait ? — Oui, ascétique et héroïque, de notre part à tous les deux.
— Parlons-nous la même langue ?
— Parle-t-on jamais la même langue ?
Je lui raconte un souvenir :
À un grand Zoo, dans un lagon avec des roches au milieu, il y avait un beau jeune phoque déjà puissant, avec deux toutes jeunes femelles qui semblaient sœurs. Je les regardais en passant chaque jour.

Le phoque aimait l'aînée à peine plus grosse, et quand la cadette venait les rejoindre, en gravissant la pente sur ses moignons-nageoires jusqu'à la plate-forme, ils la rejetaient dans l'eau. Elle piquait une tête gracieuse, et elle gémissait, si humaine que le public s'apitoyait ou riait. Après un temps elle remontait encore.

Le couple eut un bébé qui, dès qu'il put se mouvoir, s'efforçait d'aider ses parents à repousser à l'eau l'inlassable cadette. La petite famille dormait blottie sur la plate-forme, le bébé au milieu. La cadette toute seule en bas.

Un mois plus tard le phoque allait faire de longues visites silencieuses à la cadette dans sa grotte. Quinze jours après il vivait avec elle, mais il allait parfois regarder l'aînée, devenue très calme, et leur rejeton qui poussait bien.

La cadette eut un bébé à son tour.

— Quelle conclusion ? demanda Muriel.

— Aucune. Il n'y avait qu'un seul mâle à portée.

— Même un phoque, dit-elle, ne peut aimer deux sœurs à la fois.

XXI

REMOUS

MURIEL *(à l'Île)* À CLAUDE *(à Paris).*

1ᵉʳ mai. Matin.

Oui, je me suis déshabillée en même temps que toi pour causer et pour dormir ensemble. Cela m'amusait de te surprendre. J'étais sûre de moi.

C'est inimaginable que nous ayons cédé. Nous avons été un philtre l'un pour l'autre. Nous comptions l'un sur l'autre. Nous avons été tranquilles comme le biais du moulin à eau qui coule entre ses planches vers les engrenages.

Nous sommes des cellules de *qui*? Nos propres cellules sont indépendantes à leur façon : nous l'avons bien vu !

Je savais que le diable se grime et que le serpent fascine. Je ne les ai pas reconnus. Nous étions Adam et Ève. Dieu les a sculptés adaptables, mais il leur a fait des Commandements. C'est Adam qui a commencé.

Nos Trois Jours m'ont ouvert les yeux sur ce que tes récits et ceux d'Anne m'avaient fait entrevoir.

1ᵉʳ mai 1909. Soir.

Je veux te confier mon trouble.

Tu avais prévu ma peine de ne plus être ce que me croient ceux qui m'entourent : une jeune fille. J'ai cru ne plus pouvoir faire mes cours.

Il reste ceci : j'ai fait une chose d'une lourde importance morale que j'avais résolu de ne pas faire.

J'avais décidé que mon amour pour toi resterait spirituel jusqu'à ce que je me sente tout à fait prête pour l'accomplir avec mon corps dans la joie, la fierté, le loisir. Après quoi, j'aurais été à mes yeux ta femme, sans rien cacher à quiconque Les séparations, même longues, n'auraient plus été des malheurs.

Je suis coupée de ma vie ancienne, sans rien de nouveau sur quoi m'appuyer, et je reflue vers elle. Je lis ma Bible.

Nous ne sommes pas de la même tribu. On ne nous a pas inculqué les mêmes cérémonies.

Minuit.

Je n'osais croire que tu me considérais comme *tienne*.

Voici ta lettre qui emporte tout, et, pour un temps, tout est joie !

Ne me trouve pas compliquée et sans foi. Je suis désorientée. J'étais sûre de nous deux. J'éprouve un repentir sans regrets, comme saint Paul.

Je t'ai donné du bonheur et de la force ? Quelle merveille !

Je n'ai jamais permis pendant notre séparation qu'une pensée physique t'effleure. J'ai été coupable par ce que je t'ai permis. Mon idéal a été secoué par ton naturel. Sauf cela nos Trois Jours ont été doux et bons.

La Voie Lactée m'attire sensuellement.

Je voudrais faire un voyage à pied avec toi.

J'ai vu un agneau naître ce matin et le berger m'a appris à aider la brebis. Elle m'a fait envie.

2 mai 1909.

Tu as parlé de la possibilité que je veuille un jour épouser un autre homme, comme Anne. Cela serait un adultère.

Quand j'ai appris qu'Anne t'appartenait toute (du moins je le croyais) et quand j'ai senti que mon amour pour toi n'en mourait pas, j'ai prié Dieu qu'il m'aide à ne pas commettre le péché d'adultère, contre Anne, en désirant t'embrasser.

Quand j'imaginais vos baisers avec mes lèvres, cela même était, selon le Christ, de l'adultère en pensée.

Près de toi mes questions se terrent, sitôt loin elles se redressent.

Il y a des sacrifices inutiles. Si tu m'avais demandé mon avis, j'aurais dit : « Non. »

Si je me donnais à toi avec des précautions, comme Anne l'a fait, je mutilerais mon caractère sans bien pour nous.

L'Île. 3 mai 1909.

Je viens de relire mon Journal de la séparation de 1902. Ce qui m'y frappe le plus c'est mon indécision. Claire disait : « C'est une grave faiblesse. »

Compare ce que tu m'as dit à Paris en 1906 sur la lâcheté de vivre tranquillement à la campagne (mes yeux étaient éteints) avec tes dires récents sur l'excellence de la vie rurale !

Tu as été au centre de ma vie (sauf quand j'étais aveugle) et maintenant que je suis enfin dans la tienne j'ai le sentiment vague, étrange, que je dois te perdre.

Je vois venir cela calmement, car je n'y peux rien.

Et je continuerai à vivre.

Le vent siffle, tire mes cheveux et traîne des armées de feuilles mortes. Si j'essayais ce soir de lui crier ton nom comme je l'ai fait souvent, mes lèvres le formeraient, mais il ne sortirait pas...

Que te raconté-je ? Pourquoi écouter des Voix ? J'ai tant à faire à la maison. L'enfant d'Anne et d'Ivan, voilà mon futur travail. Il naîtra en juin. Anne l'attendra ici avec nous.

7 mai.

Nous avons eu ici un incendie dans notre grande cave, des caisses d'emballage, des sacs de copeaux.

J'étais seule, au premier étage. J'ai senti l'odeur. Par le soupirail j'ai aperçu du rouge. J'envoie Tommy au village sur ma bicyclette chercher du secours et je m'attaque au feu avec mes moyens : pyjama et béret trempés à la fontaine et tordus, larges lunettes et lance d'arrosage.

J'ouvre la porte et j'entre dans la cave. Courant d'air. Le feu me voit, il crache des flammes, il se change en un nuage de fumée avec des paillettes et vient à moi. Je marche à sa rencontre, comme un torero, en le piquant de mon jet d'eau. Il m'enveloppe. La fumée est chaude. Mon nez en aspire un peu. Je sens la mort dans ma poitrine. Je crie : « Mère ! » et j'ai juste la force de m'enfuir avec mes armes.

Dehors, toussante, aveuglée, réduite à zéro, j'attends assise que la maison brûle ou que les pompiers arrivent. En voici un, sur mon vélo, casqué, avec un masque dans une musette. Il le mouille, le met, prend la lance, entre dans la cave et éteint tout.

Le feu a des tentacules, comme l'amour. Il vous caresse avec ses volutes de fumée, et il vous abat.

Nous n'avions pas de masques dans notre lit.

L'Île. 10 mai 1909.

Hosannah ! Ta lettre !

Claude, berce-moi. Enveloppe-moi. Je pousse mon front sous ton menton. S'il te plaît, brûle mes lettres depuis nos Trois Jours. Oublie-les. Pardonne-les. Aime-moi. Je ne veux que cela.

Le cauchemar a duré trois semaines. Je n'aurais pas dû t'écrire tant qu'il durait.

Mon amour est calme comme un champ de blé, ma reconnaissance chante comme une alouette, mon orgueil balaye la terre de son front. Je suis encore dans notre chambre, contre toi, nous allons dormir, c'est moi, Muriel. Il n'y a pas même *moi*, je suis fondue en toi.

12 mai 1909.

Anne m'a dit un jour que tu te marierais sans t'en apercevoir, avec une femme sans poids, avec laquelle tout arrive à l'improviste, sans la lourde présence d'une épouse convaincue

Oui, j'ai renié notre premier baiser, oui j'ai renié nos Trois Jours, oui je les ai ensuite portés au Ciel.

Tu m'as dit : « Tu as un sourire ensoleillé, un air malin. Où que tu sois, on te regarde. Et soudain tu rentres cela : ton visage devient âpre, tu ressembles au vieux portrait de Melanchton, et non plus au Moïse de Michel-

Ange. Tes maxillaires, vus d'un certain angle, deviennent presque mâles. Tu as, dans ces deux états, un style impressionnant... »

Je suis une Puritaine amoureuse, voilà tout.

Tu m'aimes parce que tu es un peu fou.

16 mai 1909.

Claude, gloire à Dieu ! Je suis enceinte... Dans huit mois naîtra notre bébé, cinq après celui d'Anne...

Voici les projets que je te soumets. Au cinquième mois j'irai vivre dans un petit village du sud de la Bretagne, que je connais bien, tu viendras me voir deux jours chaque semaine, nos mères seront conquises par l'enfant. Nous nous marierons au plus vite, et je l'aurai au bord de la mer, dans la petite maison où nous l'aurons attendu.

20 mai 1909.

Ta joie me porte. Tu ne pouvais le croire ! Tu étais sûr que non ! Comme toi je regrette notre réserve. Je te l'aurais pris si j'avais su que nous le voulions. Oui, Claude, je viens à toi dès que tu m'appelles.

L'Île. 23 mai 1909.

Je t'écris une lettre bordée de noir. Non, je n'étais pas enceinte. Je le sais depuis hier. Je n'avais que mon extrême désir de l'être.

Dieu ne pouvait récompenser notre péché.

Une seule chair devient coupable en se mêlant avec elle-même hors du mariage.

24 mai 1909.

Anne nous est arrivée, pâle. Elle a la noble forme de sa maternité prochaine. J'aurais pu l'avoir aussi. Elle et Mère cousent toute la journée le petit trousseau.

Te rappelles-tu quand nous avons joué avec les têtards ? Il y avait des mares mi-desséchées où beaucoup étaient morts et nous transportions les survivants dans une casserole jusque dans l'étang. Il y en avait tant que nous étions tristes.

Je t'ai dit alors : « Il ne faut pas s'affliger pour les petits têtards qui n'aboutissent pas. Il vaut mieux s'occuper des grenouilles. »

Et je t'ai parlé de mes pauvres.

L'Île. 25 mai 1909.

Je marche dans la prairie. Je me sens soudain ta femme. Je ne suis plus une jeune fille, je suis une épouse. J'ai la tête haute et j'avance posément. Cela dure une minute. J'en garde le souvenir d'une royauté. D'un brin de saule j'ai fait un anneau pour mon doigt.

Claude, j'entoure tes genoux, j'appuie ma tête. Je veux te faire comprendre. Suis-je renégate en te disant : « Tu n'as pas besoin d'une femme, et je ne puis pas être ta maîtresse ? »

Claude, ton nom a été presque Dieu pour moi.

Claire-sans-Pierre est devenue *Claire-avec-Claude*. Elle tient ta maison, elle est là, elle attend que tu écrives enfin un livre qui lui plaise. Elle retarde pour toi l'urgence d'une épouse.

Tu n'es pas de pleine lignée. Tu peux devenir plus utile par tes pensées que par tes descendants.

On a pourtant envie de t'en faire.

26 mai 1909.

Mon pied touche le tien. Je te regarde en face, et toi moi.

La prochaine fois, nous serons ensemble pendant le jour et, la nuit, distants comme des étoiles. J'ai failli à ma mission de guide, et j'ai honte.

J'ai déchiré ta lettre. Ce n'était pas toi qui écrivais, mais une partie effrayante de toi que tu m'as un moment montrée dans notre lit.

Ce serait terrible si tu n'étais pas, toi et ton œuvre, ce que j'attends.

Quand un des deux n'aime pas assez pour vouloir avant tout le mariage, ce n'est pas l'amour.

Me tendras-tu un jour les bras en disant : « Viens, ma femme ! » — Dieu le sait. J'attendrai jusqu'à ma mort.

Un amour peut rester virginal.

Si nous avions pu dormir ensemble comme des enfants... comme nous l'espérions... tout était bien.

L'union physique (je ne la connais pas, bien que n'étant plus vierge) doit être le couronnement, non le but. Claire n'a jamais rien ressenti avec Pierre, et cela ne l'a point empêchée.

J'ai été coupable par ma passivité
Je t'ai tout dit. Je suis soulagée.
Je baise tes mains, pas tes lèvres, trop pleines de moi. Cela reviendra.
Bientôt Anne entendra la voix de son enfant. Elle est superbe. Ivan est encore maigre. Mère lui fait un régime.

L'Île. 26 mai 1909.
Je sais quelque chose que tu ne sais pas... ! Je suis faite pour être mère et je le serai... Nous irons ensemble aux grottes de Cornouailles et là, de toi-même, à la grâce de Dieu, tu me feras un bébé...
Et puis, *si tu en as envie...* tu t'en iras... !

27 mai 1905.
Ma mère t'a forcé vers moi.
Ta mère m'a coupée de toi.

Ce soir je suis heureuse que tu m'aies eue vierge. Parce que c'était toi, parce que tu le désirais.
Tu t'es planté en moi, tu y as pris racine. Ce fut bref. Tu veux t'échapper ? Je suis d'une race lente et solide. Tu peux tirer. Tu nous feras mal. Tu ne t'arracheras pas.

Mon chien comprend mon silence. Il fourre son nez frais dans ma main, il la lèche et il pose son menton dessus.

L'Île. 28 mai 1909.

C'est ton anniversaire.
Je te tends mes lèvres.
Quand tu rencontreras ta petite épouse nordique, plus tard, alors tu travailleras pour *votre* foyer.

2 août 1909.

Je suis pour une semaine matrone de l'Orphelinat, où j'ai travaillé, non loin de toi, il y a sept ans.

J'ai passé mon premier brevet d'assistante de chirurgie. Je voudrais qu'il serve. Voici une photo de moi en tenue de travail.

Que je vienne travailler à la clinique anglaise de Paris ?

Dès que nous sommes seuls nous ne nous résistons pas. Je deviens ta maîtresse, et je ne veux pas. Le remords viendrait. Je suis ainsi.

Je te veux comme tu t'offrais quand tu as demandé ma main, jeune chevalier roulé de pied en cap dans mes couleurs, adoptant mon pays.

Tes pieds aujourd'hui auraient peine à quitter Paris, et les miens Londres.

Je suis ton Grand Nord.
Tu es mon Continent.
Nous sommes distants.

Je n'aime plus Paris. Comment pourrais-je y vivre ?

1ᵉʳ octobre 1909. CORNOUAILLES.
Je suis à l'endroit où j'avais rêvé que tu me ferais notre fils. Il est magnifique et terrible. Falaises de granit, piliers, blocs étagés, éclatés. Ombres des goëlands qui passent.

Assise tout en haut sur les lichens gris je contemple un roc, haut comme une église, détaché dans la mer montante, l'écume blanche bouillonne et jaillit, raflée par le vent. L'arrière-lame retombe, laissant une pelure d'eau grise collée aux rocs, qui redeviennent brillants et attendent la prochaine.

Quel tumulte ! Cela devient *toi et moi.*

Moi montant à l'assaut, encore et encore, m'offrant à toi toutes ces belles années. Toi, franc, fidèle à toi-même, me laissant retomber.

Je suis revenue au même endroit, à marée basse, au pied des falaises. J'ai marché sur les plaques de roc. J'ai atteint une plage où des vagues arrondies, percées par le soleil, déferlaient mollement sur le sable. Des mouettes pêchaient. J'hésitais entre réfléchir et me laisser fondre. J'ai pris une écharpe de varech, j'ai dansé. Cela n'allait pas. J'ai cessé.

Je suis entrée dans la première caverne, basse et large. De la voûte, dans une mare vert cru tombaient des gouttes bleues, qui éclataient en d'infimes parcelles flottant un instant avant de crever. Le fond de la caverne se perd dans le noir.

J'ai franchi un amas de rocs et je suis entrée dans la deuxième caverne, haute, sablée, en forme de nef. J'ai grimpé vers un trou de lumière, sans y arriver. À son tour le sable dur de la grotte m'a invitée : j'ai dansé, cette fois comme une suppliante. Ma voix sortit de ma gorge, plus belle, grâce à l'écho, que d'habitude. Je l'écoutais, surprise. Pleine de toi, j'attaquai un chant vaillant que nous aimons : il ne convenait pas. Alors me sont venus aux lèvres les simples hymnes où, avec peu de mots, je parle à Dieu avant de m'endormir. J'ai failli te les chanter pendant nos Trois Jours. Quelle splendeur ! — Et puis j'ai crié ton nom.

Et puis j'ai crié : *adieu !*

L'impression tragique se dissipait. Je me sentais souple et active, je comprenais que ta vie, si pleine, sans place pour moi, est aussi dirigée par Dieu. La chaleur du soleil, qui entrait par le trou, frappa mon dos. Je me dévêtis, courus aux vagues et me fis rouler par leurs nappes. Je tordis mes cheveux, avec ma petite ombre précise qui guettait derrière moi.

Viens ici, seul, en pèlerinage, si le cœur t'en dit.

3 octobre 1909.

Je ne t'ai aimé tout à fait que lorsque tu m'as dit, dans ton Journal, un *non* qui nous protégeait des conséquences de mon *oui*.

Mon amour aurait duré toujours si tu étais resté hors de moi, (« *O my prophetic soul[1] !* » pensa Claude.)

Ai-je manqué de féminité ? — Ce fut un échec mais pas une honte.

5 octobre 1909.
Claude bien-aimé, je veux te voir, pour bien nous enterrer.
En principe c'est fait. Mais seulement en principe.

10 octobre 1909.
Voilà une photo du bébé d'Anne et d'Ivan. Elle me le prête souvent. Il est beau, noble, plein d'humour, il rit, il parle tout seul.

12 octobre 1909.
Je redoute ta petite chambre à Paris. Veux-tu nous rencontrer à Rouen ?
La douceur d'attendre l'entrevue, avant la douleur, qu'elle finisse.

13 octobre 1909.
Je te demanderai une soirée pour venir te dire adieu. Tu trouveras que j'ai raison. Nos Trois Jours ne doivent pas rester notre dernier acte.
Je ne pleurerai pas. Tu m'écouteras longuement, encore une fois, comme tu sais le faire,

---

1. « Ô mon âme prophétique ! »

comme il y a sept ans, quand je te disais que l'amour naissait en moi. Je te dirai maintenant comment il va mourir... afin que je puisse vivre.

Je ne suis pas triste pour toi : tu n'as pas besoin de moi.

22 octobre 1909.

Je songe à un autre père que toi pour mes enfants. Cela prend corps.

Une voix qui force l'obéissance murmure : « Dis adieu à Claude. Achève cet amour qui pâlit déjà. »

23 octobre 1909.

Je t'embrasse comme j'embrasse le fils d'Anne, ses genoux ronds, ses mains, ses pieds. Je te le tends en exemple.

Je rapportais un panier de légumes tout à l'heure, pour dîner. Je me suis crue la femme d'un ouvrier, mère de ses enfants. Et ma joie ne venait pas de toi.

Saint Augustin a dit : « Seigneur, tu nous a faits pour Toi. Notre cœur est agité jusqu'à ce qu'il trouve le repos en Toi. »

À Paris, dans l'atelier d'Anne, j'ai désiré plus que tout un baiser de toi. Tu me l'as donné. J'ai senti : « Dieu le permet. » — Toi aussi tu l'as senti. Mais j'ai dû reculer depuis.

Je jette encore mes mains à ton cou. Je t'ai vénéré.

24 octobre 1909.

J'ai voulu rester dans ta vie, comme sœur, comme servante, tu as eu mes sept ans d'amour, tu as eu ma virginité. L'idée d'être ta maîtresse me ravage. Tu dis que je ne la suis pas et que tu ne le demandes pas.

Je souffre d'être avec toi, non proclamée, en présence des autres. Devant ta concierge, avant de partir, ce fut une angoisse.

Nous allons partir, Anne, Bébé et moi, pour la Hongrie.

Je ne crains plus la vie sans toi.

25 octobre 1909.
Je t'ai aimé parce que tu m'es apparu comme un réformateur. Tu mettais tranquillement en doute les vieilles règles. Tu nous apportais une vision nouvelle, et la méfiance de nos solutions. Nous faisions à trois un petit comité de salut public. Mon ignorance (voir ma *Confession*) t'avait donné une victoire que tu n'as jamais mentionnée.

Tes idées m'impressionnent, quand tu es là. Quand tu n'y es plus, elles se brisent sur ma religion.

Parfois tu me crains et parfois je te crains.
Notre route se sépare en deux, comme la rivière en amont de l'Île.

ANNE *(à l'Île)* À CLAUDE *(à Paris).*

17 novembre 1909.
J'ai pensé à toi. Je n'ai écrit à personne.
Mon fils est né, souriant. Je le nourris entièrement.
C'est le centre de ma vie. C'est ma chair. Je ne le quitterais pour rien au monde. Je n'avais pas prévu cela.
Nous emmenons Muriel dans les Karpathes.
Ivan nous attend là-bas.
Écris. Questionne. Parle de Muriel.

XXII

QUATRE ANS PLUS TARD

MURIEL À CLAUDE.

1ᵉʳ janvier 1913.

Claude, je vais épouser Mr. Mitchell que tu as connu en 1901 à Londres. Je l'ai beaucoup vu. Il a été quatre ans avant de se déclarer, et il l'a fait parce qu'il me trouvait triste. Il sait nous. Il m'a dit : « J'ai senti l'amour de Claude pour l'une de vous deux dès qu'il m'a parlé de vous. Si Claude avait vécu à Londres, vous vous seriez épousés. C'est l'amour de votre tâche qui vous a séparés. Il n'y a pas à en rougir. »

CLAUDE À MURIEL.

5 janvier 1913

Mon cœur tressaille à cette nouvelle.

Tu m'as présenté à lui il y a douze ans, il a mis un bouquet dans ma chambre. Près de l'étang, quand je lui ai parlé de toi et d'Anne, il a dit sur vous des mots si justes que je me suis senti son ami.

Il a un sourire limpide et fort. Il vénère son travail, il y est créateur. J'essaie de vous imaginer ensemble.

Je demeure toujours avec Claire et mes livres.

ANNE À CLAUDE.

L'Île, 8 mars 1914.

Je t'ai envoyé des photos successives de mes quatre enfants, avec Ivan et moi, et mes sculptures.

Ainsi tu peux suivre la famille, somme toute heureuse, que nous sommes. Mère est satisfaite au milieu de ses petits-enfants.

Personne ne prononce jamais « *Claude* » ni « *Paris.* »

Je voudrais te voir. Ivan en souffrirait.

Muriel a une jolie petite fille, Myriam, et un fils, Tom. Son mari est un homme remarquable et bon.

Alex exploite une forêt en Afrique. Il a une toute petite femme et deux filles.

Charles est marin et jamais là.

XXIII

TREIZE ANS APRÈS

ANNE À CLAUDE.

Ontario. Canada. 10 juillet 1927.
Nous vivons tous dans une des *Mille Îles* du Saint-Laurent, cent fois plus grande que *l'ancienne.*

Muriel a converti Mitchell à la culture : ils font ensemble des recherches et des découvertes. Le petit Tom les aide.

Cette nature splendide s'empare directement de nos enfants : ils ne seront pas des artistes.

Assez de gens et de musées achètent les pierres et les bois qu'Ivan et moi nous taillons.

Peut-être aimerais-tu voir la fille de Muriel ? Myriam part pour Paris avec une amie de collège plus âgée, j'ai son horaire, elle visitera les *Moulages du Trocadéro* le 25 à onze heures.

JOURNAL DE CLAUDE.

27 juillet 1927.

Je la reconnais tout de suite.

C'est Muriel à treize ans, c'est sa photo radieuse, son regard de prophétesse enjouée.

Lui parler ? entendre sa voix ?

Lui dire : « Vous êtes bien Myriam, la fille de Muriel Mitchell ? »

Ce n'est pas la peine. C'est l'évidence. Je la suis à travers le musée.

Elle regarde, s'arrête, réfléchit comme Muriel.

Jamais je n'aurais pu lui faire une fille aussi pareille.

À la sortie le vent enlève le chapeau de paille tressée de la jeune fille, de la presque enfant, et l'apporte devant moi. Elle me rit des yeux à cause du chapeau. Elle court après comme sa mère courait. J'ai un éblouissement.

Muriel, pour un moment, reprend tout son empire.

L'élan qui me soulève m'emporte vers sa fille.

Myriam dépasse largement le chapeau qui fuit, lui fait face et l'arrête, comme un joueur de football.

Je la regarde et je vois Muriel.
Je les mélange.
J'ai envie de *lui* prendre la main.

Dans la rue je m'aperçois dans des glaces : je suis ballant.

Je rentre chez Claire.
Elle me dit : « Qu'y a-t-il ? Tu as l'air vieux ce soir. »

FIN.

PREMIÈRE PARTIE : LE TRIO

I. ANNE ET CLAUDE SE RENCONTRENT	15
Le trapèze	15
La poupée fessée	16
La « Louise » de Charpentier	17
Portrait de Muriel	18
II. MURIEL, ANNE ET CLAUDE	20
L'estuaire	20
Labyrinthe I	24
Le loup et l'agneau	27
Labyrinthe II	28
La grande averse	28
III. RIVE GAUCHE	30
Notre-Dame de Paris	31
Concert Rouge	31
La course dans l'escalier	32
Claudine	32
Claude fléchit	33
Journal de Muriel à Paris	34

IV. ICI ET LÀ   38
- Le monastère Kneipp   38
- Les boules de buis   40
- Anne tire au fusil de guerre   40
- La montée   41
- Le salon de Muriel   42
- Chasse aux chamois   43
- Le capitaine Alex   44
- Tempête sur le lac   45
- Citron pressé   46

V. CLAUDE SOLDAT   48
- Le Cercle montmartrois   49
- Pilar   50
- Madrid   56
- Grandes manœuvres   58
- *Madame*   61
- « Je crois que pour chaque femme... »   63

VI. CLAUDE À LONDRES   65
- Chez les Dale   66
- Mr. Mitchell   68
- Dans le bus   70
- Albion   71

VII. L'ÎLE   73
- La nuit de brume   74
- Les douze petits cochons   75
- Les bibelots chinois   77
- Mrs. Brown intervient   78
- Claude se déclare   80

DEUXIÈME PARTIE : LE NON DE MURIEL

VIII. PANSEMENTS RUGUEUX	85
La fameuse journée	87
Toynbee Hall	92
Claude boxe	93
L'asile des vieux ménages	96
IX. LE PEUT-ÊTRE	101
Chez Dick et Martha	101
Hope	105
Pilar II	109
Thérèse	110
L'abbaye	115
Claude précise Pilar	120
Muriel réagit	127
Montagnes russes	129
X. CLAIRE	134
Histoire de Claire et de Pierre	135
À l'Hippodrome	138
Le verre d'eau	139
D.I.A.	140
Charles Philipp Brown	142
Les Cornouailles I	147
Le docteur de famille	149
Vendredi Saint	152
Projets	154
Enfin vous m'avez grondée !	157
Un rêve de Claude à quinze ans	161
Mr. Dale arbitre	163
Bonjour la France !	165
L'épreuve	166

XI. LA SÉPARATION — 168

Journal de Muriel pour Claude 1902 — 168
Regards en arrière — 170
Les orphelines — 172
La guirlande — 172
Le jeune pasteur — 174
L'ovule noir — 179
Autour de Claude — 181
Un rêve dégénéré — 185
Journal de Muriel pour elle-même — 186
Trois mois ont passé — 189
Rêves et flambée — 193
Claude rompt le silence — 195
Il ne m'aime plus — 196
Je lis son Journal — 201
Je ravale mon OUI — 201

Journal de Claude pour Muriel 1902 — 168
Le départ — 169
Le gâteau de mariage — 170
Rêve — 186
Tyrol — 187
Chasse aux daims — 189
Nietzsche — 191
Un futur livre — 194

Le NON de Claude — 197

XII. JOURNAL DE MURIEL 1903 — 203
Pourquoi je me cache — 205
Je ne crois pas au NON — 207
Il y a un an — 208
Je travaille à Londres — 213
Le baiser du rêve — 215

XIII. CONFESSION DE MURIEL — 217
Clarisse — 218
Lutte — 221
La lettre de secours — 223

TROISIÈME PARTIE : ANNE ET CLAUDE

XIV. ANNE ET CLAUDE SE DÉCOUVRENT — 227
   Dans l'atelier d'Anne — 227
   Le sein — 228
   Attente — 231
   Les Dix Jours — 236
   Copain — 240
   Le butoir — 241
   Temps perdu — 242
   Plein feu — 244
   Appels — 245

XV. ANNE, CLAUDE ET MOUFF — 248
   La soirée russe — 248
   Mouff — 250
   La porte fermée — 251
   Claude et Mouff — 252
   Anne part avec Mouff — 253

XVI. LE LONG BAISER — 256
   Journal de Muriel 1906 — 256
   Le long baiser — 258
   La tige de houblon — 263

XVII. LES DEUX SŒURS — 266
   Anne porte la lettre — 270
   Anne raconte tout — 271
   Le secret de Muriel — 274

XVIII. A TRAVERS ANNE — 275
   Muriel récapitule — 276
   La croix sur le pouce — 281

Les troncs d'arbre	283
Anne est prête	286
« ... qui essaye de sourire »	291
L'essaim	292
Loyautés	293
« Nous manquons d'audace »	295
Anne à Vienne	297
La femme de Mouff	298
Ferme modèle Dale	302
XIX. ANNE SE MARIE	303
Le petit dindon	304
La colline pointue	307
Ivan tailleur de pierre	308
« Tu n'es pas un moine permanent »	310
« Hip ! Hip ! j'arrive »	311

QUATRIÈME PARTIE : MURIEL

XX. LES TROIS JOURS	315
Le pain	315
Le numéro de cirque	317
Le Grand Nord	319
Muriel questionne	319
Le devoir de Claude	323
Une histoire de phoques	325
XXI. REMOUS	327
L'incendie	331
La lettre bordée de noir	333
Les racines tirent	336
Cornouailles	338
Les voies divergent	340
Anne est mère	342

XXII. QUATRE ANS PLUS TARD	344
Le mariage de Muriel	344
XXIII. TREIZE ANS APRÈS	347
La fille de Muriel	348

DU MÊME AUTEUR

DON JUAN (sous le pseudonyme de Jean Roc), *La Sirène*, 1921.

JULES ET JIM, *Gallimard*, 1953 (prix Claire-Belon). Folio, n° 1096.

DEUX ANGLAISES ET LE CONTINENT, *Gallimard*, 1956. Folio, n° 2712.

COLLECTION FOLIO

Dernières parutions

3353. Endô Shûsaku — *Le fleuve sacré.*
3354. René Frégni — *Où se perdent les hommes.*
3355. Alix de Saint-André — *Archives des anges.*
3356. Lao She — *Quatre générations sous un même toit II.*
3357. Bernard Tirtiaux — *Le puisatier des abîmes.*
3358. Anne Wiazemsky — *Une poignée de gens.*
3359. Marguerite de Navarre — *L'Heptaméron.*
3360. Annie Cohen — *Le marabout de Blida.*
3361. Abdelkader Djemaï — *31, rue de l'Aigle.*
3362. Abdelkader Djemaï — *Un été de cendres.*
3363. J.P. Donleavy — *La dame qui aimait les toilettes propres.*
3364. Lajos Zilahy — *Les Dukay.*
3365. Claudio Magris — *Microcosmes.*
3366. Andreï Makine — *Le crime d'Olga Arbélina.*
3367. Antoine de Saint-Exupéry — *Citadelle (édition abrégée).*
3368. Boris Schreiber — *Hors-les-murs.*
3369. Dominique Sigaud — *Blue Moon.*
3370. Bernard Simonay — *La lumière d'Horus (La première pyramide III).*
3371. Romain Gary — *Ode à l'homme qui fut la France.*
3372. Grimm — *Contes.*
3373. Hugo — *Le Dernier Jour d'un Condamné.*
3374. Kafka — *La Métamorphose.*
3375. Mérimée — *Carmen.*
3376. Molière — *Le Misanthrope.*
3377. Molière — *L'École des femmes.*
3378. Racine — *Britannicus.*
3379. Racine — *Phèdre.*
3380. Stendhal — *Le Rouge et le Noir.*
3381. Madame de Lafayette — *La Princesse de Clèves.*
3382. Stevenson — *Le Maître de Ballantrae.*
3383. Jacques Prévert — *Imaginaires.*

3384. Pierre Péju	*Naissances.*
3385. André Velter	*Zingaro suite équestre.*
3386. Hector Bianciotti	*Ce que la nuit raconte au jour.*
3387. Chrystine Brouillet	*Les neuf vies d'Edward.*
3388. Louis Calaferte	*Requiem des innocents.*
3389. Jonathan Coe	*La Maison du sommeil.*
3390. Camille Laurens	*Les travaux d'Hercule.*
3391. Naguib Mahfouz	*Akhénaton le renégat.*
3392. Cees Nooteboom	*L'histoire suivante.*
3393. Arto Paasilinna	*La cavale du géomètre.*
3394. Jean-Christophe Rufin	*Sauver Ispahan.*
3395. Marie de France	*Lais.*
3396. Chrétien de Troyes	*Yvain ou le Chevalier au Lion.*
3397. Jules Vallès	*L'Enfant.*
3398. Marivaux	*L'Île des Esclaves.*
3399. R.L. Stevenson	*L'Île au trésor.*
3400. Philippe Carles et Jean-Louis Comolli	*Free jazz, Black power.*
3401. Frédéric Beigbeder	*Nouvelles sous ecstasy.*
3402. Mehdi Charef	*La maison d'Alexina.*
3403. Laurence Cossé	*La femme du premier ministre.*
3404. Jeanne Cressanges	*Le luthier de Mirecourt.*
3405. Pierrette Fleutiaux	*L'expédition.*
3406. Gilles Leroy	*Machines à sous.*
3407. Pierre Magnan	*Un grison d'Arcadie.*
3408. Patrick Modiano	*Des inconnues.*
3409. Cees Nooteboom	*Le chant de l'être et du paraître.*
3410. Cees Nooteboom	*Mokusei !*
3411. Jean-Marie Rouart	*Bernis le cardinal des plaisirs.*
3412. Julie Wolkenstein	*Juliette ou la paresseuse.*
3413. Geoffrey Chaucer	*Les Contes de Canterbury.*
3414. Collectif	*La Querelle des Anciens et des Modernes.*
3415. Marie Nimier	*Sirène.*
3416. Corneille	*L'Illusion Comique.*
3417. Laure Adler	*Marguerite Duras.*
3418. Clélie Aster	*O.D.C.*
3419. Jacques Bellefroid	*Le réel est un crime parfait, Monsieur Black.*
3420. Elvire de Brissac	*Au diable.*
3421. Chantal Delsol	*Quatre.*

3422.	Tristan Egolf	*Le seigneur des porcheries.*
3423.	Witold Gombrowicz	*Théâtre.*
3424.	Roger Grenier	*Les larmes d'Ulysse.*
3425.	Pierre Hebey	*Une seule femme.*
3426.	Gérard Oberlé	*Nil rouge.*
3427.	Kenzaburô Ôé	*Le jeu du siècle.*
3428.	Orhan Pamuk	*La vie nouvelle.*
3429.	Marc Petit	*Architecte des glaces.*
3430.	George Steiner	*Errata.*
3431.	Michel Tournier	*Célébrations.*
3432.	Abélard et Héloïse	*Correspondances.*
3433.	Charles Baudelaire	*Correspondance.*
3434.	Daniel Pennac	*Aux fruits de la passion.*
3435.	Béroul	*Tristan et Yseut.*
3436.	Christian Bobin	*Geai.*
3437.	Alphone Boudard	*Chère visiteuse.*
3438.	Jerome Charyn	*Mort d'un roi du tango.*
3439.	Pietro Citati	*La lumière de la nuit.*
3440.	Shûsaku Endô	*Une femme nommée Shizu.*
3441.	Frédéric. H. Fajardie	*Quadrige.*
3442.	Alain Finkielkraut	*L'ingratitude.* Conversation sur notre temps
3443.	Régis Jauffret	*Clémence Picot.*
3444.	Pascale Kramer	*Onze ans plus tard.*
3445.	Camille Laurens	*L'Avenir.*
3446.	Alina Reyes	*Moha m'aime.*
3447.	Jacques Tournier	*Des persiennes vert perroquet.*
3448.	Anonyme	*Pyrame et Thisbé, Narcisse, Philomena.*
3449.	Marcel Aymé	*Enjambées.*
3450.	Patrick Lapeyre	*Sissy, c'est moi.*
3451.	Emmanuel Moses	*Papernik.*
3452.	Jacques Sternberg	*Le cœur froid.*
3453.	Gérard Corbiau	*Le Roi danse.*
3455.	Pierre Assouline	*Cartier-Bresson (L'œil du siècle).*
3456.	Marie Darrieussecq	*Le mal de mer.*
3457.	Jean-Paul Enthoven	*Les enfants de Saturne.*
3458.	Bossuet	*Sermons. Le Carême du Louvre.*
3459.	Philippe Labro	*Manuella.*

3460. J.M.G. Le Clézio — *Hasard* suivi de *Angoli Mala.*
3461. Joëlle Miquel — *Mal-aimés.*
3462. Pierre Pelot — *Debout dans le ventre blanc du silence.*
3463. J.-B. Pontalis — *L'enfant des limbes.*
3464. Jean-Noël Schifano — *La danse des ardents.*
3465. Bruno Tessarech — *La machine à écrire.*
3466. Sophie de Vilmorin — *Aimer encore.*
3467. Hésiode — *Théogonie et autres poèmes.*
3468. Jacques Bellefroid — *Les étoiles filantes.*
3469. Tonino Benacquista — *Tout à l'ego.*
3470. Philippe Delerm — *Mister Mouse.*
3471. Gérard Delteil — *Bugs.*
3472. Benoît Duteurtre — *Drôle de temps.*
3473. Philippe Le Guillou — *Les sept noms du peintre.*
3474. Alice Massat — *Le Ministère de l'intérieur.*
3475. Jean d'Ormesson — *Le rapport Gabriel.*
3476. Postel & Duchâtel — *Pandore et l'ouvre-boîte.*
3477. Gilbert Sinoué — *L'enfant de Bruges.*
3478. Driss Chraïbi — *Vu, lu, entendu.*
3479. Hitonari Tsuji — *Le Bouddha blanc.*
3480. Denis Diderot — *Les Deux amis de Bourbonne* (à paraître).
3481. Daniel Boulanger — *Le miroitier.*
3482. Nicolas Bréhal — *Le sens de la nuit.*
3483. Michel del Castillo — *Colette, une certaine France.*
3484. Michèle Desbordes — *La demande.*
3485. Joël Egloff — *«Edmond Ganglion & fils».*
3486. Françoise Giroud — *Portraits sans retouches (1945-1955).*
3487. Jean-Marie Laclavetine — *Première ligne.*
3488. Patrick O'Brian — *Pablo Ruiz Picasso.*
3489. Ludmila Oulitskaïa — *De joyeuses funérailles.*
3490. Pierre Pelot — *La piste du Dakota.*
3491. Nathalie Rheims — *L'un pour l'autre.*
3492 Jean-Christophe Rufin — *Asmara et les causes perdues.*
3493. Anne Radcliffe — *Les Mystères d'Udolphe.*
3494. Ian McEwan — *Délire d'amour.*
3495. Joseph Mitchell — *Le secret de Joe Gould.*
3496. Robert Bober — *Berg et Beck.*
3497. Michel Braudeau — *Loin des forêts.*

3498. Michel Braudeau	*Le livre de John.*
3499. Philippe Caubère	*Les carnets d'un jeune homme.*
3500. Jerome Charyn	*Frog.*
3501. Catherine Cusset	*Le problème avec Jane.*
3502. Catherine Cusset	*En toute innocence.*
3503. Marguerite Duras	*Yann Andréa Steiner.*
3504. Leslie Kaplan	*Le Psychanalyste.*
3505. Gabriel Matzneff	*Les lèvres menteuses.*
3506. Richard Millet	*La chambre d'ivoire...*
3507. Boualem Sansal	*Le serment des barbares.*
3508. Martin Amis	*Train de nuit.*
3509. Andersen	*Contes choisis.*
3510. Defoe	*Robinson Crusoé.*
3511. Dumas	*Les Trois Mousquetaires.*
3512. Flaubert	*Madame Bovary.*
3513. Hugo	*Quatrevingt-treize.*
3514. Prévost	*Manon Lescaut.*
3515. Shakespeare	*Roméo et Juliette.*
3516. Zola	*La Bête humaine.*
3517. Zola	*Thérèse Raquin.*
3518. Frédéric Beigbeder	*L'amour dure trois ans.*
3519. Jacques Bellefroid	*Fille de joie.*
3520. Emmanuel Carrère	*L'Adversaire.*
3521. Réjean Ducharme	*Gros Mots.*
3522. Timothy Findley	*La fille de l'Homme au Piano.*
3523. Alexandre Jardin	*Autobiographie d'un amour.*
3524. Frances Mayes	*Bella Italia.*
3525. Dominique Rolin	*Journal amoureux.*
3526. Dominique Sampiero	*Le ciel et la terre.*
3527. Alain Veinstein	*Violante.*
3528. Lajos Zilahy	*L'Ange de la Colère (Les Dukay tome II).*
3529. Antoine de Baecque et Serge Toubiana	*François Truffaut.*
3530. Dominique Bona	*Romain Gary.*
3531. Gustave Flaubert	*Les Mémoires d'un fou. Novembre. Pyrénées-Corse. Voyage en Italie.*
3532. Vladimir Nabokov	*Lolita.*
3533. Philip Roth	*Pastorale américaine.*
3534. Pascale Froment	*Roberto Succo.*

Composition Traitext.
Impression Société Nouvelle Firmin-Didot
à Mesnil-sur-l'Estrée, le 11 juin 2001.
Dépôt légal : juin 2001.
1er dépôt légal dans la collection : mars 1995.
Numéro d'imprimeur : 55886.
ISBN 2-07-039315-1/Imprimé en France.

4861